★ 抗战四部曲

兵贩子

林家品 著

SPM 南方传媒 | 广东人民出版社
· 广州 ·

图书在版编目（CIP）数据

兵贩子 / 林家品著． —广州：广东人民出版社，2015.5
（2025.7重印）

ISBN 978-7-218-09858-6

Ⅰ．①兵⋯　Ⅱ．①林⋯　Ⅲ．①长篇小说—中国—当代
Ⅳ．①I247.5

中国版本图书馆CIP数据核字（2014）第300271号

BINGFANZI

兵贩子

林家品　著

出 版 人：肖风华

责任编辑：梁　茵　古海阳　廖志芬
组稿编辑：向继东
封面设计：集力书装
责任技编：吴彦斌

出版发行：广东人民出版社
地　　址：广州市越秀区大沙头四马路10号（邮政编码：510199）
电　　话：（020）85716809（总编室）
传　　真：（020）83289585
网　　址：https://www.gdpph.com
印　　刷：广州市豪威彩色印务有限公司
开　　本：787mm×1092mm　1/16
印　　张：18.25　　字　　数：240千
版　　次：2015年5月第1版
印　　次：2025年7月第5次印刷
定　　价：58.00元

如发现印装质量问题，影响阅读，请与出版社（020-85716849）联系调换。
售书热线：（020）87716172

献给——

在抗日战场上
舍命杀敌
而曾为人们不齿的
兵贩子们

目录
contents

001　　一

003　　二

007　　三

013　　四

022　　五

029　　六

031　　七

041　　八

045　　九

048　　十

052　　十一

077　　十二

098　　十三

109　　十四

115　　十五

125　　十六

129　　十七

134　　十八

146　　十九

148　　二十

161　　二十一

166　　二十二

169　　二十三

172　　二十四

176　　二十五

178　　二十六

196　　二十七

203　　二十八

213　　二十九

230　　三十

236　　三十一

249　　三十二

257　　三十三

270　　三十四

276　　三十五

281　　三十六

一

在开往衡阳的一支队伍里，有着我叔爷那瘦小的身躯。

我叔爷走在这支队伍里，是去参加衡阳会战。

我叔爷去参加衡阳会战那年，是民国三十三年夏。

民国三十三年，是我们老家人俗称"走日本"那年。那年的夏天，格外热，热得女人们吃了夜饭聚在街口歇凉时，尽往月光或星星撒不着一丁点儿光辉的黑暗里钻，钻进黑暗里悄悄地将上衣解开，以一把蒲扇使劲扇着堵满汗水的乳壕。

我们老家人俗称的"走日本"，其意思到底是躲日本人呢还是过日本兵，实在不太清楚，也许是两者的意思皆有。反正是在这一年，来了日本人；而来了日本人，他们就遭了劫。他们不可能知道的是，这个偏僻山区在这一年之所以"走日本"，竟是日本陆军大本营的战略计划所致。竟然是和我叔爷所去的衡阳有关。

民国三十三年夏，侵华日军集结了十七个步兵师团、六个旅团、一个战车师团，以湖南岳阳为出发点，由湘江东西两岸，发动钳形攻势南犯，务必要占领衡阳，将通往西南诸省大门封锁，并继续向广西南宁推进，以切断黔桂铁路及黔桂公路，将通往川、滇、黔诸省通道封锁。这一"继续向广西南宁推进"，地处湖南、广西交界的我的老家，就是日军必经之地。

国军方面，蒋介石则命令不惜任何牺牲，固守衡阳。要求在守备战中，务须尽量消耗敌军之兵力，促使其蒙受严重伤亡之打击，再配合外围友军，内外夹击，歼致主力于衡阳近郊地区。

　　日军务必要占领衡阳；蒋介石命令要不惜任何牺牲固守衡阳，足见衡阳战略地理位置之重要！

　　衡阳的战略地理位置之重要，可以毛泽东的一段话来概括，那是衡阳失守后的第四天，毛泽东在延安于是年八月十二日《解放日报》社论里说的：

　　衡阳的重要超过长沙，它是粤汉、湘桂两条铁路的联结点，又是西南公路网的中心，它的失守就意味着东南与西南的隔断，和西南大后方受到直接的军事威胁。衡阳的飞机场，是我国东南空军基地西南空军基地之间的中间联络站，它的失守就使辛苦经营的东南空军基地归于无用；从福建建瓯空袭日本的门司，航空线为一千四百二十五公里，从桂林去空袭则航空线要延长到二千二百二十公里。衡阳位于湘江和耒水合流处，依靠这两条河可以集中湘省每年输出稻谷三千万石，还有极其丰富的矿产，于此集中，这些对大后方的军食民食和军事工业是极端重要的，它的失守会加深大后方的经济危机，反过来却给了敌人以"以战养战"的可能性……

　　无论是日军的战略意图，还是国军的保卫重任，无论是蒋介石下达的死守命令，还是毛泽东后来所做的论述，这些，我们老家人当然是不知道。倘若衡阳会战胜利，阻止了日军向广西推进，那么地处湖南、广西交界的我的老家，我们老家人，便不会有"走日本"这么一劫。而从我们老家这个角度来说，诸如我叔爷他们这些去参加衡阳会战的人，则不但是为了保卫至关重要的战略要地、保卫西南大后方，更是直接保卫自己世代居住的家园。遗憾的是，我叔爷他们当时也是全然不知。别说他（们）当时是全然不知（他以后也不知），就连我这个读过大学文科，专门学过大学老师写的含有抗日战争历史讲义的人（我现仍保存着的大学老师写的历史讲义中，连衡阳会战或衡阳保卫战或衡阳血战这个词都没有），也是在听我叔爷多次讲到他吃粮吃到衡阳的经历，而决心写这本书时，通过找到的有关资料才知道的。这有关资料，又有不少是来自侵华日军的战史。如《日本帝国陆军最后决战篇〈衡阳战役之部〉》。

这段战史中有如下记载：

打通大陆作战，简称为"一号作战"，自昭和十九年四月二十日起，至十一月止，共持续了半年多时间，参战兵力达十七个师团、六个旅团、一个战车师团，及当时所有残留的骑兵部队，确系太平洋战争爆发后规模最大的一次一连串的大军作战。打通大陆作战之构想，系以黄河南岸之"霸王城"为基点，先征服平汉铁路之南半段，进而攻占长沙、衡阳、桂林、柳州、南宁，打通湘桂两线及粤汉两线，全程共一千四百公里。大本营参谋总长杉山元大将上奏曰：一，为阻止美在华空军向我本土袭击，拟彻底毁灭其位于桂林、柳州等处之基地。二，缅甸地区，今后拟实施弹性作战方针……

这个什么"一号作战"，我叔爷到死都不知道。当时，我那前往衡阳的叔爷所知道的只有：他又成了"粮子"，又吃粮了。

二

"粮子"就是兵。当兵就是吃粮。这是我家乡的父老乡亲对"兵"和"当兵"的释义。其实说"释义"也并不确切，因为他们基本上没说过"兵"和"当兵"这个词，大凡街坊上一过兵，他们说的就是粮子来了；大凡谁当了兵，那就是谁去吃粮了。而我叔爷已经不止一次当过兵。

当时，我叔爷还知道的是：衡阳是个大地方，好玩。

我叔爷之所以知道衡阳是个大地方，好玩，是因为他在以往吃粮时，来过衡阳。

我叔爷一说起衡阳就口沫飞溅，那是显示他到过大地方的自豪，他说衡阳那个大呀……哎呀呀……啧啧……

我叔爷说的衡阳那个大，大到什么程度呢？那就是将十个白沙老街（新宁白沙老街是我叔爷的家乡，当然也就是我的家乡）加起来，也没有衡阳的一条街长，更别说衡阳的火车站和衡阳的那条大江了。

"火车，你们见过火车么？"我叔爷说起火车，似乎有点恨自己的口才不足，他简直形容不出那火车的样式，只能学着火车的鸣叫，和那火车轮子滚动的声音，再做出吓人的样子，说，你们把全白沙街的人都喊去，看能推得那火车动么？嘿嘿，牛皮不是吹的，火车不是推的，你们只有见到了火车，才知道什么是不能推的。有火车就必有火车站，就好比犁田的牛得有个牛栏，拉车的马得有个马厩，那火车站就是火车困觉、歇息的地方，衡阳那火车困觉、歇息的地方啊，全天下第一！

说到衡阳的那条大江，我叔爷的话则简直就有为之折服、唏嘘不已而又舍我其谁（除了他，还有谁知道呢）的味道了。我叔爷说衡阳的那条江那个长啊，那个宽啊，那个气势啊，那个热闹啊，（你们）老街人有谁见过？没有吧，只有我吧！我叔爷说那条江能一口气说上半个时辰，因为新宁白沙老街门前也有一条江，名唤扶夷江，一涨大水时，也够得上宽的了，因此我叔爷非得以衡阳的那条江来压倒扶夷江不可。而他讲江水，讲江里的船，原本就是有口才的。

"……轮船、轮船，你们又没见过的吧！这扶夷江里从来都没有过轮船吧！那能开轮船的江，你们说，该是个什么样？那江面，该有多宽呢？全天下第一！"我叔爷又说了个全天下第一。

"衡阳那轮渡码头，是两艘轮船对开啊！这一艘开过来，那一艘开过去，你们说，一天得过多少人？又哪里有那么多人过江、他们过江去干什么呢？那是做生意的老板和上班的工人哪！工人，你们知道吗？不用种地，不用自己划船，他们靠的是工厂……那江两岸，嘿，全是商铺、工厂，一眼望不到头哇！你们说该有多少人过江，不用轮船行吗？……帆船，帆船当然是有的啦，可人家江里的帆船有多大？都是竖的三张桅杆挂的是三张帆，咱这扶夷江里有吗？没有，连挂两张帆的都没有。那三桅帆船，你们知道能装多重？几千石哪！哎，你说木排，人家那江里，当然也有木排啦，只是那木排有多宽，连起来又有多长呢？咱这白沙老街，也就和它差不多吧……人家那木排往下放去时，一排连着一排，就等于是咱这一条一条的老街在江面移动哪！……"

我叔爷虽然没有说出壮哉雄哉！但他说着说着就来了哎呀呀……啧啧，只是他说到那哎呀呀时，往往便不往下面说了，暂且打住，如同说书一样的得卖个关子，因为他接着要说的是衡阳的妓院和戏院了。哎呀呀，衡阳的妓院那才叫妓院呢！哎呀呀，衡阳的戏院那才叫戏院呢！白沙老街的人，你们见过么？进去过么？而我叔爷一回味起那妓院戏院，便会不由自主地啧啧起来。

我曾问过我叔爷。我说叔爷你到底进过衡阳的妓院没有？我是想要我叔爷在我面前老实交待。因为在我会喊叔爷时，他就是个瞎子，不但街坊邻居在背后喊他瞎子，就连我父母亲，也在背后喊他瞎子，以致于我在学会喊叔爷的同时，也学会了在背后喊他瞎子。他这个瞎子其实只是右眼全瞎，左眼还有那么一点点光。但瞎了的那只眼睛完全干瘪了进去，还有一点点光的那只眼睛也是往里眍着，让人担心那一点点光也会很快就被眍得不见了。在我问他到底进过妓院没有时，我当然已经到了有性意识的年龄，已经懂得男女之间的事了。我是不太相信像他那个样子的人也能进妓院。

我叔爷没有立即回答，只是嘿嘿地笑。大概是要在我这个晚辈面前保持点尊严。他既不承认，也不否认，嘿嘿地笑了一气后迸出一句："你小小年纪，懂得什么？你叔爷我没瞎眼睛时，也是个英俊后生呢！那衡阳，原本是好玩哪！"

到得我再大些时，我才知道我叔爷原来是当国民党的兵去的衡阳，这让我有点害怕。我不是害怕他这个曾是国民党的兵会对我实施什么阶级报复，而是怕他会受到无产阶级专政。可他在我们白沙老街，即算是在"无产阶级文化大革命"那样的运动中，也没有被抓去游街示众，就连他的崽女，亦没有受到任何牵连，因为他没有崽女！他一直是人一个，卵一条，连茅草屋子都没有一间。"河里洗澡庙里歇"，正是对他生活的写照。他住的是白沙上街的一个破庙。而且街坊人都知道，他当国民党的兵是专替别人顶壮丁，虽然成了国民党的兵，但每次都是不到一年，或半年，甚或几个月，就逃了回来。他是国民党兵的逃兵！这逃兵就说明他还是具有无产阶级立场的。更何况他无论在解放前，还是解放后，都是穷得连叮当都不响的真正的无产阶级。为什么说穷得连叮当都不响呢？因为他没有敲得叮当响的鼎锅，他煮饭的那个锅子，是借了人家的（人家当然也没打算要回）。后来，我终于知道他参加过衡阳血战。他那眼睛，就是在衡阳血战中被打瞎的。我想，他怎么光说衡阳好玩，不跟我说那血战呢？原来他那时是不敢讲。他怕讲出自己参加过血战的事，那就是帮国民党打过仗。

而在他又一次成为粮子、又一次吃粮去衡阳时，他的确是不知道要去打仗的。

三

　　我叔爷当时虽然只知道衡阳是个大地方，好玩，不知道他这一去是要和衡阳共存亡（如果知道，他也许早就和前几次吃粮一样，在半路上就撒脚丫子开溜了；他是一心想就着这次吃粮的机会，再去衡阳好好地看一看，好好地玩一玩，抽空子再去那妓院戏院风光风光，然后再寻机开溜……），因而依然如同往常一样无所顾忌、甚至兴致勃勃地去吃粮，但奉命守卫衡阳的这支部队的高级长官们却忧心忡忡。

　　这支部队的最高长官是军长方先觉中将。其下辖三个师：第三师师长周庆祥少将，第十预备师师长葛先才少将，第一九〇师师长容有略少将。方先觉是黄埔军校第三期毕业生，周庆祥和葛先才同为军校第四期毕业生，容有略则是军校第一期毕业生。

　　这是国军陆军第十军。

　　第十军的前身为黄埔教导团，北伐时扩编为国民革命军第三师。第三师又被称为老三师，老三师的将领有钱大钧、李玉堂、蒋超雄、方先觉、葛先才、周庆祥等。历届第十军的军师长也多是老三师的旧部将领。民国二十九年，预十师编入第十军建制。

　　预十师成立于浙江，浙江是蒋介石的老家；预十师的士兵浙籍、湘籍参半。名闻天下的"湘勇"，正是毛泽东的老乡。第十军士兵则以湖南籍者为多。换句话说，血战衡阳的士兵，就是以蒋介石和毛泽东的老乡为主。

　　陆军第十军的军长、师长们在接到最高统帅部令他们务必固守衡阳的命令时，心中就有不祥之兆：此次守卫衡阳，凶多吉少！极有可能便是全军覆没，因为他们最清楚自己的兵力和装备。

　　于是，当我叔爷坐上装新兵的闷罐子车，往被他称为好玩的大地方衡阳开来时，军长方先觉正在蹙眉愁思。

第十军在几个月前刚参加过常德会战。作为援军，方先觉率领的第十军最先抵达常德附近，但立即遭到早就作好准备的数倍日军的拦击，虽说他的第三师终于接出了死守常德的余程万师长，但全军伤亡惨重，元气已经大伤。

方先觉清楚，自己这个在第三次长沙会战中因战功卓巨、获得"飞虎旗"最高荣誉、并被命名为"泰山军"的部队，经过常德会战后，所剩人员已不到编制数的一半，而能直接投入一线的战斗兵员更为匮乏。他将非战斗兵员计算在内，自他这位军长以下，共计尚有一万七千六百余人。这一万七千六百余人中，还包括了军直属辎重兵团、通信营、卫生队、野战医院等等；这一万七千六百余人中，真正能战斗的官兵，包括军直属部队在内，其实不过一万四千余人。在非战斗部队中，虽然可挑选出一部分可战官兵，但无武器装备。

"常德之仗，惨啊！"方先觉不由地叹了口气。

他这声叹息，不仅是叹息守卫常德的第五十七师八千余人，最后只救得师长余程万和两位团长及官兵八十余人，更是叹息他的第十军。当时他属下的三个师，预十师师长孙明瑾和参谋主任陈飞龙阵亡，副师长葛先才、团长陈希尧、李缓光重伤，团长李长和生死不明……第三师在攻占德山接出余程万时，伤亡亦不小，而一九〇师到此时的官兵总额，才一千二百人。

一千二百人的一个师，能称之为师吗？

日军用以攻衡阳的兵力，则最少是两个师团。日军一个师团可是相当于国军的六个师呵！

以残缺不全的一个军，以武器、弹药、装备、给养统统都成问题的部队，去抵挡日寇两个完整的精锐师团，方先觉能不忧心忡忡吗？

为了解决他这第十军兵员不足的问题，最高统帅部在大战即将来临之际，已下达了一道命令。这个命令是：一九〇师后调，将该师现有兵卒全部分拨至第三师及预备第十师，仅留下班长以上各级军事干部及业务人员，到指定地点接收新兵，加以训练，期满归建。

方先觉虽然不敢明说最高统帅部荒唐，但最高统帅部的这道命令却让他觉得实在是荒唐之至。大战一触即发，敌人能容许你从容地接收新兵，加以训练，期满归建吗？倘若真的将一九〇师后调，现有兵卒全部分拨，班长以上各级军事干部及业务人员又全接收新兵去了，那么大战一经打响，一九〇师不但不可能归建，就连有战斗经验的骨干，也全没了。

不知是不是最高统帅部发觉了这道命令的欠妥之处，很快，最高统帅部的命令就变了，不要一九〇师后调了，而是派桂籍新十九师归方先觉指挥，参加衡阳之战。

终于来了一个师！方先觉总算嘘了一口气。只是他这口气还刚嘘完，最高统帅部的命令又变了：新十九师另有任务调回广西，改派第五十四师配属第十军。而五十四师其实只有师部及一个步兵团在衡阳，担任飞机场的警卫勤务。另外两个步兵团在其他地区值勤，根本就没来衡阳报到。

没来报到的这两个团意味着什么呢？是否意味着五十四师在保留这两个团的实力呢？方先觉虽然不愿意这么去想，但事实就是如此，配属他指挥的五十四师只有一个师部在他手下，这个师部直属部队，能战之兵，仅有特务连和工兵连两个连而已，五十四师在城内等于是一个光杆师部。至于那个守飞机场的步兵团，他恐怕也不能寄予太大的希望。这个"也不能寄予太大的希望"，就是不一定会执行他要求死守的命令……

大战即临，最高统帅部就是如此为必须死守衡阳的第十军补充、调派兵力。命令乱下，朝令夕改，瞎忙乱动……动来动去，第十军还是原来的第十军，兵力补充成为一句空话……

方先觉忧虑地在房间里踱来踱去。

蓦地，电话铃急骤地响了。

"军长，委员长电话！"

一听说是最高统帅的电话，方先觉顿时为之一振。

在这个时候，还有什么比委员长亲自打来电话更令人振奋的呢？他所期待的，不就是委员长给他解决所有问题的良方么？

方先觉疾步跑去，抓过电话，全身笔挺。

"报告委员长，我是方先觉！"

方先觉，字鸣玉，这位委员长的学生，在战场上自连长干起，尔后营长、团长、副师长、师长、直至军长。在委员长——校长的眼里，他这个学生自然是没有辜负期望，而在他的心目中，委员长——校长则是对他信任有加，否则，衡阳这么重要的战略要地，也就不会单单交给他来守卫了。至于在大战即临时胡乱下达的命令，则应是最高统帅部那些幕僚们所为！？这不，正当他为此忧虑时，委员长亲自打电话来了。

委员长的电话，正是眼下炎夏盛暑时的及时雨啊！委员长所交办、部署、安排、指挥的一切，是毋容置疑的啊！

其实不唯是方先觉，几乎所有从黄埔军校毕业的国军将领，对委员长——校长，是从不，或很少置疑的。无论战事发展得如何不可收拾，他们的领袖、委员长总是英明的，坏事就坏在委员长身边的人。因为中国从古至今，无论哪朝哪代，皇帝总是英明伟大的，身边总是潜伏着奸臣，围满了庸臣的。反过来说，如果连这些黄埔军校出来的将领们都对委员长质疑的话，委员长指挥的抗战也就根本无法抗了。

蒋委员长是从陪都重庆亲自给方先觉打来的电话。蒋委员长在电话中的话语显得是那样的亲切而又挚诚，既抚慰了方先觉和第十军，又勉励了守卫衡阳的众将士；还给了方先觉一个能立解危难的"二字密码"……

蒋委员长说：

"鸣玉啊，你第十军常德之役，伤亡过半，装备兵员迄未补充，现又赋予衡阳核心守备战之重任。我知道你有难处啊！"

方先觉立即答道：

"感谢委员长对第十军的关爱……"

"此战，关系我抗战大局至钜，盼你第十军全军官兵，在此国难当前，人人发奋自勉，各个肩此重任，不负我对第十军之殷。我希望你第十军能固守衡阳两星期，但守期愈长愈好，尽量消耗敌人。"

"是！是！"

"我规定密码二字，你若战至力不从心时，将密码二字发出，我四十八小时解你衡阳之围，你是否有此信心啊？"

方先觉突然接到委员长亲自打来的电话，本来就激动不已，委员长的电话又不但是关爱、激励交加，而且给了他二字密码。有了这二字密码，到得实在无法支撑时，只须将它发出，委员长在四十八小时内就能解围，这不又等于是吃了定心丸么？第十军还有什么可担心的呢？

方先觉听了委员长的这句话后，立即昂然而答：

"报告委员长，本军不惜任何牺牲，惟精忠报国，死而后已。堪以告慰委员长者，据近日来的观察，全军官兵无一人有怯敌之色，人人喜笑颜开，努力构筑工事备战，斗志极为高昂，现在厉兵秣马，准备与敌决一死战！誓死捍卫委员长所授'泰山军'之威名。"

方先觉尽管用"人人喜笑颜开"来形容全军官兵的士气，并表示了死战决心，但对于衡阳到底能守多久，仍然不敢拍胸膛打包票，因为他现在最需要的是兵力，是装备，是最具杀伤力的火炮，是有切实保障的后勤供给。

方先觉想着委员长既然亲自打来了电话，那么紧接着他就可以直接向委员长要兵、要枪、要炮、要弹药、要粮草、要供给了。

"很好、很好、很好。"蒋委员长在听了方先觉表示要与敌决一死战的话后，一连说了三个很好。

委员长的这三个很好，无疑让方先觉不能不有点受宠若惊。委员长接着说："我已要第五集团军总司令杜聿明，从他的整四十八师，抽调一个摩托化战防炮营，配属你指挥。"

方先觉一听委员长亲自给他增派兵力，始是大为振奋，但一听只有一个营，又不免有些失望，他正要趁此再提到兵员枪炮弹药粮草时，电话那头，蒋委员长说了一句："你好自为之，祝你一战成功。"

电话，挂了。

立即挂了的电话，使得方先觉军长那有点受宠若惊的神态也立即消逝，余下的便依然是忧心如焚：这点兵力，能抵挡得住日军的精锐部队吗？虽说委员长亲自给他增派了兵力，但仅仅只是一个摩托化战防炮营而已；虽说他已有了委员长的二字密码，但至少也得在固守两星期后，才能将这密码发出的呀！

至少两星期……这两星期可是不能有任何闪失的呵！如果衡阳在两星期内失守，委员长的严厉，方先觉和他的师长们也是知道的。就算委员长网开一面，若失守衡阳，影响整个战局，面对国人，第十军，也是罪无可逭。

方先觉和他的师长们，只能勉励将士，下定必死决心，与进犯日军死拼，以保证至少两个星期的固守。同时，又命令他们自己设法补充的一些新兵，迅即赶来衡阳报到。

我叔爷他们这批新兵，就是去补充第十军的。

我叔爷对于第十军的这些情况，当然亦是照样不知道，就连军长是谁，师长是谁，他当时也不知道。

可他后来竟不但认识了预十师师长，而且和师长有过对话，这于他是莫大的荣耀。这比之他在老街人面前夸耀自己去过衡阳那么大的地方来，不知要荣耀多少。不过他和师长的那次"对话"，是乞求师长不要枪毙他。

四

我叔爷他们这批新兵，坐上了开往衡阳的火车。

从县城新兵训练营步行去两百多里外的铁路这段行程，本来是我叔爷最好逃跑的路程，可他想着那衡阳，想着往衡阳开的火车，想着有火车坐的滋味，他不但自己走得格外起劲，还鼓励着同行的快点加劲。

一坐进火车的闷罐子车厢，我叔爷兴奋了。呵呵，老子又坐上火车了，老子又能去衡阳了……

在火车车轮辗着铁轨发出的"咣东咣西"中，我叔爷想着那令他啧啧不已的衡阳就在前面时，心里的话儿终于憋不住了。

"老涂，你去过衡阳没有？"他扯了扯坐在旁边的老涂。

我叔爷明明知道老涂不可能去过衡阳，但正是因为老涂没去过衡阳，他才想把自己不但去过衡阳，而且对衡阳熟悉得不得了的话对老涂说一说，才能使老涂成为听他诉说衡阳的知音。或者说，令老涂更加崇拜他，成为对他早就去过衡阳的又一个崇拜者。

老涂却勾着个脑壳，不吭声。

"喂，老涂，你到底去过衡阳没有？！"他加大声音，且严厉了口气。

老涂依然勾着个脑壳，依然不吭声。

"老涂，你他妈的哑啦？！"

从我叔爷那瘦小的身躯里，立即恶狠狠地迸出来这么一句。

我叔爷尽管已经去过衡阳，也就是说他已经不止一次吃过粮，但在这批前往衡阳的新兵队伍里，他仍然是个"新兵"。或者说是个不得不冒牌的新兵。

我这个不得不冒牌的新兵叔爷，怎么敢对老涂这么凶呢？大凡像我叔爷这样不得不冒牌的新兵，从又一次吃粮开始，就得处处装出是第一次吃粮的样子来，处处得小心谨慎，以防自己那曾经吃过粮的身份暴露出来。倘若那曾经吃过粮的身份被长官知晓，不惟是再也休想逃脱，其后果更是不堪设想——轻者坐牢，重者枪毙！

我叔爷之所以敢对老涂这么凶，因为他自认为老涂是他的"老乡徒弟"。

其实，这老涂只是我叔爷在县城新兵训练营认识的一个真正的新兵而已。

这新兵训练营，用我叔爷的话来说，那就是换衣吃饭的地方。只要一到了新兵训练营，身上那身脏得如同叫花般的单薄衣衫就能被剥下（像我叔爷这种吃粮的人，是绝不会穿件哪怕稍微齐整一点的衣裳去吃粮的，临到快走时，他必将身上的衣裳全部脱下，与人去换件烂衣裳，当然，好一点的衣裳换破烂衣裳是有条件的，那就是得给差价，而这差价于对方来说，又是划得来的，于是一笔以物易物的生意完成，我叔爷能得那么一丁点儿利润，对方也得了一身自认为满意的行头），换上一身黄衣服，腰间还能系上一根皮带（这根皮带，我叔爷以后又能去以物易物，赚取差价）；换了那身黄衣服后，便是吃饭。不要钱的大锅饭，到哪里去找？到哪里去寻？不过这吃大锅饭也有技巧，或曰窍门。我叔爷的技巧或窍门是：当大锅饭一开，他立即冲上前去，第一件要紧的当然就是装饭装菜，他那第一碗却不是做死的装，而是平平即可；三两下扒完第一碗，忙装第二碗；第二碗亦如是，三两下扒完，便是第三碗，这第三碗可就得用饭铲垒紧再垒紧，堆满再堆满了，而后便是不慌不忙地吃，因为那饭桶里，已不可能再有多少。

我叔爷这吃大锅饭的技巧或窍门，其实有点像孙膑的赛马之法，以下者对其上者，以中者对其下者，以上者对其中者，三局两胜，肚子总比人家吃得饱。只不过他这吃大锅饭之法，也是经过磨炼才得出来的。他第一次吃粮时，别说这大锅饭抢人家不赢，受过的煎熬更是数不胜数。但我叔爷说，这就如同儿媳妇要想成婆婆，那就得熬。所以他认为长官打骂下属、老兵欺负新兵，那是再正常不过的。他觉得当兵配上"吃粮"这二字，那硬是绝了。因为没打仗时，餐餐有大锅饭吃，至于那饭是哪里来的，他才懒得去想也用不着他去想呢！倘若是打了个胜仗，那就更有好的吃，吃缴获敌人的哪、上司犒劳的哪、地方上慰问的哪；若是打了败仗成了溃兵没有吃的时，也能强问百姓要，捎带着摸点抢点哪，总之不会亏了自己的肚子。只是有一条，他把握得铁紧，那就是任何时候都不能丢了自己的命。倘若命一丢了，那还有什么呢？那就什么都没有了。所以说我叔爷每一次当兵的目的都非常明确，第一是有饭吃，用不着自己操心；第二是保住吃饭的家伙，千万不能掉了。

我叔爷之所以认下老涂这个"老乡"，就是见老涂在新兵训练营吃大锅饭不行，太犯傻，还是像在家里吃红薯饭一样，等到老婆将红薯饭、盐菜汤摆上了桌，才正式摆开吃饭的架势。我叔爷见他吃了粮还是如此这般，竟然有点于心不忍，因为老涂是真正被征丁给征来的，他的老家离我叔爷的白沙老街相距有好几百里，且是在一个山旮旯里。那几百里外山旮旯里的人能知道些什么呢？我叔爷以老涂这个弱者不能不有他这个强者庇护的心理，就认了他这个其实不是老乡的老乡（像我叔爷这种人，是决不轻易认老乡的，因为他随时准备开溜，他开溜时，若有认识的老乡，一则怕老乡走漏风声，向长官告密；二则也怕连累了老乡。而老涂这个不是老乡的老乡，我叔爷则认为对他构不成威胁）。我叔爷将吃大锅饭的诀窍悄悄告诉了老涂，就自认为他已是老涂的师傅。

那天晚上，我叔爷在新兵训练营的宿营地，也就是县立中学礼堂那三合泥地板上摊开地铺睡觉时，见老涂竟然穿着新发的黄军衣往地铺上躺，便又于心不忍了。

我叔爷说，老涂，脱掉，脱掉，这么好的衣服你穿着睡，也不怕糟蹋了衣服？！我叔爷一边说一边将自己剥得精光，将黄军衣折垫得熨熨帖帖，而后附着老涂的耳朵说，你将这好衣服糟蹋了，以后就难得换个好价。

老涂压根儿就没听懂我叔爷话里的意思，只是嘀咕着说，还怕糟蹋衣服呢，这条命只怕都会被糟蹋得没了。

"你说什么，什么？既然出来吃粮就不要怕死，怕死就别来吃粮啊！"我叔爷笑起来，"你以为吃粮是这么好吃的啊？"

不待老涂吭声，我叔爷又说："吃粮不要自己种粮，连煮都不要自己煮，餐餐有现成的吃，隔三差五还有顿肥肉，你到哪里去吃这现成的饭和肉呵？！人心不足，人心不足。再说，吃粮就一定会死么？嘿嘿，嘿嘿……"

"你倒是人一个卵一条，一个人吃了全家饱，可我呢，我家里还有个女人哪！"老涂依然小声地嘀嘀咕咕。

一听老涂说到女人，我叔爷来了兴趣。

"喂，老涂，你家那个女人漂亮么？"

我叔爷一问老涂的女人是否漂亮，周围的新兵们都来了兴趣。

"老涂，你那女人一定漂亮得跟天仙一样吧？"

"老涂，漂亮女人那味道，硬是不一样吧？"

……

吃粮的到一起讲女人，本是天经地义的惟一消遣和宣泄。可当这些吃粮的都以为从老涂的女人这个话题能得到许多兴奋的时候，老涂又像死狗一般，一声不吭了。

一个新兵见老涂如死狗一般一声不吭，便故意说道：

"老涂，我见过你那女人，你那女人硬是长得漂亮，漂亮得就跟猪婆娘一样。不是有句俗话，当兵三年，见了猪婆娘喊貂蝉么。等到你再回家啊，你那女人就是貂蝉了……"

所有的人都没想到，就连我叔爷也没有想到，这个新兵的话还没讲完，如死狗一般躺着的老涂竟一下跳了起来，发疯般朝这个新兵扑去。

老涂一边扑一边嚷，你骂我女人，我要掐死你这个王八蛋！

老涂那一扑，令我叔爷都傻了眼。老涂那是有板路的一扑，就好像猎狗扑猎物的招数，扑得凶，扑得准，一双青筋暴露的手照准那个新兵的喉咙猛掐过去。我叔爷在心里喊声不好，那新兵若被老涂扑住、掐住，不死都得被戳出几个血窟窿出来。我叔爷看得清楚，老涂那张开而又微屈的十个手指，此时简直就像挖土的十齿钉耙。

　　就在老涂要准确无误地扑住那个新兵，并掐住他的喉咙时，那个新兵竟毫不慌张，眼睛直直地盯着扑过来的老涂，连眨都不眨一下，待到老涂就要扑住他的那一瞬间，他只是略微动了动身子，便令老涂扑了个空。

　　我叔爷已经看出，这个新兵也决不会是头一次吃粮的，这个新兵和他一样，是经常做吃粮这勾当的，而且，此人受过专门训练，不是一般扛"汉阳造"的兵，因为他在略微动一动身子，便令老涂扑了空的当儿，有一只手，在令人难以察觉之际，其实已经将老涂带了一把，只是没有发力，倘若他真的发力，那老涂，会被他甩出几丈远。

　　扑了个空的老涂一爬起来，又要向那"猎物"扑去，这当儿，我叔爷一个箭步插上，挡住了老涂。

　　我叔爷虽然身子瘦小，但不是羸弱，他是属于那种瘦筋瘦骨有内劲且爆发力大的人。乡人尝言，像我叔爷这类瘦筋瘦骨的人，床上功夫了得！比之那些身高体大臃胖之人，不知要强到哪里去。我叔爷的床上功夫究竟怎样，不得而知，因为他一辈子都是打单身，没有正式娶过女人。相好当然是有的，但没有子女，而乡人又有床上功夫真正厉害与否，得看崽女生得多少之言。

　　且不论我那瘦筋瘦骨的叔爷床上功夫到底如何，仅他经过数次吃粮的摔打磨炼，打架的本事是绝对有的，否则他也不敢去扯架，更何况扯的是如同猎狗般的老涂和受过专门训练的"新兵"。

　　我叔爷是不愿意看着老涂吃亏。老涂若再闹下去，真惹得那个"新兵"上了火，他不死也得落个残疾，第二天的大锅饭，老涂就肯定吃不上。

我叔爷将老涂一挡，老涂不能再扑过去了，只是鼓着两只充满血丝的大眼，恨恨地四处巡扫。

那个"新兵"见老涂这模样，不紧不慢地说：

"怎么，想找枪啊？你他妈的会不会玩枪呵？刚穿了两天黄皮子，就要来跟老子较真……"

刚说到这儿，这个"新兵"不说了，显见得他是怕说漏了嘴，将自己吃过粮的身份暴露出来。

"睡觉睡觉。"他躺下了。

躺下的这位还真说准了，老涂就是想找枪，可枪还没发。于是老涂咬牙切齿地说，他就是要拿枪把讲他女人坏话的人打死。

于是新兵们都知道了，原来老涂是个装了火药的闷罐子，惹不得，特别是说不得他的女人。

新兵们不知道的是，老涂在未吃粮前是个猎户，他打猎物打得多，见猎物见得更多，所以他从地铺上向讲他女人坏话的人扑去时，那架势就如同猎狗扑猎物。而如果身边真有枪，他也的确是会玩的。

我叔爷当时也不知道老涂曾是猎户，他只是一厢情愿地将老涂看作是他的徒弟，遂连拉带拽，使老涂返回了他的地铺。

"老涂老涂，我们都不说你的女人了，好不好，你他妈的还是穿着黄皮子睡你的觉吧。"当我叔爷一边这么说着，一边按着老涂的双肩，要将他按到地铺上时，老涂却猛地一挣，又跳了起来。不过他这回一跳落下来时，竟双手捂脸，嘤嘤地、如同孩儿一般地哭了起来。

老涂这么嘤嘤地一哭，我叔爷想起早先吃粮时听北方老兵说过的一句话，那就是"姥姥死了独生子——没有舅（救）了"。像老涂这么一个窝囊废，也来吃粮，唉！

我叔爷为老涂的窝囊叹气时，那位压根儿已瞧不起老涂的"新兵"又迸出一句：

"你他妈的哭丧！这还没上前线呢，你想要我们都背时啊？！"

我叔爷怕他俩的"战火"又起，便走到那个躺下的"新兵"身旁，坐下，说道：

"兄弟，抽根纸烟不？"

我叔爷刚掏出纸烟盒，这位"新兵"便一把将纸烟盒抓过去，抓住纸烟盒的手指顺势在纸烟盒底部一弹，便弹出了一根纸烟，叼在嘴上。

我叔爷又掏出洋火，这位"新兵"将纸烟盒丢给我叔爷，仍旧是一只手抓过洋火盒，根本不用另一只手帮忙，"嚓"的便划燃一根，将烟点着，狠狠地一口，那烟就被他吸去了一大截。

这掏烟、划火、点烟的动作，都是在战场上一只手受伤后不能动弹的所为。这位"新兵"，可非等闲之辈。我叔爷心里，更有数了。

"兄弟贵姓大名啊？"我叔爷问道。

"宫得富。"

"兄弟贵庚啊？"

"二十又二。"

"长小弟一岁，一岁。"我叔爷说，"宫兄专抽这老牌子纸烟，果然是好身手、好身手！"

我叔爷说的是他们这一行中的隐语，意即是老吃粮的了。

"没钱时只好抽抽这老牌子。老弟你也不在哥哥我之下。"宫得富眯缝着眼，喷吐着烟雾。

"嘿嘿，嘿嘿。"我叔爷笑了笑，对宫得富说出的隐语表示默认。他又摸出纸烟盒，这回是自己先叼上一支，点燃，然后再递支给宫得富，并替他点燃。

"宫兄，老弟我求你一件事。"

"既然是兄弟了，求什么求，有事只管讲。"宫得富吸着纸烟，话说得很气概。

"老涂那厮冒犯了你，宫兄别和他一般见识，有什么事嘛，咱俩好说。"我叔爷轻声地说。

"知道！"宫得富反问道，"你老弟贵姓大名？"

"林满群，乡人都称我群满爷。咱俩以后相互照看着点……"

"好说，好说。"宫得富答道，"那我以后也喊你群满爷。"

于是我叔爷和宫得富都狡黠地一笑，两人皆心照不宣，达成了默契。那就是你也别点破我这个"新兵"，我也不点破你那个"新兵"，咱俩彼此彼此，到时候就都脚底板抹油，开溜吧！

我叔爷尽管多次吃过粮，是个地地道道的老兵贩子了，其实还是个糍粑心肠，他怕宫得富依然记恨老涂，便又说道：

"那个老涂，宫兄你看在我的份上……"

我叔爷还没说完，宫得富就说：

"嘿，我知道，他是你的徒弟，你就多顾着点他吧。在外也不容易、不容易。"

是个痛快人。我叔爷放了心。

我叔爷又走到老涂面前，轻声地暗示老涂说，吃粮不可怕，到时候，到时候你就跟着我吧，我保你顺利回家见到婆娘……

这话，我叔爷实在是不应该跟老涂讲的，因为吃粮开溜这种事，得做得绝密又绝密，稳当再稳当，是出不得半点差错的，这是拿着脑袋在要把戏的勾当。可我叔爷一则把老涂当成个不晓事理的乡里哈宝，二则总以师傅自居，好让老涂觉得他高明，以此获得些自以为是的满足。后来，他果然为此险些掉了脑袋。

我叔爷真把老涂当成了他的徒弟而多方照顾，老涂却似乎并不领情，从新兵训练营直到上了开往衡阳的火车，他就没和我叔爷说过几句顺畅的话。

这不，当我叔爷怀着对衡阳的"恋情"，希望他能回答几句让我叔爷高兴而又得意的话时，他迸出了这么一句：

"去过怎样？没去过又怎样？"

老涂这话虽然火冲，虽然全不是对"师傅"应有的回话，但他终于回话了，这令我叔爷感到兴奋。

于是我叔爷又说起了去过衡阳的那种感觉，又开始来了哎呀呀……啧啧……正当我叔爷说得起劲时，传来长官严厉的话语。

长官那严厉话语的意思是，少说点他妈的不着边际的废话，留着些精神，准备应付那不可知的一切吧！

我叔爷觉得有点奇怪了，这次去衡阳，跟往常硬是不一样，硬是像真的要和日本人打大仗。倘若是真的和日本人打大仗，那该怎么办呢？

他吃粮的动机是绝对的不纯。他的吃粮，可不是为了打仗。但如果有人以为像他这样的人一上战场，一见到日本人就会害怕，是典型的怕死鬼，那就大错特错了。他这种人只是严格地按照他（们）吃粮的规矩办，吃粮就是吃粮，不要操心便能混个肚子饱。既然只是为了混个肚子饱，别的家国大事就与他无关了。

偏老涂傻乎乎的不懂味，在我叔爷听从了长官的话而噤声不语后，他嘀咕了一句：

"要去送死了还不准人说话……"

老涂嘀咕的这一句，声音实在不大，可带队的长官偏偏就听见了，长官赶过来了。

长官那双如鹰一般锐利的眼睛里冒出了火：

"你是说去送死吧，你他妈的这是扰乱军心！你再这么说些出师不利的话，小心老子枪毙你！"

长官的这句训斥，使得老涂浑身一颤。

我叔爷也仿佛觉得，这一次的吃粮的确不同于往常的吃粮，这一次，只怕是真的要有血光之灾呢！

我叔爷开始有点懊悔，懊悔自己不该老想着衡阳的乐趣，以至于进入了去送死的行列。早知如此，从县城一出来就该开溜……

五

当我叔爷他们这批被征来的壮丁，也就是新兵、吃粮的，在火车闷罐厢里又是害怕，又是想着如何开溜时，衡阳的守军已经开始了紧张的工事构筑。

不知读者对战争中守军的工事构筑是否感兴趣，当我在有关资料中看到衡阳守军的工事构筑时，我是不但如获至宝而且是啧啧不已。因为我从未见过（读过）真正的防御工事。这里仅举担负守卫日军主攻点，即衡阳之南的预十师工事构筑：

预十师守卫的阵地上，所有的轻重机枪皆有掩蔽、全部布置为侧击，构成严密的交叉火网。凡属于面敌的阵地，全部削成断崖；其上缘设有手榴弹投掷壕；两高地之间鞍部前面，亦构成密集交叉火网，火网之前，布置有坚固的障碍物，障碍物外挖有既深又宽的外壕，壕底有掩盖的地堡；阵地上则挖一米五深的电光式交通壕，交通壕连接全阵地；在交通壕背后或前面，挖有一米五深的散兵坑，各个散兵坑又与交通壕相通，坑口有遮阳避雨的设备，其上覆以伪装。预备队官兵在阵地后面山脚下，每人挖有一曲尺型单人掩蔽部。阵地前的地堡及反射堡，均有掩盖的交通壕通至主阵地。阵地上火力，又能掩护各地堡的安全……

这样的防御工事，如果以图标识，光看图就令我等非军事人员眼花缭乱。我曾就此问过军事专家，军事专家云，在那个年代，这样的防御工事的确令人赞叹。

这种令今日的军事专家都赞叹的防御工事，是在该师师长葛先才的亲自指导下构筑完成的。

葛先才选择构筑这种防御工事所在的主阵地，正面小，树木多，遮蔽良好，适合于兵力集结，火力更能集中。而且在阵地背后运动兵力，敌人完全看不见，部队调动、增援、弹药输送、伤兵后运、炊事兵三餐往返等等，皆不易受敌人火力威胁。

在我所看过的有关叙写战场上指挥员的运筹决断中，从未见过说指挥员将炊事兵送三餐饭也在其考虑之中的。而战场上的实际情况是，炊事兵送的那三餐饭实在是太重要了。如果炊事兵一往阵地送饭，就被敌人的火力毙伤，阵地上的官兵们没有饭吃，那会是个什么情形？人是铁，饭是钢，一餐不吃饿得慌。这个定律是适用于每个生灵的。

据资料介绍，当时在衡阳防御主阵地上构筑工事的官兵根本未把即将到来的血战放在心上。仿佛他们面临的，不是强敌压境，不是生死系于瞬间。无怪乎方先觉军长向委员长报告说："全军官兵无一人有怯敌之色，人人喜笑颜开，努力构筑工事备战，斗志极为高昂，现在厉兵秣马，准备与敌决一死战！"

这"人人喜笑颜开"也许是方军长用词不当，因为官兵们毕竟面临的是恶战，是死亡，而不是什么喜事。但构筑工事的官兵们精神抖擞，甚至相互开着玩笑，倒是实在的不假。试想，第十军以一万七千多人，在超过十万日军的围攻下，孤军血战，最后坚守了四十七天，倘若没有高昂的士气，能做得到吗？

如果不是亲身参加过国军对日作战的人，对国军这种要么是视死如归、气壮山河，要么是一触即溃、惟恐逃之不及的两种截然不同的状态无法理解。守卫衡阳的士兵那种丝毫也不畏惧强敌的场面，是我叔爷亲眼所见。我叔爷后来说，阵地上这种高亢的士气，和他们这些"新兵"相比，真是一个如高山，一个是平地上的凹坑。

正是基于此，我为我叔爷、宫得富他们在开往衡阳途中的表现，不能不感到有点儿羞耻。

一方面是同仇敌忾，视死如归，不把要和日寇的血战放在眼里，那该是何等的民族气概！一方面是以当兵为白吃粮，寻空子便开溜，溜走后又去白吃粮，那该是何等的龌龊，何等的损我民族之大义，何等的为我热血之辈所不耻！我叔爷、宫得富他们当时就是些龌龊之辈。然而，我叔爷说起他们的行径，却有千条万条理由。我叔爷曾说，你们是不养崽不晓得尻痛呢！你们也生到那个时候啰，也变成那个时候的我们啰，你们只怕连我都不如！

我叔爷就是如此这般的一个人，谁能奈何？

我这位谁也奈何不得的叔爷，就只怕、且服了他的师长。

守卫衡阳的第十军预十师师长，也就是亲自指导构筑防御工事的这位葛先才，对诸如我叔爷之类的兵贩子，早就有过深切的感性认识。

1939年春，日军攻占江西省城南昌后，继续向临川南下。

驻扎在抚河东岸李家渡的陆军第十预备师接到战区司令长官部命令，派一个团立即开赴西凉山区最南高地构筑预备阵地。

时任第十预备师二十八团团长的葛先才奉命执行这项任务。

葛先才率领全团渡过抚河，迅疾向目的地进发。

当这个团快赶到目的地时，情况突变：在前线抵御日军的部队已经溃退下来。

出现在葛先才眼前的溃兵，竟如洪水漫野，蜂拥往南而去。

日军正在向西凉山运动。

二十八团前去西凉山区最南高地构筑预备阵地的目的，当然是为了接应友军，可此时友军已经全线溃退，那么，部队是继续前进，还是撤回李家渡呢？

按照常规，在这种情况下，葛先才应当立即电告师长：友军已南溃而去，本团前面无友军，预筑工事地带情况不明，请师长定夺。师长在接到他的报告后，肯定会要他尽快回师。因为既然友军已经溃退，难道还要他孤军深入，难道还不以保存实力为重么？

然而，葛先才这位团长却没有急于向师长报告。

葛先才看着那漫野的溃兵，眉头越蹙越紧。胜负本兵家之常事，友军没能抵挡住日军的攻势，这不足为怪也不足为奇。然而，兵败不应当成为兵溃，后撤应当仍然是有组织、成建制，有序而行。像这样一旦失利，便自乱如溃堤的洪水一般胡乱奔窜的景象，正是国军长期形成的痼疾。

难道自己见了敌人，也要撒手而走么？

眉头越蹙越紧的葛先才，终于下定了决心。

他将营长们召集拢来。

葛先才对营长们说，军人以杀敌为天职，本团虽然没有战斗任务，但是遇上敌人不战而退，乃军人之耻，因此他主张与敌人决一死战，上司如果追究下来，所有的责任由他团长一人承担。

葛先才为什么要征集营长们的意见呢？在这个团里，是战是撤，是继续前进还是后退，难道不是由他一人说了算吗？原来这个团所接受的命令，只是在西凉山构筑预备工事，并没有战斗任务。在没有战斗任务的前提下，团长也是不能硬性命令，强迫部属冒生命危险的。

倘若营长们不同意，倘若营长们认为应当后撤，倘若营长们坚持必须先向师长报告，他这个团长如果仍然坚持要与日寇决一死战的话，他也就只能振臂高呼，愿意和我一同死战的留下，不愿意的请随便，然后率领愿意留下的去进攻，去冒敌人的枪弹和自己上军事法庭的危险。

国军有一条"连坐法"，即诸如此类情况，在上级没有命令他们投入战斗的情况下，擅自行动，了得？！而团长的这一擅自行动，势必连累到营长们"连坐"。故而葛先才说所有的责任由他团长一人承担。

葛先才主张和敌人决一死战的话刚一落音，营长们便争先表态，均云遇上敌人不战而退，乃军人之耻，坚决跟随团长和日寇决一死战！若有不良后果，愿和团长一同承担！

营长们的呼应其实在葛先才的预料之中。作为一个部队的指挥，如果对自己的部属都不了解，他还配做这个指挥吗？这些营长们已跟随他多年，是生死与共的战友，焉有不和他一同行动之理！然而，在这完全可以不必要独当一面，完全可以避开敌人、安全撤回之际，营长们仍然愿意随他和日军决一死战的呼应，还是令葛先才激动不已。

葛先才立即命令，抢占高岗。

葛先才的团占据西凉山最南高地后，日军在距离他们一千三百米处的高地上扎下了营寨。

两军对峙，各自忙碌着构筑工事。

葛先才思谋着破敌之策。

根据两军对峙的形势，应当有三种方案。第一种方案是，自己据高岗而取守势，等待日军来攻。然以自己一个团的兵力，欲以守势胜敌，几乎是不可能的。况且他葛先才从来就是个不愿意等着挨打的人，他的一贯战法是进攻！因此，这第一种方案立即被他否定。第二种方案是，次日清晨出击。但这种出击势必在日军的火力笼罩中。一千多米距离的攻击前进，自己的部队必有相当大的伤亡才能接近敌人，待到接近敌人时，官兵的体力已经消耗殆尽，士气已是在三鼓之后，再要发动有效的攻击，难矣！故不拟采用。余下的第三种方案是，敌我在次日清晨皆采取攻势，那么将是一场遭遇战！倘若一成遭遇战，自己已失去先机。失去先机的仗，葛先才也是不愿意打的。

如果说上述三种方案为上、中、下三策，则这三策都已为他否定。

葛先才要采取第四策，决定在即日晚上，夜袭敌军，打日寇一个措手不及。

葛先才要采取的这第四策，是分析了日军的心理的，因为骄横的日军绝想不到国军敢夜袭。因为在日军和国军的所有战斗中，国军很少取攻势，特别是夜袭。正因为日军绝想不到，所以才能攻其不备！

葛先才将夜袭战斗准备全部做好后，才电话告知师长。

葛先才的夜袭，果然一举成功，全歼日军警戒部队，攻毁日军前进阵地，一直攻抵其主阵地之前。

骄横的日军实在没想到国军也敢发动夜袭，在遭到骤然的猛烈打击后，紧缩阵地，全采守势。

双方进入了近距离攻防战中。

蓦地，葛先才团部的电话铃声急骤地响了起来。

"团长，师参谋长电话。"

葛先才接过电话。

"葛团长，天已放亮，敌机即将临空，你团立即停止攻击，迅速将部队后撤，脱离敌人！"

葛先才答曰，我军士气正旺，攻势正猛，怎能突然后撤？

"不行，你必须立即撤退！"

"参谋长，两军正在激战，我能安全撤退吗？"

"至于你如何后撤，那是你的事。我只告诉你葛先才，第二十八团如有重大损失，你团长应负全部责任！"

一听此言，葛先才的火气上来了，他厉声答道：

"本团任何损失，尚不至于要你参谋长负责。如果你参谋长命令要本团敌前撤退，那么本团因此而遭受的严重伤亡，甚至于败下阵来以至全团溃散，应由你参谋长负全部责任！近距离的激战，宁可全部战死，也不可轻易有所变动，动则乱，乱则溃，你知道吗？战场不是像你在陆军大学战术作业，可以随便更改！战场上一旦与敌接触开火，不是敌死，就是我亡；谁没有稳定性，谁就会失败。就是有错误，也必须错到底，与敌拼个同归于尽，绝对不可后撤。何况本团官兵现正斗志旺盛，为什么要撤退？我都不怕，你怕什么？战场上你不懂的事多着呢！最好少出主张，没人说你无能！"

"啪"地一声，葛先才将电话挂了。

就是这位视师参谋长为无能的团长，拒不执行撤退的命令，继续指挥部队猛攻，结果很快就攻破敌阵，迫使敌军全线后撤。

在日军全线后撤，第二十八团乘胜追击时，这位团长却发出了对敌人的赞叹，因为日军的后撤秩序井然。这位团长叹道："此乃国军望尘莫及之处也，值得我国军借鉴。"

葛先才之所以敢于抗命，或者说他不得不抗命，是因为他深知当时若在敌前撤退，绝对危险。自己的官兵跑得再快，也跑不过日军的炮弹枪子，官兵会成为日军的活动靶，这就是"火力追击"之说。如果万一必须撤退，也只能在夜间进行，此为其一。其二，只要撤退命令一下，士兵必争先恐后乱跑，连排长不易掌握控制，准会自乱，一乱则不可收拾。最可怕者，官兵战斗意志一落千丈，尔后就不能作战了。士无斗志，战亦必败。故宁可与敌偕亡，也不能撤退。其三，怕敌机来袭，就不要打仗了吗？何况敌我近在咫尺，敌机亦不敢投弹扫射，惟恐误伤他自己人。这其实正是对空最安全地带。短兵相接，斗志，乃胜负之要素；攻防酣战之时，敌我机会均等，敌能杀我，我亦能杀敌，只看谁能挺得住，坚持到最后五分钟。

葛先才坚持到了最后五分钟。

首战告捷，全团士气更为振奋。第二天凌晨三时，葛先才又发动猛烈攻击，这又出乎日军意料之外。有道是一计不可二用，日军碰上的这个对手，却一而再地实行夜袭，简直是像疯子一样不顾一切！这"疯子"般的猛攻是：全团十八挺重机枪、八十一挺轻机枪同时开火；三十门大小口径迫击炮集中猛轰……震天撼地的喊声、杀声中，还夹杂着"还我兄弟命来"的哭叫声……就是在这如同疯子一般的猛烈攻击下，日军防线霎时间便被冲破，再一次弃尸遗械，被迫大幅度后撤。

两战皆捷！葛先才以战场抗命赢得的胜利声震江西。

然而，葛先才的二十八团亦损伤严重。战后，预十师得到一千名新兵补充，葛先才的团分派五百。这补充的一千名新兵中，竟有多数都是如同我叔爷那样的兵贩子！

自此后，这位西凉山之战的抗命团长，率领有着诸多兵贩子组成的部队，参加了第三次长沙会战，参加了救援常德之战……从团长到副师长、少将师长，他所带领的士兵，死在战场上的，重新补充进来的，究竟有多少像我叔爷那样的兵贩子，谁也说不清。只是像我叔爷那样的兵贩子，他是一眼便能看穿的！因此，我叔爷该会碰到什么样的命运，着实是难以预料的了。按照军律，对兵贩子可随时就地正法！

六

随着蒸汽机头如憋足了劲的嘶鸣，挂有装载我叔爷这批新兵闷罐子车厢的火车开进了衡阳站。

我叔爷他们一下得车来，就被眼前的景象惊呆了。

偌大的衡阳站，人山人海，扶老携幼的，肩挑手提的，挤得不可开交。大人喊，小孩哭，一片混乱凄惨景象。车站轨道上，七八列载满人群的列车，在等待开出。那些列车上，不但车厢内挤得水泄不通，车厢顶上也挤满了人。若从远而望，如一条条死蚯蚓爬满了蠕动着的蚂蚁。

原来衡阳守军在昼夜加紧构筑工事进入备战的同时，军长方先觉决定"衡阳空城"——所有民众一律撤退疏散，不留下一人。"战争是军人的事！"方先觉这些从正规军校毕业出来的职业军人认为如是。

尽管方先觉命令：出动全军各级政工（其中当然包括宣传）人员，会同衡阳县政府，除文字宣传外，并口头劝导百姓，避免不必要之流血，迅即疏散，但他们的文字宣传，就是到处张贴一张同样的布告，大意是要打大仗了，城内百姓不得留住，限在几日内悉数离开。这本是为百姓着想的事，反而宣传得变了味，反而使得百姓只顾竞相逃离；因而尽管粤汉、湘桂两铁路局，将所有能调集的车辆开往衡阳东西两站，免费疏散战地群众：南行者乘粤汉路车，西行者乘湘桂路车；尽管军部派出参谋人员，协助各站办理疏散事宜，各站并派武装兵一排，维持秩序；辎重团派兵一连，照顾老幼，帮助百姓搬运物品上车。但逃难的混乱凄惨，仍然超出了想象。

秩序，于战乱百姓来说，只能是一个虚幻的名词。

对于衡阳保卫战的宣传，本可以是从战略地位、对全局的战略影响、大后方的安全、物资供应、交通枢纽，乃至对盟军的重大支持，等等等等，大做文章，大书标语口号，以唤起民众，取得全国、甚至世界各方面的支持。可惜这种宣传口号、宣传文章，他们是全然没有。每逢大战，国军统帅部似乎都只有那么一句：此战关系重大，关系到什么什么存亡。除此以外，便好像再也想不出别的话来了。由是不能不让人疑问：他们那各级政工人员、特别是宣传人员，到底在干些什么？！以我叔爷他们这些"新兵"上战场来说，他们别的都不知道，就知道他们（又）被征了丁，（又）吃粮来了。

好多年后，当我叔爷知道了一些新名词时，曾感叹地说，那什么宣传工作，他们实在是太差劲了。如果他们早有些宣传，老子也不会差点被崩了。

……

终于有列车喘息着、嘶吼着，挣扎着开动了起来。那些没能挤上车的，则坐在路轨旁，抱着孩子，搂着包袱，守着行李物品，顶着炎炎烈日，等待着下一列空车到来。他们那企盼着空车快点到来、希望自己能挤上下一趟车，害怕日本人就会打来的神色，让人真正领会到"宁为太平犬，不做乱世人"的涵义。

看着这混乱的逃难景象，我叔爷和宫得富交换了一下狡黠的眼色。

他俩是想趁着这混乱逃跑么？否也。他俩没有这么傻，在这儿想逃跑，那是白日做梦。他俩那狡黠的眼色，是互相通知对方，老兄（老弟），看样子真的有大仗打，咱俩就看运气和机会了，谁能逃脱，那就看谁的本事！老兄（老弟），你放心，如果你有逃的机会，而我没有的话，我决不会出卖你……

这两个多次吃过粮的老兵贩子没想到的是，出卖他们的，是那个跟在他俩后面一声不吭的老涂。

七

我叔爷和宫得富、老涂被编入同一个排。

他们立即加入了构筑工事的行列。

对于构筑工事，我叔爷和宫得富也称得上行家，要如何挖坑才能既省劲又快捷，要如何垒砌才能使自己的掩体舒服一些，他俩都会。可他俩才不愿意把些力气使在这上面呢。他俩各自琢磨着的，就是如何选择有利时机，趁着枪炮儿还没打着自己时，溜之大吉。

新兵们的到来，使老兵们多了许多快活。因为他们既可以在新兵面前摆老资格的谱，又能拿新兵取笑。

"喂，兄弟，有纸烟吗？"一个老兵走到老涂面前。

老涂是不抽纸烟也抽不起纸烟的，他在家里抽的是水烟筒，烟叶是自家种的旱烟。被征丁吃粮后，舍不得带那水烟筒出来，怕丢了那铜制的好烟筒，改抽了喇叭筒。

老涂摇了摇头。

老涂摇了头后，就连那自个儿抽的用纸卷的旱烟都没拿出来请这位老兵抽。这位老兵并没发火，只是围着老涂转圈儿，如看一个怪物：

"呵，穿上了二尺五，连盒纸烟都舍不得买，兄弟啊，你也太小气了一点，现时还不抽纸烟，只怕你以后就再抽不上喽！"

我叔爷知道这老兵不是专为一根纸烟而冲老涂去的，这老兵是在没事找茬儿。这老兵也没有什么恶意，只是要显摆显摆自己而已。接下来，他该在军事技术上教训老涂、出老涂的洋相了。

"怎么样，兄弟，给老哥露一手，敢把手榴弹的盖儿揭开么？"

我叔爷怕老涂吃亏，谁叫自己把他认作是徒弟了呢。我叔爷忙掏出自己的纸烟：

"长官，我这里有纸烟，你抽，你请抽。"

我叔爷故意喊他长官。

这位老兵眯缝起眼睛，看了看我叔爷手里的烟盒牌子，朝宫得富走去。

宫得富一见他走来，脸上立即堆满笑：

"长官，我这有好牌子的，你来一根！"

老兵接过宫得富的纸烟，夹到耳朵根上，又从纸烟盒里抽出一支，叼到嘴上。

宫得富忙替他将火点上。

"你们这三位，一起来的？"

宫得富听着这位老兵故意打起的官腔，心里不禁暗暗好笑，因为这种官腔，他也曾多次打过，目的无非就是吓唬吓唬新兵，从新兵那里得些"孝敬"，让新兵为自己效点劳，像长官使唤勤务兵一样地使唤使唤。

"嘿，是的，是的。我们三人是一起来的。"宫得富故意点头哈腰。

"你们两个，"老兵指了指宫得富和我叔爷，"还蛮灵泛的，不错不错。那位老兄，怎么的就不会说些人话呀？光会摇头，哑巴啦？！"

老兵转过身，看着老涂，伸出右手中指，朝左手拇指和食指弯成的圆圈中穿过去，做了个猥亵的动作。

我叔爷明白那猥亵动作的意思，那是说，哑巴干老婆，直捅，没有别的话说。因为他不会说。

"哑巴也能来我们第十军？真他妈的晦气。"老兵又对着宫得富和我叔爷说，"我们这第十军，你俩知道么？大名鼎鼎的泰山军！蒋委员长亲自命名的！泰山，谁能撼动？老子当年战长沙，就是跟着我们团长，咱现在的师长，与小日本那个斗啊！天上是小日本的飞机，'呼'地来一群，'呼'地又来一群，他妈的飞得真低，就从你头上飞过，扔下的炸弹，就在你身旁爆了，那扫来的机枪子弹，'啾——啾'，你还没明白过来，完了，去阎王那儿报到了。兄弟，怕不？子弹虽说是不长眼的，可它偏认得你们这些新来的呢！"

老兵突然打住，故意地然后双眼死死地瞅着宫得富。宫得富忙装作害怕不已的样，说，那怎么办，怎么办？

老兵瞅着宫得富那害怕的样，哈哈大笑起来。

"兄弟你是个老实人，我就不吓唬你了。怎么办？有什么可怕的。他扔他的炸弹，他扫他的机枪，咱不睬！咱就等着他小日本的步兵冲上来，咱和小日本贴得越近，那飞机的炸弹就不敢扔，机枪就不敢扫，他那飞机成了×鸟！那小日本的凶劲啊，别说，咱还真佩服，冲到咱阵地前的死光了，第二拨又冲了上来，踩着他皇军的尸体，硬是只往前冲不往后退。他妈的还真越打越多，多得咱还真的顶不住了。这当儿，咱老团长，咱现在的师长，吹起了冲锋号……"

这位老兵说的"当年战长沙"，是指第三次长沙保卫战。当时奉令固守长沙的是第十军，军长李玉堂；陆军第十预备师则已编入第十军建制，方先觉任师长。时已为预十师副师长的葛先才又领衔团长，与原三十团团长对调，独当一面。

是日，天刚放亮，日军的炮弹即如暴雨般向三十团南面阵地倾泻，与此同时，日空军每次出动十二架飞机，低空集中于南区，川流不息地轮番轰炸扫射。

所有阵地附近的民房，均被轰炸、起火燃烧；炸弹、炮弹、手榴弹、爆炸后的火药烟，激起的沙土灰尘，与燃烧房屋之浓烟火焰，混成一片，遮蔽空间，十米外看不清物体。

日军指挥官已下了铁的命令，不惜任何代价，务必在该日攻破南门。

敌步兵如海潮一般向三十团猛扑，一股潮水退去，另一股又迅猛扑来……

从清晨战至中午，攻守双方皆伤亡惨重。

三十团阵地虽仍然屹立，但日军兵力愈打愈多，三十团兵力愈战愈少，已无法支持到黄昏。

在这形势极端危急之际，葛先才孤注一掷，毅然决定弃守为攻，以冲锋号音令全团出击。

他命令各营营长，但听团部冲锋号音，立即开始向日军猛攻，不惜任何牺牲，有进无退，违令者杀！又令团迫击炮连，闻冲锋号音响起，迫击炮加速发射，把所有的炮弹都给我向日寇轰去！然后他才打电话告诉师长方先觉，决计出击，以攻代守。

葛先才从卫士手中接过一支德国造二十响连发驳壳枪，又将一个装满子弹的预备弹夹放入军衣左边口袋里，另数十发子弹放进右边口袋里。

他命令司号长吹响冲锋号。

硝烟弥漫的古城长沙，被日军炮火压抑得喘不过气来的战场上，蓦地，冲锋号角划破长空，其声已不惟嘹亮，更是雄壮凄凉。

团部的冲锋号一响，各营连号兵，十几只军号，各带其部队番号，同时吹响冲锋号音。

霎时间，全团一声呐喊，官兵们跃出掩体，奋不顾身，向敌冲去，杀声、号声、密集的枪炮声，其威之赫赫，势不可挡。

葛先才挥动驳壳枪，率领团部警卫兵、传令兵、勤杂人员，狂吼着直往敌阵而冲，就连送饭的炊事兵，也手执扁担，加入了冲锋行列。

日军被这突如其来的攻击打了个晕头转向，他们弄不清到底来了多少反攻部队，但闻冲锋号声连绵不断，但见密集的迫击炮弹倾泻而下，迎面而来的俱是些敢死队员……皇军的气焰，在这一刻如遭暴雨淋顶，他们也不能不惊慌失措了。忽然间，敌阵枪声全部停止，日军掉头狂奔，跑在后面者被冲锋队员悉数击毙。葛先才率队冲出一里多路，直至水稻田边缘，才以号音停止冲刺。而敌人则全部后撤约二千五百米才停止。

战区司令长官薛岳上将，在湘江西岸岳麓山指挥所见此情景，大喜过望，立即命令岳麓山炮兵阵地，以十五公分重炮向敌狠狠轰击。

"给我轰、轰，狠狠地轰！"

数日来，重炮正因为敌我距离太接近，不敢发射，惟恐误伤自己人。此时大好机会已到，憋足了劲的炮兵听得一声令下，立时重炮齐发，直落敌群。

刚刚喘过一口气来的日军，顿遭天降之轰，群炮覆盖下，抱头鼠窜都无路可走。

"给我接通第十军军部，要李玉堂接电话！"薛岳高兴地喊道。

"李军长，南门外出击者，是哪一个部队？"薛岳问道。

"报告司令长官，南门外出击者，是预十师葛先才全团。"

"攻得好，攻得好啊，葛团长了不起，了不起！我要为他请功、请功！"薛岳说完，感觉赞犹未尽，又叮嘱道，"你把我的话告诉他，告诉他！"

就连葛先才自己也没想到，他此次破釜沉舟、弃守为攻、毅然出击之行动，奠定了第三次长沙会战胜利的基础。当日下午，日军未能再组织起攻击；第二天，对长沙的攻击亦大为减弱，而在黄昏后，国军援军赶到，外围第四军首先攻抵长沙黄土岭，形成对日寇的反包围之势……

葛先才以冲锋号音命令全团弃守为攻、主动出击这一天，是一九四二年元月一日。

当晚，蒋介石发来电令，晋升葛先才为少将；第十军军长李玉堂获青天白日勋章一枚，不数日，李玉堂晋升任第二十七兵团副司令官；预十师师长方先觉少将升任第十军中将军长。

湖南媒体纷纷在头版头条刊载大幅文章，称葛先才为赵子龙第二。

"你们还不知道我们师长的大名吧？"老兵突然问。

宫得富和我叔爷的确还不知道师长的大名。

"师长贵姓葛，大名先才！他身边有个卫士，名叫韩在友，那才叫胆大包天呢！杀人如杀鸡，什么样的鬼子在他眼里，都是瘟鸡一只。他手中一支驳壳枪，三十米开外射麻雀，百发百中！战长沙那会，小日本飞机在头顶轰炸，他老兄倒好，躺在地上睡着了。一颗炸弹落在团部附近，炸平了三四间房，把他给震醒了。这老兄坐起来，揉揉眼睛，指着小日本的飞机直骂娘。团长正在考虑冲锋出击的事，嫌他骂得烦人，喝道，你骂它它也听不见，滚远点，不要在这里打扰我。他提起驳壳枪就走了。你们说他到哪里去了？这老兄，上了火线。他上火线干吗？来唬我们的连长排长，说是团长要他来看看，看看你们这些家伙有没有偷懒。这老兄把打仗看成是干活了。当时我就在那阵地上，我们都知道他是假传'圣旨'，我就对他说，韩在友，都说你枪法很准，前面不远处土堆后面，藏有鬼子，不时伸出枪来向我射击，你准备好，等他冒出头来，给他一枪，如果打倒了，我请你的客。韩在友这名字本来是只有长官才能喊的，可我是什么人，打西凉山就跟着团长的。你们听好了，老兵见官大一级。只有我才能喊他韩在友。你们若见了，得毕恭毕敬地喊韩卫士长。知道吗？他老兄听我这么一说，回答道，说话算数，看我的。他将驳壳枪抓在手里，转了两转，猛地抬手就是一枪，那个冒出头来打冷枪的鬼子，被他报销了。他两枪击毙两个鬼子后，说是怕团长找他有事，提着驳壳枪，走了。这老兄回到团部，得意地对团长说，他刚才到第六连阵地去转了转，两枪打死两个鬼子。团长说他吹牛，他说有我作证，还要请他的客。这位老兄说出了我的名字，团长才相信，团长也就更加记得我了。团长见他那得意的样子，说要替他去请射击奖。他说在奖章中从未听说有射击奖。团长说，那就要军政部特意为你制作一枚啦。他知道那是团长在逗他的，把双眼一闭两手一摊，做个他是无法得奖的怪相，走开数步，一屁股坐到地上，又躺下了……"

"要说我服谁，我就服了这韩在友。"老兵说。

这位老兵说的故事，还真让宫得富和我叔爷听入了神，也从此记住了韩在友这个名字。而在第二天，他俩还真见识了师长的这个卫士。

宫得富和我叔爷竟催促着老兵继续说那长沙之仗。宫得富又敬过去一支纸烟。

"开始我说到哪了？"老兵抽着宫得富敬的纸烟，问。

"说到师长亲自吹冲锋号。"

"那时还是团长。"老兵说，"不过称师长也没错，咱团长那时本已是副师长，自愿来带咱团的。你老兄说什么，师长亲自吹冲锋号？师长哪能亲自吹呢，是命令司号长吹。这冲锋号一吹，就是说，咱不守了，咱也攻他娘的，大不了同归于尽……"

老兵又打住，这回是双眼死死地瞅着我叔爷。

我叔爷装那害怕的样子装得不太像，这位老兵觉得不过瘾，便说：

"这位兄弟，你没读过书吧，不懂同归于尽的意思吧，那就是和日本人死到一堆。咱那死在长沙的弟兄们，就都是和日本人抱在一起，滚在一起的。"

老兵这么一说，我叔爷不知是真的有点害怕，还是那装相进入了角色，浑身颤抖了一下。

我叔爷一颤抖，老兵开心了。

"呵呵，兄弟你害怕了，害怕了。兄弟你还没有老婆吧？"

我叔爷点了点头。

"兄弟，没有老婆就好，反正是人一个，卵一条，死就死吧，过十八年又是一条好汉。"

这时宫得富说，我也没有老婆，但那个"哑巴"有老婆。"哑巴"的老婆漂亮得像天仙。

一听说哑巴有老婆，而且漂亮得像天仙，老兵对老涂重新来了兴趣。

"那哑巴叫什么啊？"

宫得富说，他叫老涂，涂什么我也不知道。我只知道他有个谁都说不得的老婆，你说他老婆不好看嘛，他要跟你拼命；你说他老婆长得好看嘛，他也要跟你拼命……

宫得富要挑唆这老兵去治一治老涂。

"宫得富！"我叔爷喊了一声，"你少说人家老涂！"

"嗬，嗬，看来这位兄弟和那哑巴关系不一般。"老兵走到我叔爷和老涂的中间，眯缝着眼睛，看看我叔爷，又看着老涂，"哑巴，你那老婆是给这位兄弟睡过吧，他这么顾着你。"

老兵这么一说，老涂的牙齿咬得格格响，抓在手里的一块干泥坨被他捏得粉碎。

"嗬，嗬，哑巴，手劲还不小嘛。怎么？想跟老子过过招。"

我叔爷忙掏出纸烟，霸蛮塞到老兵手里，说：

"长官，长官，别跟他一般见识，他是个哑巴、哑巴，哑巴的老婆怎么能跟我睡呢？他是我的老乡、老乡。"

"什么长官长官的，告诉你，老子不是长官，但长官见了老子，也得让我三分。有一个老婆怎么哪？有一个老婆就不能让人说啊？老婆不就是一个女人？！老子睡女人睡得多呢！老子当年，长得不比这哑巴强得多，村里的大姑娘、小女子，围着老子转呢，可老子扛上了枪杆子，打小日本来了，把娶老婆的事给耽搁了。他妈的，没有老子们跟小日本拼命，你哑巴能在家里安稳地睡女人？！你哑巴的女人还就让人说不得呢……"

憋着劲儿不让自己笑出来的宫得富又插上一句：

"长官，那哑巴不光是这位弟兄的老乡，还是他的徒弟。徒弟能不孝敬师傅？！那什么东西都得孝敬师傅一份哪。"

我叔爷知道宫得富是在故意搅水，忙又对老兵说：

"长官，我们这不也和你一样，扛上枪杆子打小日本来了。以后，长官你就多看顾着我们点，我们有了好处，就多孝敬你老人家。"

我叔爷这话让老兵高兴了。

"兄弟我不是长官，你们不要再叫我长官，真让长官听见了不好。兄弟我叫别金有，和韩在友共一个有（友）字。兄弟我就是佩服韩在友，所以乐意和他共这个有（友）字，可弟兄们说我这个姓格外特别，说是我自己胡编乱造出来的姓，其实是他们不懂，我这个别姓是上了百家姓的！不信？不信你们可以去查，那百家姓上标得明明白白的。可弟兄们硬要叫我老瘪，我知道这个"瘪"字是长沙人的痞话，是指女人的那个玩意。是那个玩意就那个玩意呗，没有那个玩意能生出咱们男子汉来？所以我老别也乐意被喊作老瘪，喊我老瘪的人就等于全是我生出来的。弟兄们还不愿叫我别金有，弟兄们是怕我和韩在友共了个有（友）字，那在战场上就更不得了。其实这也没有什么不得了的，各人有各人的绝招，韩在友那枪法，是他的绝招，我老瘪的绝招呢，是拼刺刀、躲枪炮。咱先躲过敌人的枪炮，然后跟他肉搏拼刺刀，咱老瘪的刺刀——刀刀见红！以后你俩也只管喊我老瘪，喊老瘪我愿意哩。跟着我老瘪，打仗吃不了亏。什么炮该躲，什么枪声最要命，跟我学。你们新兵哪，就是怕炮，其实那炮有什么可怕的，你就当他是放鞭炮……"老瘪说完，抓过我叔爷手里的那包纸烟，塞进口袋，走开了。

老瘪边走边说，这纸烟虽然是差了点，但不收兄弟你的，老瘪我过意不去。宫得富喊道，哎，哎，老瘪，我这还有包好的哪！

老瘪答道，你那包好的我不要，你没有人孝敬。那位兄弟有徒弟，我收了他的，他那哑巴徒弟自然会孝敬。

宫得富笑得哈哈的。

我叔爷也跟着嘿嘿笑，虽然他的一包纸烟没了。

宫得富突然又悄悄地对我叔爷说：

"哎，满群老弟，你说，这个老瘪，原来是不是也和我们'一路'的？"

我叔爷明白他的意思，宫得富是怀疑老瘪也可能是个老兵贩子。我叔爷想了想，回答说：

"要说他是我们'一路'的吗，有可能；要说他不是我们'一路'的吗，也有可能。"

宫得富说，你这不是等于没说？！

我叔爷说，我的话还没完呢！我说他有可能是，那是指以前；现在肯定不是！

宫得富说，又是废话。我是问他原来哪？

我叔爷说，就是他原来是不是也难以确定哪！不过，管他原来是也好，不是也好，总之我俩得提防着点，别让他看出什么来。那是个顶顶厉害的角色。

宫得富说：

"你放心，我会将他的底细掏出来的。"

……

宫得富和我叔爷悄悄地嘀咕着老瘪时，老涂却脸朝南方，望着他的家乡，在呆呆地发怔。

老涂到底有什么心事儿呢？难道真是上了战场怕死，怕自己回不去了，再也见不着他那不能让人议论好看或是不好看的老婆？

八

我叔爷万万没有想到的是，正是这个一声不吭，被当作哑巴的老涂，将他和宫得富告了。

第二天上午，我叔爷他们正在构筑最后一块工事，排长突然喊全排集合。

"立正，稍息！"

排长的脸色格外严峻。

全排站好队后，"咔嚓"、"咔嚓"，从右前方跑过来几个全副武装的士兵，面对着他们站立。

连长到他们排来了。

排长跑过去向连长敬礼时，站在宫得富身边的老瘪轻声说：

"兄弟，今天怕是有人要挨刀。"

"谁犯了军规呢？"

"八成是哑巴，他小子情绪不稳，影响士气。"

宫得富还想问时，排长已敬礼完毕，又跑过来了。

排长将队列从左到右扫视了一遍后，突然点了我叔爷的名。

"林满群！"

我叔爷忙答：

"到。"

"宫得富！"

宫得富也忙答：

"到。"

宫得富答应时，心里已擂开了鼓。

"出列！"排长威严地喊道。

我叔爷和宫得富走出队列。宫得富的脸色已经变青，他知道可能是自己的身份已被长官识破，这回只怕是难逃一劫；我叔爷则还没想到那上面去，因为他没听到老瘪的话。

"报告连长，就是这两个混蛋！"

连长听了排长的报告后，将我叔爷和宫得富从上到下看了一遍，又绕着圈子打量了一番，然后厉声喝道：

"给我捆了！"

四个全副武装的士兵立即上来，两人捆一个，将我叔爷和宫得富捆了个扎扎实实。

宫得富被捆时一声不吭，我叔爷却大叫了起来：

"长官，为什么捆我？我犯了哪一条？"

连长怒冲冲地喝道：

"兵贩子！今天终于落到了我的手中！上次被你逃了，这次又来冒名顶替，扰乱我兵役制度，感染我在役儿男，动摇我军心，煽动我士兵……"

我叔爷又大叫：

"长官，我不是兵贩子，我是来投军杀敌的，我是来打小日本的啊！长官，你认错人了，我第一次来吃粮，我可不知道什么是兵贩子啊……"

"你是来投军杀敌的？你是来打小日本的？本连长我认错人了？你不知道什么是兵贩子？"连长嘿嘿冷笑了几声，突然喊道：

"林满权！"

连长喊出这一声林满权，我叔爷顿时像被霜打萎的菜藤，软塌了下去。

林满权就是我父亲的名字。我叔爷曾顶替我父亲进了军营，进的就是这位连长的队伍，不过那时连长并不在第十军。

我叔爷懵了，呆了。

"林满权，你再好好看看我，你不记得本连长了，可本连长记得你！"

我叔爷抬起头，木然地看着连长。他记起来了，他的确是在这位连长手下干过。连长之所以仍然记得他，是因为他假装表现积极，讨连长的欢心，弄得连长将他调到身边，当上了传令兵。当上了传令兵，他就更加好逃，果然就被他顺利地逃掉了。只把个连长不但气得要死，还受了"连坐法"的制裁。

我叔爷知道这回惨了，他猛地往前一扑，跪到地上：

"连长，连长，我林满群该死，该死，我林满群上回害了连长，我不该跑，不该逃，连长对我恩重如山，我却恩将仇报，我只求连长这回饶了我，我替连长当牛做马……"

我叔爷的这段话完全是胡诌，此刻他是只求保命，所以什么话都能说出来。可他这胡诌却说对了一条，那就是这位连长的确被他害得够呛。因为他是传令兵，这个连长连自己的传令兵是个兵贩子都认不出，都看不住，上司对他会是个什么看法呢？结果是我叔爷逃了，那份要立即传达的命令被我叔爷带回老家去了，连长本要升营长的事不但吹了，还被撤职。这位被撤职的连长一气之下，转投大名鼎鼎的第十军，并指名要到葛先才的预十师。这位连长对葛先才说，若是葛师长不肯收留他，就请将他押回原部队，他甘愿自认逃兵，这颗脑袋不要了。葛先才要的就是这号不怕死的猛将，听了此话，焉有不收之理。不但收留，而且要他仍然当连长。葛先才要收留的人，谁又能拦阻得了？！

我叔爷在跪地哀求时，连长冷冷地说：

"你到底是叫林满权还是林满群？"

"我叫林满群，林满群。林满权是我老兄。"

我叔爷原本会说些外地方"官话"的，可一着急，说出的是一口家乡话。我们那家乡话"兄"与"乡"不分，连长就把"老兄"听成了"老乡"。

"林满权是你老乡？"

"是我老乡（兄），是我老乡（兄）。"

"你冒名顶替你老乡，他给了你多少光洋？"

"我顶替我老乡（兄），一个子儿也没得。"

"到了这个份上，你还在狡辩，不说实话？！"连长勃然大怒。

"我这回说的全是实话！长官，只求你饶了我这一回，我再给你当传令兵，跟在你身边，枪子儿来了我替你挡，炸弹来了我替你拦……"

我叔爷的话还没说完，连长又嘿嘿冷笑起来。

"好笑好笑，还要给我当传令兵，你就又好带着我的命令跑得不见了踪影，是吧？林满群啊林满群，你狡诈至极，可没想到会在这第十军又碰上我吧；你满口胡言，可你胡扯也得扯到个边儿上哪，传令兵能老是跟在我身边吗？那我还要你传个什么令？你还要替我挡枪子儿，还要替我拦炸弹……无赖！可恶！杀你十次都不为过！"

连长说完，立即对捆绑我叔爷和宫得富的士兵喝道：

"把这两个家伙关起来，报请团部，枪毙！"

我叔爷和宫得富被押着走时，宫得富仍然一声不吭，他只是闪动着那双灵泛的眼睛，往队列中扫视了一眼，他在心里琢磨着是谁把他给告了，他想着只要他还能活着，头一件事就是把告他的人给宰了。

我叔爷却又嚎了起来：

"长官，我的连长，你不能毙我呀，我家里还有一个八十岁的老娘啊……"我叔爷这话，自然又是假的。

这当儿，队列中冲出一个人，"扑通"一声，跪在了连长面前。他一跪下，便喊："连长，你手下留情，打、打他俩三十军棍就行了，可不能枪毙啊！"

九

这个冲出来跪在连长面前的人，是老涂。

老涂在连长面前一跪，不仅把连长给弄得一头雾水，排长也懵了。

老涂才来几天，连长自然是不认得。排长之所以发懵，因为老涂就是告发我叔爷和宫得富的人。这告发的人见被告发者给捆走了，要挨枪子儿了，他又来求什么情呢，再说，他这不是自己把自己给供出来吗？

连长虽然不认识老涂，但他最看不起膝盖骨发软的男人。被捆绑着的我叔爷在他面前的一跪，就已令他觉得晦气，如果我叔爷不是向他下跪，而是高昂着那颗不大的头颅，大声喊着老子犯了律条，要杀就杀，要砍就砍，但如果长官留我一命，我定到战场上和日本鬼子去拼这颗脑袋之类的话，他也许会放我叔爷一马。可这会，又跑出来了一个下跪的软蛋。

补充到他连里的新兵，怎么尽是些这号人呢？地方政府给国军输送的，怎么尽是些这号角色呢？

倒是那被绑起来后一声不吭的宫得富，给他留下了不错的印象，他想着只要宫得富能悔过自新，便打算饶宫得富一命，让他戴罪立功，因为大战在即，自己的连队多一个人总比少一个人好。而我那下跪胡诌的叔爷，他是非枪毙不可的！

连长看着下跪的老涂，问排长：

"他是什么人，想干什么？"

排长说：

"他就是揭发那两个兵贩子的新兵啊！"

排长刚一说完，跪在地上的老涂立即说：

"排长排长，我向你报告林满群和宫得富是吃过粮，这次又来吃，其实是吃了粮就想逃的人，可我不知道这一报告会要了他俩的命啊！我只以为报告了排长，排长派人盯着他们，不让他们逃跑就行。最多，也不过是打那宫得富三十军棍。我看过大戏，大戏里边不就是只打几十军棍么？我还求排长别打林满群呢，那林满群和宫得富不是一路人，林满群他不欺负我。再说，排长你也没说要枪毙的呀！排长你当时也是点了头的啊！"

"我点了什么头？老涂你不要胡说。"

"排长你是点了头的哪！昨天晚上，我向你排长报告，说有要事相禀，排长你就要我只管说。我说我把这事讲了出来，你可千万别说是我讲出来的呀，排长你就点了点头。我看着排长你点了头才说的呀！我开始只说了宫得富一个人，我说排长你得狠狠地打宫得富三十军棍。排长你说行，宫得富这三十军棍是跑不了的。可你又说肯定还有和宫得富一样的人，你非得要我讲出来，你说如果我不再讲一个出来，你就不打宫得富那三十军棍。我就只好说出了林满群……"

排长听了老涂的话，又好气又好笑，只是为了保持排长的威严，不能气也不能笑。队列中的兵们听了老涂的话，都想笑，但不敢笑，只是都觉得老涂不是老瘪说的是个哑巴，而是个哈宝。

排长正要训斥老涂，连长已经不耐烦了。

连长对老涂说：

"国有国法，军有军纪，念你初来刚到，不懂，就不将你和兵贩子相提并论了。你快归队，不要再无事生非。"

连长本是想吓唬吓唬老涂，快点结束，以免浪费时间，可老涂不依了。老涂说：

"连长长官，你这话就不妥当了，我不是兵贩子，我难道还怕你将我和兵贩子相提并论么？正是国有国法，军有军纪，连长你就不能这么说我。再说，我哪里是无事生非呢？我是要和你论理……"

被老瘪喊做哑巴，而又被兵们认为是哈宝的老涂，突然间像变了一个人，不但不哑不哈，而且是会抓理的了。

"军情紧迫，什么论理不论理的，你快起来，去修工事！"

"连长不听我把话说完，我就是不起来。"

"把他拉开，全排解散！"连长火了。

排长令人去拉老涂，那去拉的人却拉不动老涂。老涂一边使劲稳定着自己的跪势，一边不停地说，我报告你排长，只是想要排长你打宫得富三十军棍，不是要你枪毙他俩，排长你哄了我，哄了我……"

这时老瘪说话了。老瘪说，报告排长，让我来把他拉开。排长点了点头。

老瘪走过来，边走边说，这哑巴原来不哑呵，这不哑的哑巴还拖不动呵，看我老瘪的。

老瘪伸出一只手，在老涂眼前虚晃一下，然后两手猛地从老涂腋下插过，一起劲，如旱地拔葱，将老涂拔了起来。

老瘪说，排长，怎么处置？

排长望着连长。

连长一挥手：

"拉走，先关起来！"

连长说完，又叮嘱一句，别和那两个家伙关到一起。

连长其实心细，他知道，若把老涂和我叔爷、宫得富关到一起，老涂会被活活打死。

排长立即对老瘪重复连长的话：把他拉走，先关起来。单独关。

老瘪应一声，说，这事交给我。夹起老涂就走。

老涂仍在论理。老涂说他真是没想到会要毙人，他只是想打宫得富三十军棍，谁叫他太欺负人，谁叫他老是讲我的女人，谁叫他还要挑唆老兵长官来戏弄我，所以他报告。如果知道报告后会要毙人，他就不报告了。

老瘪对老涂说，你他妈的要真是个哑巴，不就全没事了。说完，又补一句，哑巴你要是早告诉我，看我怎么治理那两个家伙，我先废了他们，看他们还能不能逃，他妈的，连老子的眼睛都被他们瞒了过去。老子当年……

老瘪说到"当年"，不说了。他只是叹口气，唉，落得个被枪毙，不值，不值。

十

团部的电话铃响了。

"团长，六连连长有事向你报告。"

正在向前来视察的师长葛先才汇报备战情况的团长说，什么事？要他等下再打来。葛先才却示意立即去接。

团长接过电话。

"报告团长，本连在所接新兵中，抓到两个兵贩子，其中一个是惯犯，上次就是他从我手里逃走的。我请团长批准，立即将那个惯犯枪毙，以正军法！"连长在电话里只申报枪毙我叔爷。显见得，没向他求饶、更没向他下跪的宫得富，已被他留下了。

连长的声音很大，也很气愤。

团长捂住话筒，对葛先才说，第六连连长报告，抓到了兵贩子，报请枪毙。

葛先才沉吟了一下，说，着第六连连长将兵贩子押送过来。

团长即对连长说，师长命令你，将兵贩子押送团部。

"况当"一声，关押我叔爷和宫得富的房门被打开了。

"林满群，出来！"连长喊道。

我叔爷一听是连长亲自喊他出来，闪现出了一线生的希望，忙一边往外走，一边说：

"连长，连长，你不枪毙我了吧，我是你的老部下，我知道你对老部下是会手下留情的。"

我叔爷这张贫嘴，此时不仅不能获得连长的好感，反而更加深了连长非毙了他不可的决心。

我叔爷刚一出门，就听得连长一声喝：

"捆上！"

"连长，连长，怎么又捆我呢？"

我叔爷和宫得富被关进来时，身上的绳索是被解了的。

"少啰唆，本连长奉令，亲自将你押送团部，执行枪决！"

我叔爷的脑袋嗡地一下，似乎到此时他才明白，枪毙是真的了。

士兵重新将我叔爷捆绑时，仍呆在屋里的宫得富说话了。

宫得富说：

"连长，怎么不喊我出来啊？"

连长说：

"你也想被捆了去？"

宫得富说：

"连长，我和林满群犯的是同一律令，你只捆他不捆我，这于法不公。"宫得富的声音不高不低，似无事一般。

这小子，倒是个人物。连长想。

"你愿意陪斩，是吧，本连长我成全你。"

"连长，这不是陪斩，这是法当如此。"

连长又来了火：

"宫得富，本连长念你未予求饶，有点骨气，原本想放你一马，希

望你悔过自新，可你却如此顽冥不化，行啊，你想死还不容易吗，本连
长现在就可以毙了你。"

"连长，你只管毙，我不怨你。"宫得富说，"反正我也活腻了，
今番到了这里，早晚会是个死。我心里明白得很。"

连长没想到宫得富竟然如此回答，他吼道，你想现在就死，可我偏
不让你死，我要留着你到战场上去死，我非逼着你去和鬼子拼命不可！

我叔爷听连长这么一说，忙喊道，连长连长，我愿意去拼命，你让
我到战场上去死。

我叔爷是一心只想着如何躲掉这要被枪毙的一劫，然后再寻脱身之
计。此时，你就是要他钻女人的裤裆，他也保准一哧溜就会钻过去。他
是知道韩信钻男人裤裆那码子事的。可在这位连长面前，就算他如乡人
发誓，若不如此如此，愿去钻母牛的那裆儿，被母牛踩死！连长也是不
会相信他的。

连长只是恨恨地横了我叔爷一眼。

宫得富却说：

"连长，去拼命是一回事，这理应被枪毙又是一回事。连长，我实
话跟你说吧，林满群是因我而起，是我得罪了老涂这个傻屄，所以老涂
把我给告了，林满群是这个傻屄顺带着说出来的。他若不告我，林满群
自然无事，所以要枪毙，应该先枪毙我……"

宫得富还没说完，连长喝道：

"你以为没人告发，本连长就识不出你们这些兵贩子吗？林满群就
能逃脱本连长的手心吗？"

宫得富说：

"连长，我们是命该如此，命该如此。我要是眼睁着林满群被枪
毙，而我宫得富被连长赦免，我就是捡得了这条命，日后也无颜再见同
道的弟兄。"

他一边说，一边走出来，自请捆绑。

这小子，讲义气啊！连长在心里想。

连长刚在心里想着这个宫得富够义气，旋又喝道：

"你们还有哪些同道？"

宫得富说：

"连长，所谓同道，就是干我们这一行的。干我们这一行的多着呢，若没有我们这一行，国军的兵员哪里能充得足数。"

宫得富这话一出口，连长对这个不识抬举的宫得富又憎恶起来。

"快说，在本连，还有多少个干你们这一行的？"

"这我就实在不知道了。反正我和林满群，连长你没抓错。"

连长狠狠地盯着宫得富：

"宫得富，只要你再交代一个同道出来，我就饶了你。"

宫得富却说：

"连长，我这次来衡阳，交识的硬是只有林满群一个。倘若时间久了，我也许就知道别的同道了。只是，如果我那些同道都被你连长知道，都给抓起来毙了，连长你只怕也就没有多少兵可带了。我知道就要打恶战，连长你就别在这方面费心，毙了我们后，吓一吓其他的兵贩子，还是齐心合力对付鬼子吧！"

宫得富这话，把个连长激怒了。行，行，宫得富，你就和林满群，和你的同道一块去死吧。

"将他捆了！"连长大喝一声。

连长押着我叔爷和宫得富往团部而去。

这一回，我叔爷不叫也不喊了。

快到团部时，我叔爷对宫得富说：

"兄弟，你比我率性，可这率性也得看个时候，何必跟着搭上呢？"

宫得富说：

"昨天，你没听那个老瘪说么，咱反正是人一个，卵一条，过十八年又是一条好汉。干咱们这一行的，本来就是替人顶命、将脑袋提在手里的生意。脑袋没掉时，跑了，赚一笔；脑袋若是掉了，没赚的了，也没去什么本钱，不就是一条命么？"

我叔爷说：

"兄弟，说得好，咱原本也没想到能做好这么多趟的生意。我林满群算上这趟，已是第五笔，赚了赚了，死就死呗。"

我叔爷说完，竟哼起了大戏：

孤王悔不该酒醉桃花宫

错斩了郑子明

哎呀

孤的贤弟啊

跟在后面的连长听着他俩的话，听着我叔爷那突然哼起的大戏，反觉得纳闷，这些可恶的兵贩子，到得真要枪毙他们时，倒反而一个个无所谓了。这都是些什么东西呢？怎么全进了咱国军呢？

十一

被单独关着的老涂懊悔不已。

老涂大名涂三宝。但涂三宝这个名字，自他进县城新兵训练营，被点卯应到后，就没人喊过，都只喊他老涂。到了兵营后，他又被老瘪喊做哑巴，这哑巴又被老瘪到处宣扬，于是他似乎真的成了一个哑巴。而当着全排弟兄的面，他在连长面前那一跪，那一番论理，又使他成了哈宝。哑巴、哈宝代替了老涂也更代替了涂三宝。但从此刻算起，只要再过几十天，就连哑巴、哈宝也无人喊了，再也无人知道哑巴、哈宝老涂、涂三宝了。

老涂懊悔的是，他不该害得我叔爷和宫得富掉脑袋，但老涂的确恨宫得富——宫得富唆使老瘪侮辱了他女人。

老涂那个容不得人家说好、更容不得人家说坏的女人名叫水姐。

水姐来到这个世界之前，她母亲说梦见滔天洪水，那滔天洪水一来啊，她就发作了，一发作，就顺利地生下了水姐。

水姐母亲是大山里的女人，水姐父亲是大山里的男人，水姐当然也是出生在大山里。这大山里哪来的滔天洪水呢？就亏了她母亲的这一梦，水姐活了下来。

本来按照山里人规矩，女人生的这头一胎，倘若是个和她一样的，当溺便桶，也就是丢进马桶里淹死。这头一胎便是个女的，那后来的不都会跟着是女的么？山里人养女孩，养得起么？养大了又有什么用呢？白白地为他人养的！所以山里人头胎生下个女的，溺便桶，理所当然。若再生个女的，再溺便桶。直到生下男孩。生下一个男孩后，当然得再生，再生又是个男孩的话，后面的女孩就有被养下去的希望。男孩生得越多，那女孩被养下去的希望便越大。因为这时做父亲的便会通情达理了。这时做父亲的看着那刚从母亲肚子里钻出来、通红通红、肉坨坨的女孩，会拈着下巴上那稀疏的胡子，很有大将风度地说，这女子，咱养了，也好让她的哥哥们有个把好玩的妹仔。

水姐之所以未循惯例进便桶，是她父亲听了她母亲诉说的梦。

她父亲寻思，自己的女人从没出过大山，从没见过江河，怎么能梦见滔天洪水？这不定是哪路菩萨托梦，这女子，说不定是大富大贵之身哩！她父亲虽没读过什么圣贤书，但那野本故事，是听说过的；大戏台上的唱词，是听过的。天下美女数貂蝉，是知道的。那貂蝉，不就是山旮旯里出生的么？

这女子，说不定以后也和貂蝉一样哩。

这女子若长得和那貂蝉一样，只须一十六年，便能将她进贡给皇帝，或许配给大将军，或嫁给个大英雄……这一十六年花费的苞谷粒粒、野菜汤汤全能赚回来不算，那皇上的赏赐、大将军的聘礼……肯定是少不了的。到那时，将这木壁屋拆了，盖几间青砖瓦房，除去工料，必然还有些剩余钱儿，可给儿子们娶老婆哩……

她父亲如此这般一算，就把本该进便桶的女儿给留下了，且当即起了个名字：水姐。梦水而生的姐儿。她父亲给她取了这个名字后，就觉得真是大吉，哪有取名字取得如此快捷而又好听的呢？别人家给孩子取名字，还要走几十里山路，到山外的镇上去请有学识的老人；那有学识的老人，还要捧出一本厚厚的书，翻。翻过来翻过去，翻老半天，才能取定的呢。那名字还不是白取的，还得送嫩苞谷，送蕨粑粉，送少了人家还不收哩。

水姐母亲那梦没有白做，水姐果然不负父亲的期望，见风儿长似的，越长越水灵，越长越漂亮。只是在这水姐之后，水姐母亲的肚子再也没能拱起。水姐父亲在牙咬咬地恨她母亲不争气、没有用的同时，又暗自庆幸，当初幸亏没将这水姐丢进便桶。

水姐父亲看着这真如貂蝉第二的女儿，把全部希望寄托到了水姐身上，就等着时机一到，有那给皇上进贡美女的榜文贴到这山里来，或有那大将军、大英雄到这山里来。

给皇上进贡美女的榜文尚未见到，大将军、大英雄也未见来，却来了许多避难的人儿，说是战乱，说是日本人打到府城了，说那日本人见人就杀，见东西就抢，见房屋就烧，见了女人那更不得了……

水姐父亲知道日本。那日本岛国，不就是当年为秦始皇采长生不老之药的那批人，因为长生不老之药没采到，不敢回京城，怕砍脑壳，索性带了那些童女童男，乘木筏子出海，漂流到一个岛上，相互配种，生男育女，建了个日本国么？

那帮畜生，呸！水姐父亲恨恨地说道，本就是咱中国人的种，如今倒祸害起中国人来了！

但水姐父亲不怕。他料定日本人来不了这大山里。他说他一辈子都只出过几回山，那日本人人生地不熟的，能摸进这大山里来？！

忽一日，避难的人们又惊慌起来，说日本人会到这大山里来，于是又纷纷爬山越岭往别的地方逃。

水姐父亲不信这个邪。他不逃。他说日本人来咱这大山里干什么呢？抢粮么，咱只有这么多粮给他抢；烧屋么，咱也只有那么几间屋给他烧（他们若把这么几间屋子全烧光了，他们自己住哪里呢？）……那日本人总得有个来这大山的原由！

原来水姐家所在的这涂家坪，只有一条山路进来，两旁全是山，山上全是树，只是在这山路似乎到了尽头处，豁然闪开一个稍微宽敞的山坡坡，就如同江水流着流着现出个回水湾。这山坡坡上住了数户人家，每户人家都有一个院落，便组集成了"坪"。过了涂家坪再往上走，便是横亘的连绵群山，只有涂家坪的人才知道还有一条小路能穿到邻县。涂家坪是个两县交界之处。

这天夜里，涂家坪的狗突然像发了疯似的狂叫，鸡也像发了疯似的乱飞。狗们，首先嗅到了异国禽兽的气味；鸡们，感觉到了那即将逼近的危险。

"嘎——嘣""嘎——嘣"，三八大盖的响声震醒了涂家坪。

水姐的父亲从挂着青麻布蚊帐的床上翻滚而下。他其实也防了一手的，那就是万一日本人真的来了，他带着女人和女儿就往山里跑。

只要钻进那山林，日本人能寻得到？

水姐的父亲带着女人和女儿跑出屋，却已经晚了。日本人将涂家坪包围了。

坡坡上的几家院落，燃起了熊熊大火。

日本人怎么能如此熟悉地袭击涂家坪呢？后来的说法有几种，一种说法是，这是日军的一支搜索队伍，或曰侦察兵，也可以按后来的说法叫特种兵，日本人早就有间谍，将中国的所有地方，包括像涂家坪这样的，连本县人尚不十分清楚之处，都描绘有十分详细的地图，而且不断修改，使之最合符现状，所以他们只要按照地图，就能找到任何一个地方；另一种说法是抓了本地人带路。这带路的本地人不知该不该被称为汉奸，因为就连本地人也有争论。一说那带路的就是汉奸！只有汉奸才会给日本人带路哩。一说那带路的也是没有办法呢，日本人用刺刀顶着你后背心，你不带路行吗？这后一说自然是不同意将带路的定为汉奸。上述几说虽有争论，只有袭击涂家坪这个"袭击"，是没有错的，涂家坪虽然没有军事目标，但日本人是要从涂家坪穿越群山，抄小路进袭一军事要地。为了抄小路进袭军事要地，就要找到那条惟一穿越群山的小路。于是涂家坪就成了他们袭击的第一个目标。

涂家坪的人被赶到了燃烧着熊熊大火的坪上。

日本人要涂家坪的人说出那条小路，并给他们带路。

日本人并没有费多少工夫，涂家坪的人就战战兢兢地说出了那条能够穿越群山的小路。但在要给他们带路这件事上，就没人愿意了，主要是怕，怕给日本人带完路后，就给杀了，回不来了。涂家坪的人没见过驴，自然不知道"卸磨杀驴"这一说，但他们听过"三国"，晓得打仗的在开仗前要杀人祭旗。

日本人在说了几遍保证带路人的安全后，不耐烦了。他们举起上了刺刀的枪，对准涂家坪的人，说再不出来带路的，就要统统死啦死啦的！

涂家坪的人吓得哭声一片。

日本人又说，只要有愿意给皇军带路的，皇军不但保证他的安全，而且保证他全家人的安全，就连带路人的房子，他们也不烧，已经被烧了的，皇军给大洋补偿。

这个时候水姐的父亲动了心，他看着自己那还未被烧燔的屋子，想着自己若是给日本人带路，不但能保全自己的家人，而且能保住房子，再说，日本人既然要人带路，这带路人在路上是不会被杀的，只是路带完了，那就难说。但只要把日本人带着离开涂家坪，自己的家人、房子，不就保住了么？自己到得路上，如果看着情况不对，往山林里一钻，想必也是跑得脱的……

水姐的父亲就站了出来。

水姐的父亲一站出来，日本人高兴了。日本人说他是良民大大的，那些举着的枪也放下了。

水姐父亲以为自己一站出来，日本人就会跟着他这个带路的走。可日本人不急着走，日本人说这儿有的是鸡和狗，他们要咪西咪西的干活，吃了鸡肉和狗肉再走。

日本人还对水姐父亲说，为了保护他的房子和家人，他可以领着他的家人，到他自己的屋里去。

水姐父亲就领着自己的女人和水姐，往自己的屋子走去。

此时的水姐，也晓得怕出事，早已把头发扯得蓬松，脸上涂满了灰，衣服也沾满了灰，好让自己显得是脏兮兮的一个女人。可嫩葱样的水姐，无论她如何糟践自己，那天生丽姿，却掩盖不住。

水姐跟在父亲后面，刚一走出人群，那日本头儿就朝她迎了过来。

日本头儿拦住水姐，嘿嘿嘿嘿地笑。

水姐忙低下头，又羞又气又害怕。

日本头儿伸出一只手，那手上是戴着白手套的。日本头儿用那戴着白手套的手，端起水姐的下巴，又是嘿嘿嘿嘿地笑。

那笑声，笑得水姐两条腿直打颤。

水姐父亲赶忙对日本头儿说这是他的家人。

水姐父亲想着只要说了是他的家人，这日本头儿就会松手，因为他的家人是在被保护之列的。

日本头儿果然就放下了端着水姐下巴的戴着白手套的手，朝着大山一指，说，她的，也去带路！

水姐父亲急了，忙忙地申辩，说已经跟你们日本人讲好了的，带路的是他，而不是他女儿。

日本头儿说，你一个人带路不行，得两个人一起去。

水姐父亲更急了，说他女儿不能去，他女儿病了，已经病成这个样子了。水姐父亲指着水姐那满是灰土的脸。

日本头儿又笑了，朝一个日本兵挥了挥手，叽里咕噜地说了一句。

日本兵端来了一盆水。

日本头儿将那盆水朝水姐头上淋下去。

日本头儿一边淋水一边大笑。

……

余下的事，老涂不敢想了。水姐被日本兵拖进屋里，拖进他们答应保护的水姐一家人居住的木壁屋。

水姐母亲发疯般朝女儿扑去，旋被一枪托，狠狠地击昏在地。

日本头儿走进木壁屋，门口立即站上两个持枪的日本兵。

木壁屋里，传出了水姐凄厉的叫声……

日本头儿出来时，边走边往手上戴他那白色的手套，再用戴上白手套的手对着日本兵轻轻地挥了挥。

日本兵嚎叫着往屋里挤去。

……

日本兵陆续从他们答应保护的屋子里出来后，用刺刀押着水姐父亲，走上了那条穿越群山的小路。

日本兵临走时，又顺手烧燃了几间房屋。但他们答应保护的——

水姐仍躺在里面的这间屋子，没有烧。只是很快起了山风，那山风呼啸着，卷着火舌，将水姐的屋子也烧燃了。

日本兵不见了踪影，涂家坪的人才如从噩梦中惊醒一般，哭喊着，奔跑着，去扑打各自被火吞噬的房屋。

只有老涂——涂三宝，冲进了水姐的屋里。

水姐被老涂背了出来。只是他背出来的水姐，已经疯了。

数日后，水姐父亲竟然出现在涂家坪。他是怎么从日本人手里活着回来的，无人知晓，也无人去问。各家都在为各家的事而伤心劳累。这个时候，只有老涂在默默地注视着水姐一家。

水姐父亲只是一个劲地抽着水烟筒。那水烟筒，是老涂给他的。水姐母亲只是一个劲地抽泣。

终于，抽泣着的母亲开口了。

水姐母亲说的第一句话是，这房子没了，全被烧了，往后可怎么过呵？！

水姐父亲仍是吧嗒着水烟，不搭腔。

水姐父亲不搭腔。水姐母亲便号啕起来。

这一号啕，水姐父亲把水烟筒狠狠地往地上一戳，吼道：

"你就知道房子、房子！房子没了可以建，你就不想想女儿，她现在还能嫁出去吗？谁要？！"

水姐父亲吼完这一句，泪水模糊了双眼。那原来想依靠女儿改变所有一切的愿望，算是彻底完了。那已经疯癫的女儿，真正成了他的负担和累赘。

疯了的水姐，对于她父亲的心事，自然是全然不知。她每天只是勾着头，在被烧毁的木壁屋废墟里转圈儿，转着转着，她会惊恐地发出一声惨叫。

那惨叫，传得很远很远，使得涂家坪四周的山，也发出惨然的回音……

涂家坪在伤心了一段时间后，渐渐地平息下来。人们从山上砍下树木，伐下楠竹，建起简陋的木棚，又能安身了后，闲聊的话题，开始由咒骂断子绝孙的日本人而渐渐地集中到了水姐身上。

有人对水姐母亲说，生水姐时，你不是做了个洪水滔天的梦吗？你那个注定水姐会大富大贵的梦，怎么全不灵了呢？

水姐母亲嘟囔着，我哪里做了那个梦呵，我哪里做过那样的梦哩……

于是听的人都笑，在令人恐怖的事情过后，在日子又平静下来后，仿佛终于找到了一点乐趣。

"你家那水姐，该嫁人了吧？"又有人故意说。

"是呀是呀，早就该嫁人了的。早嫁人，也就不会遭这番孽了。"

附和的，大抵是原来给水姐提过亲、遭到水姐父母断然拒绝的人。他们在心里哼哼着，这一下，看你这做父母的还以水姐来傲啰？还把个女儿当作貂蝉供起啰？哼哼！

这当儿在勾着头转圈儿的水姐突然惊恐地一声惨叫，把逗乐子寻乐子的人都吓跑了。

复到一块时，又说起了水姐。

"看那个癫婆，她爷老子原以为是个宝贝、貂蝉转世，这一下，貂蝉被日本人干了……"

"日本人怎么就那么厉害呢，把个女子活活给干疯了……"

"听说日本人那东西，是方的，带刺哩。"

……

这些人嚼舌根时，老涂的心在出血。

在老涂——涂三宝的心目中，水姐是天上的仙女。

老涂暗恋着这个水姐，已有好多好多年了。

老涂虽然比水姐大了几岁，但正是因了这个大几岁，儿时的他，能像哥哥一样地带着水姐玩。他曾带着水姐满山野转，他给水姐摘野李子，摘草莓……水姐啃着酸酸的野李子，往嘴里塞着一颗一颗的红草莓……野李子酸得水姐咧开嘴巴吐舌头，红草莓使得水姐的小嘴唇更红艳……他看着水姐笑，水姐也看着他笑……

小小水姐的那种笑，老涂永世忘不了。

老涂的父母亲早早去世，他这个孤儿唯一的乐趣，就是和水姐在一起。

小小的水姐打着赤脚，来到他的屋门前；小小的水姐将一只赤脚踏在门槛上，喊，三宝哥，三宝哥，你晓得我今天要去哪？

小小水姐的声音又嫩又甜。

不等他回答，小小水姐又喊，三宝哥，三宝哥，我今天要到山上去打柴。

不等小小水姐再喊，老涂已在腰间扎上长汗巾，插上砍柴刀，走出来，说："我带你去！我帮你打柴！"

小小水姐说：

"你怎么知道我要你去呢？"

老涂就只笑一笑，扛起千担，撩开两腿。

小小水姐什么也没拿，跟在后面走，边走边说：

"三宝哥，三宝哥，我要打那槲木柴，我娘说了，槲木柴最经烧，火最旺，烧出来的木烬一块一块的，冬天还能顶木炭。"

老涂就说：

"那我专打槲木柴。别的柴都不要。"

小小水姐就抿着小嘴偷偷地笑。

到得山上，老涂挥开柴刀，水姐则捡来一根根的枞树须，自个儿扯勾勾玩。扯着扯着，喊：

"三宝哥，三宝哥，你也来跟我扯勾勾玩嘛。"

老涂就放下柴刀，走拢去，接过小小水姐手里的枞树须，两根枞树须勾到一块，一使劲，自己手里的这根断了。

小小水姐乐得呵呵笑。

小小水姐一乐，十多岁的老涂浑身劲直冒，再挥起柴刀来时，那碗口粗的青楜木，被他几刀就砍断。

挑着齐崭崭的青楜木柴下山，走到溪水边，跟在后面的小小水姐又会叫：

"三宝哥，三宝哥，歇一歇，歇一歇，我要到溪水里洗脸。"

小小水姐伏到溪水边，两只小手捧着溪水往脸上浇，浇湿脸，浇湿脖子，也浇湿了头上的两只小羊角辫。

小小水姐伏在溪水边那样儿，令十多岁的老涂看得呆了、怔了，忘了将肩上的青楜木柴放下来。

"三宝哥，你傻呀，还不将青楜木柴放下来？！"

小小水姐娇嗔地喊，老涂才恍然大悟，刚放下青楜木柴，小小水姐已来到他面前，伸出小手，用那打湿的衣袖，往他脸上，轻轻地揩，揩去他脸上的汗，揩去他脸上的灰……

将青楜木挑到水姐的屋前，放下，老涂走了。小小水姐则对着屋里喊：

"娘，娘，我打回了一担最好的青楜木柴！"

……

十多岁的老涂和小小水姐度过了最难忘的儿时岁月，那时候，只要水姐使一个眼神，没有老涂不愿意去做的事……可后来，水姐父亲和母亲都不准许他和水姐到一起了。因为水姐的头上垂下了长辫子，水姐的长辫子在胸前拱成了弧形……

已是山里汉子的老涂不能和水姐去山上摘野果子了，也不能和水姐去砍青楜木柴了，老涂的日子一下变得灰暗起来。他再不去摘野果子，也再不去砍青楜木柴，他置办了一杆鸟铳，专门去打野物。

老涂扛着鸟铳，带些干饭团子，常常一进山就是好几天。

他在山里就着山泉啃干饭团子，水姐知道；他在山里睡在哪座破庙里，水姐也知道。尽管他和水姐连见面的机会都越来越少，但就连他哪天该从山上下来，水姐也知道。

他从山里回到自己那悄无人声的木壁小屋，屋里总会有一锅煮熟的糙米饭，或者是苞谷棒棒大红薯；饭锅里还蒸着干盐菜，或者是腊野味，至少都有碗红辣酱。

他每次从山里回来，水姐的屋门口，总会出现一两件野物，或者是他捉来的石蛙。

吃着水姐悄悄而又准时为他做好的饭菜，将自己的收获悄悄地送给水姐，老涂的心里，依然燃烧着憧憬的火焰。

然而很快，这种不见面的来往也不可能了。水姐父亲放出话，山里钻、庙里歇的家伙，若再想打他女儿的主意，他要打断这家伙的两只脚，叫这家伙进不了山，出不了门！水姐母亲则将他悄悄送去的野物、石蛙，统统扔进他屋里……

老涂那憧憬的火焰，被扑灭了。

老涂只能在梦里想着水姐了。梦里的水姐，又只能让老涂干睁着两只眼。

老涂也曾想托人去做媒，可看着那些媒人们一个个从水姐家里尴尬而出，他的勇气，没了。

于是老涂拼命去想儿时和水姐在一起的情形，只是越想，那儿时的水姐却越离越远。

老涂想着自己这辈子也别想再和水姐像小时候那样在一起了。

水姐呵水姐，他只能在心里一遍遍地念。他惟愿水姐快点嫁出去，嫁到一个他再也找不到的好地方去，嫁给一个比他好千倍、万倍的人……然而，他又害怕水姐真的嫁了、走了，再也见不到了。

老涂在爱的折磨中艰难地捱着日子。

老涂做梦也没有想到，挂在他心尖尖上的水姐，忽然间，被日本人折腾得变成了疯子。

水姐疯了，老涂悲愤地对天大喊：老天不公啊，老天！旋又恨恨地朝天大骂：日本人我×你老娘啊，×你老娘！

在老涂从疯了般的状况中清醒过来后，当他听着人们对水姐的种种非议时，他来到了被自己从火里背出来的水姐面前。

"水姐，水姐！"他对着正在转圈儿的水姐喊。

水姐不理会他。水姐只知道慢慢地转圈儿。

"小小水姐，小小水姐！我是你三宝哥，三宝哥啊！"

水姐仍旧只是转圈。

"……我是你三宝哥，我带你去摘野果果，我带你去砍青椆木柴……这是我打回的野物，这是我给你捉的石蛙……"

老涂想用美好的回忆来唤醒水姐，他说了一遍又一遍。他刚朝水姐靠拢，水姐一声惨叫，飞跑着转起圈来。

水姐的惨叫，反而让老涂的勇气陡然溢满胸怀。

这天晚上，他站在了水姐的父母面前。

老涂说：

"把水姐嫁给我！"

"你说什么？"水姐父亲怀疑自己的耳朵。

"把水姐嫁给我！"老涂加大声音说。

水姐父亲和母亲这回可是都听得清清楚楚了。正当他俩被这话惊得有点不知所措时，老涂又说：

"我要娶水姐！"

"你要娶她？"水姐父亲仍是怀疑。

"是的，我要娶她！"

"你真的要娶？"

"真的！我就是来娶她的！"

"你再说一遍！"

"我要娶她！"老涂吼了起来。

水姐父亲和母亲都没想到，平时老实得见了他俩就低着头赶紧走开的这个三宝，竟然直接上门来向他们的疯子女儿求婚了。他们那疯子女儿，可不但是疯了，而且是被日本人那个疯的呀。他俩知道，别说是自己的女儿疯了，就是没疯，只要是被日本人那个了，也没人会要了的呵！

水姐母亲哭了。她反而觉得对不起这个三宝了。

水姐父亲则赶紧拍板，生怕这个三宝有变。

涂三宝要娶疯子水姐了，这消息立时在涂家坪传开。

这消息让涂家坪的人都感到吃惊，他们怀疑涂三宝也是疯了。

就有那好心人来劝老涂了。

好心人说：

"三宝啊三宝，你年轻力壮的一个汉子，你做事怎么就不思量思量呢？"

老涂说：

"我做什么事没有思量啊？"

好心人说：

"唉，唉，三宝啊，我这可是为了你好啊！"

老涂说：

"好，好，你是为了我好就快说！"

好心人说：

"三宝啊，那我就直说了哪。"

老涂说：

"快说快说，我听着呢！"

好心人便说：

"水姐是个疯子，你娶了她干什么？"

老涂说：

"我要和她生儿子。"

好心人说：

"她那样子，儿子也是没得生的呵！"

好心人这话令老涂不解。老涂说：

"她是女人，怎么就不能生儿子？就算不能生儿子，生女子也是一样的。"

好心人见老涂如此不开窍，只得把话挑明。好心人说：

"三宝啊三宝，你没娶过亲，自然是不知，可你总该听人说过哪！那女子、女子，若被诸多人睡过，就不会有崽女生了哪！那城里堂板铺子的女人，有生么？更何况、何况，这水姐是被那么多日本人睡了的……"

好心人的话还没说完，老涂已去摸挂在墙上的鸟铳。吓得那好心人抱着脑壳便跑，跑出好远，见老涂没追了来，方恨恨地骂老涂是个不识好歹的哈卵。

老涂自己择了个日子，他宣布自己成亲了。

成亲那天，老涂拷着鸟铳，将疯子水姐背进了家。将疯子水姐背进家后，老涂走到门外，朝天举起鸟铳，做着扣扳机的动作，嘴里喊着"嗵！""嗵！"他嘴里"嗵"地一铳，"嗵"地又一铳……

老涂边用嘴放铳边喊："我这是放喜炮呢！我这是赶鬼祛邪呢！"

老涂之所以没有装火药，没有真放铳，而只是用嘴巴喊着"嗵、嗵"，是因为他没有火药，他舍不得拿钱去买火药。他那杆铳，是做样子的。他平素扛着铳去打野物，也是做样子的。他打野物用的是石头。

水姐父亲和母亲跟在老涂身后，算是送女儿过门。来看热闹的也不少，但都不进老涂的家门，说是怕惹了疯子。

水姐母亲对着水姐边哭边说，说女儿啊从今天开始你就算有个家了，你要好好和你三宝哥过啊，女儿啊我也不再盼着你别的什么了，就盼着你多依顺着你三宝哥，女儿啊你别怨娘将你嫁了这么一个人家，这是命啊，命里只有三合米，走遍天下也不满升……

水姐父亲听着听着，觉得女人这哭说渐渐地离了谱，说来说去竟埋怨起涂三宝的家境不好，似乎亏了女儿似的。便说道：

"行了行了行了，你再说得多她也听不懂！三宝贤婿啊，我女儿嫁给你，她这辈子算有依靠了，我们放心。"

水姐父亲拉着水姐母亲就往回走。路上，有人来贺喜了。

贺喜人对水姐父亲说：

"你老人家，把女儿嫁了个好人家。"

水姐父亲说：

"是咧，是咧，三宝那后生，忠厚、老实、能干，人又勤快，还能进山打猎，我那女儿，自小就跟他好着咧。"

贺喜人却又说：

"你老人家，那三宝没雇花轿，也没请锣鼓手？"

水姐父亲说：

"花轿，我那女儿坐得上去吗？坐不了花轿，要锣鼓手干什么？"

贺喜人说：

"话不能这样说呢，场面礼性还是不可少的哪！那三宝，是没钱呢！是舍不得花钱呢！是贪图个便宜呢！你老人家，别怪我说句直话，你那女儿，嫁给三宝还是太亏了一点……"

这人的话还没说完，水姐父亲说：

"那就嫁到你家去啰，你要不要？！你雇花轿敲锣打鼓来迎啰，我立马要三宝让出来。"

水姐父亲说完，哼哼道：

"明知道我女儿疯了，故意来卖乖，以为我不清白呢，哼哼，老子清白得很哩！"

贺喜人讨了个没趣，悻悻然走开，走开后又和看热闹的说，你看啰，看啰，涂三宝娶了个疯子，被日本人那个的疯子，他家里以后有把戏看呢。

……

别怪涂家坪的人如此这般地不明事理呵，几十年后，当亲眼目睹日本人暴行的老人相继离开人世，有听说过这种事的年轻人，论及某某地方某某女人被日本人强奸、轮奸过时，那语气，竟然还有着猥亵的成分呢！就连被日本人抓去强逼充当慰安妇、受尽摧残、侥幸活下来的女人，还被划为坏分子，被管制了几十年呢！

水姐自疯了后，就没有洗过澡。她怕水，一见着水就浑身哆嗦。一见着水，她大概就想起了日本头儿从她头上淋下的那盆水。就连喝水，她也怕。她在外面转圈时，只是到土里掰些生菜叶，或捡那从树上掉下的烂果子解渴。可水姐愿意有人背她，只要老涂一背上她，她就乖乖地如同小女娃。这大概又与她被蹂躏后，是老涂将她从起火的屋里背出来有关。

被人嗤为哈卵的老涂其实细心，他发现了水姐的这种异样。于是只要水姐一惨叫时，他就背上水姐，去摘野李子，去摘草莓……他仍然要用儿时的回忆，来唤醒水姐；他仍然要用儿时的甜蜜，来抚慰水姐备受摧残的心灵。

水姐怕水，老涂就每天用澡巾给她擦身子。老涂先是只将澡巾打湿，然后拧干再拧干，轻轻地擦；再逐渐让澡巾湿透，湿得滴水，让水姐知道，这水不可怕，这水是给她擦身子的，是能够让她舒服的……终于有一天，老涂打好一澡盆水，先背着水姐转，慢慢地转到澡盆边，他将盆里的水往自己身上泼，再顺势泼一点点到水姐身上。他一边泼水一边对水姐讲着小时候两人在溪边的故事……

老涂像哄着小孩睡觉一般地说，小小水姐啊小小水姐，每次我俩砍了青枫木柴回来，你不是都要到山脚那条小溪边玩水吗？你是水姐，你天生就是喜欢水哪，你是离不开水的哪，咱们这儿的水，泼到身上凉浸浸，喝到嘴里甜津津……你知道这盆里的水是哪里来的吗，就是我从那溪里挑回来的哪，是你最喜欢的水哪……

老涂这么怀着甜蜜的回忆不断地深情诉说，一次，又一次。

老涂突然发觉，背上的水姐像睡着了，竟然不哆嗦了。

老涂放下水姐，撩起水，给她洗脸，给她洗脖子……水姐闭着眼睛，只是舒服地哼哼……

老涂高兴得取下鸟铳，跑到门外，对着天上又连放几声"嘴巴铳"。

老涂娶了水姐三个月后，水姐变了，又出落得花一样了。只是不能受刺激，一受刺激时依然会惨叫。

老涂出外时依然要背水姐，可水姐不要他背，水姐知道怕羞了。水姐朝他手臂狠狠地打一下。

水姐这狠狠地一打，老涂乐得咧开嘴巴，呆呆地望着水姐。水姐见他那呆呆的样儿，反而"噗嗤"一声笑了。

水姐笑完就勾下头，跟在老涂身后，往外走。

一路上有人跟水姐打招呼了，水姐任人都不答，只是紧紧地拽住老涂的衣裳，那眼神，依然有着恐惧。

老涂便专选那路上人少时带水姐出去，带到那山脚的小溪边，学着儿时的水姐，自己先伏到溪水边，两只手捧着溪水往脸上浇，浇湿脸，浇湿脖子，也浇湿头发。再走到水姐面前，用那打湿的衣袖，往水姐脸上，轻轻地揩……水姐又笑了，说不是这样的，不是这样的，说三宝哥笨，实在是笨。水姐自己伏到溪水边，浇湿脸，浇湿脖子，也浇湿头发后，再用打湿的衣袖，往老涂脸上揩。

可揩着揩着，水姐说她自己怎么没有羊角辫了。

......

水姐在家里能做家务事了，但是不许老涂走开，得陪着她，守着她烧火，守着她煮饭，守着她炒菜。

老涂不能上山去打猎了，老涂的日子艰难起来了，可老涂什么时候也没有这样快活过。

因了水姐又像那么一个有模有样的女人，涂家坪人又在背后说开了

"没想到，硬是没想到，那个三宝，捡了一个大便宜。"

"那疯婆，以后只怕就这样好了哩！"

"好了，已经好了，你没看见，三宝常悄悄地带她出去，像城里人那样，叫什么来着？吊膀子！"

"是哩，那疯婆，好久没听见她叫了呢。"

"好了三宝那个背时鬼，那水姐，还是水灵灵的哪！"

"当然水灵哪，人家本就是一根嫩葱嘛。"

"还嫩葱哩，被那么多日本人干了的。"

"哎呀呀，听说被日本人干时，她还动呢！"

......

"那涂三宝，当时在哪里？为什么不和日本人拼？！"

"是呀，是呀，那时候，他怎么当了'裤包脑'，可怜那女子疯了后，他才出来当英雄。唉，唉。"

"自古美女配英雄。水姐他爹，原本不就是想把自己这宝贝美女许配个英雄么？这一下，英雄变成了卵打精光的涂三宝，美女先被日本人开的苞。"

......

这些话，自然吹进了老涂的耳朵里。

待水姐睡了后，老涂举着鸟铳，如示威般在涂家坪转，边转边喊。他若听得有人再数落水姐，可就别怪他手中的鸟铳。

"嗵"的一声，他用嘴巴朝天放一"鸟铳"。"嗵"的一声，他又

用嘴巴朝天放一"鸟铳"。

　　黑暗中有人笑，说那水姐不怎么疯了，这水姐的男人怕莫又疯了。

　　然笑是笑，说是说，背后的嘀咕的确少了。都怕了老涂那杆鸟铳。因为谁也不知道，老涂那杆鸟铳到底装没装火药。

　　日子便又开始平静地过。时间略微一久，人们也就不太关心老涂和水姐的事了。

　　"自家的事都顾不过来，还去操那么些瞎心干甚？！你管她水姐也好旱姐也好，那全是涂三宝的事了……"

　　在人们不怎么关心老涂和水姐时，老涂和水姐开始过得像对真正的夫妻了。

　　就在老涂度着他一生中最幸福的时光时，涂家坪又来了风声，这回的风声是：要征壮丁！

　　这征壮丁怎么会征到涂家坪来呢？人们开始也不太相信，就如同原来不相信日本人会来一样。这不太相信的理由仍然是，咱这是两县交界互不管的地方，谁来征呢，他又怎么来征？！但紧接着便觉得又不能不防，亦如同原来认为日本人不会来，结果那日本人还是来了一样。

　　涂家坪的人从日本人突然来了的教训中，得出这征壮丁的人也会突然来的结论。于是开始惶惶。然于惶惶中，他们又细细思量，思量这涂家坪到底谁最有可能第一个成为壮丁。也就是说，谁最符合第一壮丁的条件。这一思量，老涂排在了最前面。

　　涂家坪人将老涂排在最前面有这么几个"在理"：其一，老涂不但当年而且身强力壮，这壮丁壮丁，不就是得强壮么？其二，老涂那岳老子、水姐的父亲，给日本人带过路，给日本人带过路的人，理应受到政府的惩罚，可他那岳老子毕竟年纪大了，去受当壮丁的惩罚还是太过了一些，这个惩罚，能不落到老涂这女婿身上？其三，水姐那女人，是个灾星哩，老涂身边困着个灾星，想不将他排第一都不行……

于是，老涂必是第一壮丁的传言，在涂家坪不胫而走。

这传言，自然进了水姐父亲耳里。

水姐父亲忙忙地走进老涂那间木壁屋，慌慌地喊，征壮丁的就要来了，就要来了，这可如何是好、如何是好？

正蹲在地上磨着柴刀的老涂其实也听到了关于他是第一壮丁的传言，可他只是看了慌慌张张的岳老子一眼，便一边继续磨着那把已经被磨得发亮的柴刀，一边回答说：

"慌什么呢，你老人家有什么可慌的呢？！"

水姐父亲立时火了，说难怪人家说你也有点像个疯子了，到了这个紧急关头，你还跟没事一样，还在磨柴刀，我看你上山砍柴也没有几天砍了。

老涂不吭声，仍然磨着柴刀，磨得那柴刀吭哧吭哧响。

水姐父亲盯着老涂磨着的柴刀，突然说，你不是要拿柴刀去砍那些嚼舌头的人吧？

老涂说，我有鸟铳，用不着柴刀。

水姐父亲说那你就别磨柴刀了啊，快点想个法子出来啊，如果你被征了壮丁，我那女儿，又没有依靠了。水姐父亲没说出来的是，只要老涂一被征丁，那水姐，只怕又会疯了的。

老涂这才说：

"法子我倒是想了一个呢。"

水姐父亲说：

"什么法子？"

老涂站起，用手指探着柴刀的锋口，说：

"将我这右手砍掉。"

老涂说只要我这右手没了，来征丁的还征我什么呢？征我个残废人去白吃粮啊？

水姐父亲没有被老涂这话吓着，反而怔了。因为老涂说出将自己右手砍掉的法子，竟如同说砍掉一只鸡爪子那么平心静气。他在怔了一会儿后，心里不由地想，别看这个混账东西平常老实，若真发起混来，只怕杀人连手都不会颤……

水姐父亲赶紧说，使不得，使不得，你的右手若没了，你怎么盘活我那女儿……

老涂说：

"这点我也想过了，可如果不砍手，不正被那些人说中了？！我就要让他们看着我成不了壮丁。"

水姐父亲说：

"哎呀呀，你怎么天生就这么一个死心眼，你就不会想个别的法子吗，三十六计走为上，你不晓得躲出去啊？躲壮丁的事你总听说过吧？"

老涂说：

"我躲了，那水姐怎么办？只要我不见了，她那旧病又会复发。"

水姐父亲说：

"你不会带她一起躲，一起逃啊？！"

水姐父亲这么一说，老涂将手里磨得发亮的柴刀往地上一丢，"扑"地双腿跪下，对着岳老子磕了一个头。

老涂其实早就有这个想法，但他这个想法，并不是因为传来征丁的消息才萌发，而是在他陷入人们的闲言碎语中时便已产生。他只有带着水姐离开涂家坪，离开这个使得水姐惨遭摧残而又饱受非议的地方，让水姐彻底忘掉这涂家坪，忘掉在涂家坪所发生的一切，她那疯病，才能根愈。他老涂和水姐过的日子，也才能安稳……可他这个想法归想法，他不敢付诸实行，他想着水姐的父母亲是断然不会允许的，而没有岳父岳母的同意，他能私自带了人家的女儿逃跑吗？那不就等于拐骗了人家的女儿，和私奔差不多了吗？老涂没想到，这回是岳老子亲自来了，亲口说出要他带了水姐跑的话，他对这岳老子，真的要感恩零涕了。

　　水姐父亲再三叮嘱他趁着夜黑无人便带着水姐逃走，等到涂家坪无事后再回来。老涂一边连声喏喏地应着，一边不由地想，这世上的事真是说不清，料不到，倘若不是水姐受了蹂躏，变了疯子，他得不到水姐；倘若不是要被征丁，他不能和水姐离开这个地方。

　　老涂觉得，这坏事于他都变成了好事，这是不是他的运气来了。

　　但老涂在心里发誓，离开涂家坪后，就再也不回这个地方来了。除非，除非有一天，他像大戏台上的公子或秀才，突然能骑上高头大马，披红挂彩，有人敲锣开道，簇拥着他回来……

　　老涂连夜带着水姐，跑了。

　　老涂带着水姐到了一个谁也不知道水姐有过什么事的地方。

　　老涂替一户人家打短工，那短工才打了一旬，主人家就提出要老涂帮他家干长工。主人家说老涂实在是太勤快了，这样的长工通地方都请不到，可偏偏来到了他家，他若不将老涂留下来，那就是对不起财神菩萨。

　　主人家问老涂要些什么条件，未等老涂开口，主人家就说除了包吃包住外，每半年分一次谷子作工钱，过年过节打发的不算。老涂说他没有什么条件，就是不愿意麻烦主人家的住宿，他得和女人住到外面。老涂是怕在主人家住久了，水姐那伤心的事被打露出来。

　　主人家忙说他有一间单独的屋，不要一分钱租金，就给老涂两口子住。

　　老涂算是碰上一户好人家了。他白天在主人家帮工，晚上陪伴着水姐，过上了惬意的日子。可好日子不长，忽然有一天，来了个乡公所的人。这人先是找着主人家，然后由主人家陪着来到老涂和水姐住的小屋。

　　一进小屋，主人家对来人和老涂说，你们谈，你们谈。说完便不无惶惶地走开。

　　来人先是问了一些今年的年成是否好、老涂在这里是否也还过得惯之类的闲话，而后一边抽着老涂的水烟筒，一边说着些似乎是莫可奈何的话。那话的大概意思是，老涂你虽然是外地人，但既然来到了这里，就不能不成了乡公所管辖的人。如今上头来了命令，你呢，又正好是上头命令中所划定的那种人，所以我们也没有办法……

来人尽管还没有说出那个意思，但老涂已经明白，他从涂家坪逃出来算是白逃了。

老涂看一眼水姐，他怕水姐听出他已被征丁的意思，忙要来人到外面去说。

来人随他走到外面，在瓜棚荫下坐定，又说，你去了后，你这家里是要发优待谷的。你只管放心，按照律令，我们乡公所也会照顾你家里人的。你去个一两年，完成了应卯的差事，回来后就再也不要应这种差了。当然啰，你那女人一个人在家里是要吃点苦，只是幸亏你们还没有孩子，她一个人苦是苦一点，但只要熬个年把两年也就熬出来了……

来人的话其实说得也在理，因为那"差事"早晚是要被轮到的。可老涂是哑巴有苦说不出，他不敢说出自己的水姐是个还没痊愈的疯子，他不敢说自己走了后，水姐的疯病发作起来怎么办……而来人虽然说了很多在理的话，却就是没有一句说去吃粮是为了打日本鬼。倘若将这应征吃粮和打日本鬼结合起来，老涂被征丁去吃粮就可以变成是为了给水姐报仇，那么老涂的吃粮之途就会是另一番情景。可当时老涂碰上的征丁就是如此，老涂只能隐住自己心里那像被刀割一般的痛。

来人很客气地走了，老涂却不能不在第二天便去应卯，因为他这次如果还想躲的话，那是绝对躲不了的。来人在客气的话中告诉他，根据律令，乡公所已将他和主人家"连坐"在了一起。来人说，这也是实在没有办法，明明知道这是得罪乡人的事，也只能硬着头皮来做。

"你老人家，"来人喊老涂喊起你老人家来，"明天乡公所点卯时，若是没见你老人家来，乡丁就会来找这家主人的麻烦。唉、唉，那我就连这家主人也得罪了。得罪多了人是要遭报应的呵，唉、唉……"

乡公所的人走了后，主人家连忙对老涂赔着不是，说这事全怪他，全怪他，倘若不是他将老涂留下来，老涂也不会被征丁。老涂说不怪他，是自己该着命里如此哩！无论在哪里也逃不脱这一劫。主人家说，话虽然是这样讲，但如果老涂不是在他这里被征的丁，他眼不见，心里总要好过些；偏老涂就是在他这里被征了，他那心里，就总像作了孽。他问老涂还有什么要他帮忙的事，只管说，他能帮到一点是一点。老涂犹豫了一阵，最后还是说了一句，说请主人家帮他照看照看自己那女人。主人家忙应着要他放心放心，要他权当着是出一趟远门。

老涂果真对水姐说，他只是出趟远门，去做一批皮货生意。

老涂说他这回去做的皮货生意，一定能赚大钱，他赚了大钱就回来，回来给水姐买好多好多城里的洋把戏。

水姐似乎知道，知道男人这回出去恐怕就难得回来。水姐只是一个劲地抹眼泪。

老涂强打着笑脸，离开了这个不属于他的小屋的家。

老涂快走到乡公所时，突然好像听到一声凄厉的呼叫。这种呼叫，他已听过多次，它是那么刺耳，又是那么熟悉，这种呼叫在他内心深处震响，仿佛是一团冰冷刺骨的东西，让他在大太阳下冷得颤抖，心口作痛。

老涂独自号啕起来。

自此后，老涂没有了笑脸。老涂牵肠挂肚啊，挂着只怕又会疯病复发的水姐。

老涂惦着水姐，念着水姐，他一闭上眼睛，就仿佛看见水姐在喊他，在寻他……他常常梦见水姐又被他从着火的木壁屋里背出来，涂家坪的人在围着水姐指三道四……他最担心的，是水姐一个人在那不熟悉的新地方，又陷入在涂家坪的境遇……他现在没有办法保护水姐了，但他绝不容许身边的任何人议论他的水姐。

……

因而，当宫得富一而再地说道了他的水姐，将他的水姐作为戏谑对象后，他能不恨宫得富？尽管他在明里斗宫得富不行，但他老涂并不是哈宝，他得让宫得富在暗里也吃点苦头。

老涂的告发，其实还有着另一种原因。他原本以为这被征了丁，吃了粮，就如同他原来听说过的那些粮子一样，穿上黄皮子，扛着枪杆子，吓唬吓唬老百姓，确也跟乡公所人说的应卯当差差不多，可到了衡阳，瞧着这军营里的架势，是真的要跟日本人做死的大干，他老涂，能不是个明白人么？他老涂的水姐，不就是被日本人糟践的么？既然已经来了，只要是真打日本人，他老涂能不借此为水姐报仇么？

老涂要报仇！可宫得富和我叔爷是随时想开溜。他不能让他们开溜！他得拽住这些人，一起帮他报仇！

老涂确确实实没想到，他这一告发，宫得富和我叔爷会被枪毙。一方面，他虽然觉得宫得富可恨，但和自己并没有生死之仇，他认为自己已做得太过分，特别是连累了我叔爷。另一方面，宫得富和我叔爷一被枪毙，他老涂想好的拽住他们一起为水姐报仇的事，不也就落空了么？

老涂只能懊悔不已。

十二

当老涂在懊悔自己不该害得我叔爷和宫得富挨枪子儿时，我叔爷和宫得富被连长押到了团部。

师长葛先才正在团部等着。

连长又没想到的是，他还没来得及报告兵贩子已经押到，我那勾着脑壳的叔爷便先喊起了冤枉。

"我冤枉啊，长官，冤枉啊冤枉！长官，你可不能枪毙我啊！……"

我叔爷一抢先喊冤枉，只把个连长气得牙咬咬的。

"报告师长，这个兵贩子是在狡辩！"

连长一喊报告师长，我叔爷和宫得富一时竟呆了。

"你，你就是师长？！是那个老瘪说的葛师长？！"我叔爷和宫得富不由地同时把低着的头抬起。

我叔爷和宫得富只知道是被押往团部，因为连长说是报请团部枪毙，可没想到见到的是那位大名鼎鼎的将军！

我叔爷从没见过这么大的官。将军，这是将军啊！

我叔爷后来说，人啊，他妈的就是天生崇拜英雄。我叔爷说他一听到站在他面前的就是那位大名鼎鼎的葛先才葛师长，他当时不是害怕，而是陡然有一种荣幸的感觉。因为他是和大人物、大英雄站在一起了。尽管他是被绳索绑着，尽管他已经是个囚犯，但他似乎忘记了自己的处境，忘记了自己是个什么样的人。我叔爷说，你不信？你不信就自己去试试，也去见一个大名鼎鼎的将军！你以为什么人都能见得到的吗？见不到的哩！

我叔爷很以他见到过大名鼎鼎的将军而骄傲，尽管在当时，这位将军极有可能是要他的脑袋搬家。

我叔爷还说他总算明白了许多事理，那关云长单刀赴会，为什么鲁肃埋伏了那么多人马却不敢动手，是怕呢，是早就被那关云长的名声吓怕了呢！那荆轲刺秦王，为什么没得手，也是怕呢，是被秦王那威严吓得心里哆嗦呢！他说假若当时有人用钱买通他，让他暗藏一支枪，去刺杀这个将军，他照样不敢开枪。可他又说，他当时的确没有害怕，只是浑身颤抖，那是叫什么，叫什么由激动而生敬畏来着。

我叔爷说那个师长的威风，嘿，将军服、将军帽、脸又大、眉又浓、身坯又魁梧……怪不得老瘪一提到战长沙，一提到这位将军，就牛得不行呢！

我叔爷当时急着想和这位将军说说话，只要能和将军说说话，死了也值。死了到阎王爷那儿去，阎王爷问，你是怎么来的呀？答曰，被英雄枪毙来的。这，总比被无名小卒宣判后、开枪崩掉的要强吧。可连长已经禀报起我叔爷曾从他手里逃跑的事。

连长还没说完，葛先才已挥了挥手，示意他不必再讲。

葛先才开口了。

葛先才开口的第一句话，是对着我叔爷说的。

葛先才对我叔爷说：

"你不是喊你冤枉吗？有冤枉你就讲，慢慢地讲，我今天就来替你断这个冤案。"

我叔爷没想到这位师长将军开口说的第一句话，是对他说的，而且是和颜悦色，他就觉得自己比宫得富占了些风光。可这冤枉该怎么说呢，他正琢磨，葛先才又开口了。

"你叫什么名字？"葛先才问。

"报告师长，他是林满群，我是宫得富。我宫得富有话禀报。"

师长本是问我叔爷的名字，还没问到宫得富，可宫得富竟抢先回答了。宫得富的回答又是颇有底气，像个真正的军人向长官报告一样，而且报告他有话要讲，这让我叔爷心里很不舒坦。

然而，葛先才只是看了看抢在喊冤枉人前面回答的宫得富，又把眼光盯着我叔爷。

葛先才盯着我叔爷那眼光，既令我叔爷愈加敬畏，又觉得他自己硬是比宫得富风光，将军硬是只盯着他呢！硬是叫他宫得富没法先说话呢！

"林满群，是你喊的冤枉，你就先说你的冤枉。"

我叔爷原本是想着自己反正逃不了一死，索性来个要赖皮赖到底。那大戏台上，不是常有要被砍头的人喊冤枉么？那喊冤枉的人，总是能博得人同情，既算被砍了头，也比不喊冤的死得惨烈，让人怜惜。自己这一喊冤，说不定也真能在大戏台上留下名来哩。可这位将军还真要听他的冤枉，他哪有什么冤枉呢？！

我叔爷那张会讲各种假话的嘴巴，一时竟张不开了。

我叔爷正为自己懊恼，懊恼自己到了关键时刻，怎么地就如同田里的二茬子稻谷，瘪瘪地没有浆水，腹内全是空的了。他和那连长说话时，随口胡编的词儿，可是一套一套地往外喷哪。

我叔爷正为自己懊恼时，这位将军替他说开了冤枉。

葛先才是在我叔爷面前一边踱着步子，一边说的。他说了很多，我叔爷尽管像开蒙的学生要努力记住私塾先生的每一句话那样去听，还是没有完全记住。他只记住了这位将军说的大致意思。

葛先才说的大致意思是，目前正逢国难当头，可各地逃避兵役的风气照样猖獗，正是由于逃避兵役的风气猖獗，兵贩子才应时而生。本应出丁应役的人家出高价给兵贩子，兵贩子就替代其子应征，乡镇公所亦不追查张三李四，是人就行，贫苦之安分人家，无钱雇用兵贩子，无可奈何，只好送其子弟入营……如此之征兵法，地方政府如此之对国军不负责之行为，将置国军于何种地步，又何以能抗拒日寇之强敌……

将军每说一句，我叔爷就点一下头，应着是咧、是咧。可听着听着，觉得将军这话，怎么地像是在为他和宫得富这类人开脱，莫非说，这位将军是同情他和宫得富来着？这可真是绝处逢生哪！我叔爷刚这么一想，葛先才在他面前站住了，不踱步了。

"你说，你们入营后，不论平时战时，是不是有机会便逃？"葛先才突然向我叔爷问道。

"是咧。"

"你们逃走后，是不是再去做下一次的冒名顶替买卖？"

"是咧。"

"你们每逃一次，是不是就有那原本并非兵贩子的跟着逃？"

"是咧。"

"你林满群到底逃了几次？做了几次冒名顶替的买卖？"

"四次。"我叔爷老老实实招供了。

"四次！罪大恶极！按律该枪毙你四次！"

听得葛先才这一句，我叔爷的脑袋才仿佛突然清醒了。但这一回，他没跪地，也没哭喊着求饶。他只是把个本在专注地听着将军话的脑袋，耷拉下去了。

一切都审讯清楚了。我叔爷自知必死无疑，就等着将军那么一挥手，拉下去，枪毙。

可葛先才并没做那个拖下去枪毙的手势，而是又踱起步子来。

"就是因为有了你们这些兵贩子的缘故，每打完一次战，部队兵额的损失就惊人，而部队长借此机会，将逃兵统统列入阵亡人数中，开具名单，报请上司补充。他报了这么多阵亡者，表示他所进行的战斗是多么激烈呵！其实呢，多数是像你们这类的逃兵。他既能得到补给，多要抚恤金，又能得到上司抚慰，一举两得。实则是吃空缺！"

"他妈的是吃空缺！"葛先才将手往空中一挥。

葛先才的手往空中一挥，我叔爷着实吓得心里一哆嗦。但他那耷拉着的脑袋仍是清醒，将军这是在骂那些借兵贩子吃空缺的长官。

"林满群你是哪里人？"葛先才旋又问道。

"湖南省新宁县白沙镇林氏。满字辈。"

我叔爷按照报家谱那样准确无误地报告后，立即后悔自己竟然忘了"报告将军"这四个字。好在葛先才接着问：

"是乡里？"

"报告将军，是乡里。离县城还有足足二十里。"

这一次，我叔爷赶紧将"报告将军"四个字补充了进去。一补充完，他心里舒一口长气。仿佛即算立马去死，也是死而无憾了。

"乡里人只能采取雇用你们这些兵贩子的办法，在都市或县城中，可就除了雇用你们这些兵贩子外，还可设法利用人事关系，只要认识几个部队中或军事机关中的高级军官，送上金钱票子，这些高级军官便给送钱人的子弟发给一纸证明书，证明该子弟已在营服役，将这证明书往乡镇公所一送，他的子弟就可在应征名册中剔除，乡镇公所也可将该证明书再往上报销。至于其子弟是否在营中服役，谁知道，鬼知道！"

葛先才愤愤地说道。

葛先才这位将军是因为我叔爷和宫得富的被查获，引发了他对国军征兵腐败的痛恨。这种长期压在心中的怨愤，又是因为第十军始终未能得到兵员补充而爆发出来的。试想，他当年在西凉山之战后，预十师被补充一千新兵，竟有多半是兵贩子；他当时率领的那个团被分派五百新兵，其中有三百多是兵贩子！他能不对这种现象切齿痛恨吗？

"我说的这些，是不是实际情况？你们最清楚，你们说对不对？"

"是咧，是咧，是这个理咧。"我叔爷连声说。

"对，对！师长，是这么回事！"宫得富回答的声音压住了我叔爷。

我叔爷感到有点奇怪，这个原本为连长有意放一马，却毫不为自己争辩、硬要陪着来挨枪子儿的宫得富，到了师长面前，怎么就仿佛变了一个人，不但抢着要答话，要引起师长对他的注意，而且好像要从师长这里得出个什么道道来……他宫得富到底是怎么了呢？

我叔爷后来才知道，宫得富之所以成为兵贩子，就是与那送票子开证明有关。

宫得富原本是个小火轮舵手。他驾着那小火轮，头天上午从县城出发，傍晚到达府城，在府城歇一夜，第二天再从府城返县城。日子本也过得可以，每月有工钱发，家里又还有几块菜地，由父母种着。那新菜上市时，他能将自家的新菜带上小火轮，顺便捎往府城，卖个好价钱；遇上江水枯竭时节，小火轮歇工时，他就在家帮父母种地，属于亦工亦农人员。那时的宫得富，干工是个好舵手，务农是个种菜里手，有技术，有力气，又是一个标致的年轻后生，那做媒的，自然尽往他家里拱。可这人一有了些优越条件，找婆娘的眼光自然就高，特别是他宫得富，在县城，在府城，不但见的漂亮女子多，还知道不少自由思潮，于是在找婆娘这个问题上，他也要"自由思潮"一下。

宫得富找婆娘一要"自由思潮"，按照老规矩或曰老传统上门做媒的，便只能徒劳。

眼瞅着做媒的尽是徒劳，他父母亲急了。他父母亲不但觉得对不起那些媒人，更激发了非得帮儿子找上一个他满意的不可。他父亲对他说，崽啊，你要选自己满意的我们没话说，只是这满意的还是非媒人做媒不可，若没有媒人做媒，千百年的规矩岂不坏了？！若没有媒人做媒，我和你娘，能到一起？我们没到一起，能有你这个宝崽？

他父亲说的这个"宝崽"，在湖南话里含义很广，既爱之有加，又怜之至深，还有斥责其不争气，不听话，所以到现在连个婆娘都没找上……

他父亲又说，崽啊，我们也晓得你想自由找婆娘，我们也不阻拦，你就在媒人领来的女子中自由找，你看中哪个是哪个，我和你娘保证没二话。只是你若连媒人的面都不肯见，那媒人如何好带女子来？媒人没带女子来，你又如何自由地选？……

他父亲这话，颇突出了当地当时的特色。当地正是城乡接合部，当时正是新生活运动被推广。他父亲既保持了给儿子找婆娘的传统，也就是中国婚姻文化的传统，又顾及了新形势下的改革，还符合亦工亦农儿子的实际情况。只是他父亲不会上升到理论角度罢。

宫得富没有回复父亲颇有特色的话，他是懒得和父亲啰嗦，你要请媒人你就请，他反正自己有主张。

宫得富挑上一担新鲜蔬菜，上小火轮去了。

宫得富没有回复，他父亲就认为这是默许。

他父亲放出话，媒人不局限于本村本庄，县城的、府城的，都可以。只要能带来好女子，只要能让他那宝崽满意。

这一日，宫得富家来了一个穿长衫子的男人。宫得富父亲以为又来了个做媒的。因为平常来的都是女人，亦即媒婆，媒婆做媒总是没做成，这回来了个媒公，宫得富父亲想着这地方上媒公极少，而来人穿的是府绸长衫子，府绸长衫子连县城有身份的人都不大有穿，可见这位媒公是大地方来的有身份人，许是该着给自己的宝崽说合个大地方的女子了，忙乐颠颠地将他迎进屋，泡茶装烟比对媒婆更殷勤。

长衫子男人却不抽水烟筒，而是抽他自己身上带的纸盒子香烟。

长衫子男人抽完一根纸烟，喝完一碗茶，开口了。

长衫子男人说：

"你家是姓宫吧？"

宫得富父亲忙说：

"我是姓宫、姓宫。"

长衫子男人说：

"你确实是姓宫？"

宫得富父亲说：

"确实是姓宫，这地方谁不知道我这宫家？"

长衫子男人说：

"那就对了，你家那事办好了。"

宫得富父亲一听，以为长衫子男人是说帮他儿子找婆娘的事办好了，可儿子还没回来啊，这媒公也没带女子来啊……

宫得富父亲正纳闷，长衫子男人已从长衫子兜里摸出一纸文书，说：

"你儿子，没问题啦！"

长衫子男人说完，将文书往木桌上一放，走了。

宫得富父亲忙礼性地喊，吃了饭再走，吃了饭再走。可长衫子男人连礼性话都没回，只是兀自咕噜了一句："还吃饭？还摆酒席哩！这号事还能张扬？乡里人就是乡里人，嘘——"

瞅着长衫子男人走后，宫得富父亲拿起长衫子男人留在桌子上的文书，却不知道这是什么东西。因为他不识字，只是估摸着像张什么票据。

宫得富父亲忙喊宫得富的母亲来看这是什么东西，宫得富母亲照样不识字，她将一双刚洗完菜的手在围裙上擦了擦，想拿起来仔细看一看。但不知道是觉得手没擦干，怕损坏了文书，还是觉得自己反正看了也是白看，伸出的那双手又垂在了围裙上。

宫得富母亲揣测着说，这准是媒人带来的说给宝崽那女子的生辰八字哪！

宫得富父亲觉得不太像，说载着生辰八字的文根他见得多，那文根，得用红纸载哩。

宫得富母亲说，许是城里人不兴红纸不红纸的，只要写上就行。宫得富父亲说，还是不像不像。

宫得富母亲想了想，又说，那就准是女子写给我们宝崽的信，托人带了来，宝崽是瞒着我们在"自由"呢。你快将它收藏好了，千万别损坏了，好让宝崽回来看。

宫得富父亲觉得有理，忙忙地将文根收起，说，对，是生辰八字也好，不是生辰八字也好；是女子的信也好，不是女子的信也好，总之是宝崽的好事。

宫得富父亲高兴地不住念叨，说老子讲过要让你这宝崽"自由"的，老子是说话算话的。这若是女子的生辰八字呢，老子也非得等你自己回来看了这女子的八字，同意后，再请八字先生来合你的生辰八字；

若是女子的信呢，给你看了后，你就得要那女子托媒人来正式说合……

宫得富父亲和母亲想着儿子的婚姻大事总算有了些眉目，喜滋滋地等着宫得富回来。

第二天，宫得富没有回来，却来了个辈分在他父亲之上、年纪也在他父亲之上的长辈。也就是说，按辈分，宫得富得喊他伯公公。

宫得富的这位伯公公名叫宫长昌，穿的是一身蓝长衫。这蓝长衫可就是这江边有身份人的象征了。

宫长昌端着水烟筒，一进宫得富家，宫得富父亲忙按辈分喊大伯，忙着泡茶装烟。宫长昌却一挥手，要他免掉这些礼性，直截了当地说出一句话来。

只因了这一句话，大伯和侄子反目，宫得富也和他的伯公公成了对头冤家。

宫长昌说：

"昨天有个长衫子男人到你家来了吧，他给了你一样东西吧？"

宫得富父亲赶紧回答说：

"是啊，是啊，他给了我一件文根哪。"

宫长昌说：

"你讲的那文根，是我的。你快把它拿出来。快点！"

宫得富父亲听宫长昌说是他的，且那口气冲人，心里不舒服了。那文根明明是给自己宝崽的生辰八字或是信件，你宫长昌凭什么说是你的呢？

宫得富父亲说：

"他大伯，那文根怎么突然变成是你的了呢？那长衫子男人，可是将文根亲手交给我的……"

宫得富父亲还没说完，宫长昌已把水烟筒往桌上狠狠地一放：

"我说是我的就是我的！你想赖了不成？"

宫长昌之所以如此口气，一则大概是他以长辈自居；二则是他有百把石谷子的水田，这有水田的主儿，在别人面前便免不了颐指气使；第三，也许才是最主要的，那文根于他来说，太重要了，他不能不急。可宫长昌没想到的是，宫得富父亲虽说是个种菜的，但儿子在外面走县跑府，也算得上是个人物。有了儿子这个人物，他并不像只会老实种菜的人那样见了地方上的角色便畏惧。而宫长昌这个所谓长辈，仅仅只是同了一个宫姓，按辈分排排而已，两家平时也没有什么往来。正是你有你的田，我种我的菜，我不用求你，你奈得我条卵何？！

宫得富父亲当即回道：

"你讲那文根是你的，你有什么凭据？"

宫得富父亲也会抓理，而且这次，他连大伯也没喊了。

"凭据？我有什么凭据？"宫长昌被他这句话噎住，过了一会才说，"那长衫子男人，本是来找我的，他问错了人家，才走到你家来的，所以就把那文根错给了你。"

原来这江边，只有两家姓宫的，那长衫子男人过了渡，下了船，问岸边的人，姓宫的住在什么地方？被问的人随手一指，指着了宫得富家……

宫得富父亲可不会这么轻信，他立即说：

"你讲他问错了人家也好，走错了人家也罢，我只要你说出来，那文根上写的是什么？你若说准了是写给你家的，我就让你拿去。"

宫长昌这下就如哑巴吃黄连，他能说吗？他敢说吗？

宫长昌只能支支吾吾。

宫得富父亲见他说不出，更是有理不让人了。他说，这世上的事，本清白得很，就算是有人在路上捡了一个包袱，那包袱里有银元，有票子，这捡包袱的人要将包袱还给那掉包袱的人，那掉包袱的人也得能说出包袱里究竟有多少块大洋，有多少张票子，总数加起来对不对，才能要回他的包袱。否则，岂不是人人都可冒领冒认，这清白世界不就乱了套……

宫长昌气得直捻下颌上稀稀疏疏的胡须，猛地抓起水烟筒，走了。走出门时扔下一句话，老侄啊老侄，你把那文根还给我便罢，若不然，我要你好看！别怪我不认得你是宫家的侄子。

宫得富父亲只是哼了一声，在心里说，呸，想来诈骗我宫爷的东西，你是挑水寻错了码头！什么宫家大伯宫家大伯，老子在这江边成家立业时，你还不知道在哪里呢？别以为有了百把石谷水田，就打个哈欠也想熏人，凡事都有个理管着呢！

晚上，宫得富回来了。

他父亲忙忙地将那文根递给他，要他快看快看，且愤愤地说起了宫长昌的蛮不讲理。

宫得富一看，说：

"这是给他家的啊！"

他父亲依然不信，说：

"是给他家的？可来人硬是亲手交到了我手里。"

宫得富说：

"是搞错了一个宫家。"

他父亲说：

"那你说，你说，这上面到底写的是什么东西？"

宫得富说：

"是张证明。证明他儿子宫天发已经服了兵役，也就是吃过粮。"

宫得富父亲愕然了。弄来弄去，这理竟然还是在宫长昌手里。还真是他的文根了。这一下，自己不但输了理，还得罪了宫家大伯。

宫得富父亲正兀自懊恼，他母亲说了一句。

他母亲说，要说这证明，是他家的那就是他家的，得富说了的不会错。可他那儿子宫天发，什么时候去吃过粮呢？

宫得富父亲立即说，是啊是啊，他家那宫天发，我可是天天看见他的啊！

宫得富说：

"别管他到底吃没吃过粮，明天，把这证明给他家送过去。管那么多闲事干吗？"

宫得富父亲说：

"按理，是得给他家送过去，可要送你去送，我不去！你不晓得他那蛮横的口气哩，简直是要活抢。"

宫得富说：

"不管怎么讲，他也是高辈分。行，明天我正好歇工，我帮他送过去。"

这事，本到这里可以打止了。可宫得富父亲的话又被说准，宫长昌，真的要来活抢。

宫长昌回到家，越想越气。

他想着自己花了几十块白花花的大洋买来的证明，却落在了宫得富家。落在了宫得富家本不算什么，原想着自己走去就能拿回来，却没想到碰上的是头横脑壳水牛，偏要他拿出凭据来，讲出证明的内容来。那证明的事却无法讲也不能讲，是绝不能让旁人知道的，毕竟还有个法在管着哩！

那几十块白花花的大洋，可是他为了儿子别去吃粮，像割肉一样割得心里流血才拿出去的啊！

宫长昌也想过要那长衫子男人去取回证明，可那长衫子男人早就不知道去了何方。那长衫子男人是专做这号"提篮子"、"了难"生意的。他和长衫子男人连面都没见过，他是在城里一家酒楼，和长衫子男人临时委托的一个人谈成的生意，这人说"长衫子"有急事，他能做保证人。当时人家就保证，只要你肯出五十块光洋，你那儿子服了役的证明，包在他身上。人家说话算数，并没私吞送上的光洋，人家是把证明搞来了哩，你要怪人家还怪不上。人家还再三交代，这事得保密，万万不可张扬。倘若张扬了出去，碰上那较真的官儿，你我都脱不了干系……

宫长昌知道这脱不了的干系指的是什么，虽说出了钱，但出了钱也有风险，一个是出钱行贿，一个是当中间人从行贿的钱中得些好处，那上面开证明的则是收钱受贿。万一出了事，那中间人不但居无定处，就连那名字，只怕都是假的，你找得他卵到；上面开证明的则有枪有兵，也奈何他不得，只有他这个行贿的，跑不脱！

宫长昌又想到了再去宫得富家说好话，或者给宫得富家几个钱，让他家把那文根归还。可他一想到那混账老俖问他要凭据，心里的火又飙了出来。他妈的，他不能在一个种菜的面前低三下四，他得将那种菜的搞得归依归附……

宫长昌想来想去，决定来蛮的：派人去抢，将那证明抢回来！乡里人反正都不识字，就说是他宫得富家偷了自己的一张地契。

宫长昌喊来一个做长工、两个帮短工的，吩咐一番，说只要将那地契夺回来，每人的工钱涨半斗谷子。

当我叔爷说宫长昌要长工、短工们去帮他将"地契"夺回来时，我觉得我叔爷这话有纰漏。我说宫长昌应该是个大地主，大地主家应该有家丁，家丁们应该还有枪。他要去抢那"证明"，怎么会派些长工、短工呢？他派的应该是挎枪的家丁。我叔爷嗤了一声，说，你是读书读多了哩，你读的全是些蒙骗人的书哩。大地主、大地主，我们这两不管的山区，全是些鸡窝大的田和土，哪里有什么大地主呢？！我晓得的地主都是些一块霉豆腐吧两餐饭，从牙齿缝里省下钱来去买田买地的哈卵，吃舍不得吃，穿舍不得穿，还会养家丁？还有钢枪？还敢派挎枪的去抢？照样有个私藏枪支、动用军火的罪名在等着他呢！宫长昌是被那买证明花去的几十块大洋揪得心痛，他若不把那证明要回来，那大洋不就打了水漂？那几十块大洋，他积攒得容易吗？他能让长工、短工帮他去干"夺票"的事，就已经了不得了。那时的乡里人，哪个愿意去得罪人？可想着去一下能得半斗谷子哪！这又和有钱能使鬼推磨一样，哪朝哪代都管用。

宫长昌悬赏半斗谷子要长工短工去帮他抢回"地契"时，一个短工说，宫老爷，你要我们去的那户人家，有几个人哟？我们三个人去，能对付得了么？宫长昌说，就一个老头、一个老母。宫长昌不知道宫得富已经回家。他若知道，也许就不敢使此强行之招了。

第二天天刚蒙蒙亮，长工、短工来到了宫得富家门口。既然主人吩咐是要"夺"，那木门就被捶得"砰砰砰砰"山响。

"快开门、开门！"

乡里人都起得早，宫得富母亲已在灶屋里忙活，父亲正在擦拭锄头。他听得门被打得山响，忙将锄头撂到地上，一边喊着："什么鬼事这样打门，打坏了门我宫爷就要你赔啦！"一边跑去将门打开。

门一打开，三个男人冲进来，将"宫爷"围住，说："快将我们宫老爷的地契拿出来！"

宫得富父亲始是愣，不知这是怎么回事，旋慌得大喊："打抢了，打抢了！哎呀土匪进来打抢了"

尚在床上睡觉的宫得富一听得父亲喊土匪进来打抢，从床上跳下就往外蹦，抓起他父亲撂在地上的锄头，横在手里，就朝一个要打抢的人挖去。

那要"打抢"的一见宫得富要用锄头挖，他们可不愿为了半斗米的工钱和抢锄头的对着干。倘若被锄头挖一下，半斗米连治伤都治不起。

围住"宫爷"的三人忙往后退，其中一人赶紧喊：

"这位兄弟，这位兄弟，你快将锄头放下！我们不是来打抢的呢！"

这人一喊，宫得富父亲清醒了。他记起了这人。

"你、你，你不是宫长昌家的长老爷吗？"

这长老爷就是帮长工的。地方人（不唯是地主）若请了长久帮忙做事的，也就是长工，则统称长老爷。

长老爷听得"宫爷"这么一问，忙说：

"是咧，是咧。宫爷你还记得？！"

宫得富不待父亲再开口，又抢着锄头冲这个喊"宫爷"的长老爷而来。

"你们要干什么？快说！不说我就一锄头先挖了你！"

长老爷一边退一边说：

"是宫老爷要我们来的，说你老人家拿了他老爷家的地契。"

宫得富又举着锄头对另外两个人说：

"你们也是来要地契的？"

"是咧，是咧，是宫老爷要我们来拿他的地契。我们本不愿来，谁愿来得罪地方邻居呢？可宫老爷答应给我们半斗谷。你老人家把那地契拿出来，让我们带给宫老爷，那半斗谷，我们就当是你老人家给的，我们感恩、感恩。"

宫得富被这话说得又好气又好笑，他正要说明个事理，那匆匆从厨房里赶出而被惊呆的母亲，却已一屁股坐在地上，号啕起来，大喊冤枉啊冤枉，他宫长昌哪有什么地契在我家里……

母亲一号啕，宫得富就将那锄头一挥，吼道，滚，你们他妈的都给我滚！回去告诉我那本家，地契没有，他那儿子犯法的证据倒有一件！

长老爷和两个短工回到主人家，宫长昌问地契拿到了没有？三人俱摇头。

宫长昌怒极，说你们三个大男人，难道连一个老头都对付不了？长老爷说，一个老头还是对付得了，可人家还有一个蛮子崽，那蛮子崽舞起锄头一顿乱挖，我们奈何得了？俗话说，真把式打不过假戏子，假戏子打不过蛮子，我们一不是把式，二不是戏子，碰上那么个蛮子，我们能不跑吗？

另一个短工赶紧说，宫老爷，你那半斗谷赏金我们就不要了，也给你老人家省着点。

宫长昌越发气极，但也没有办法。若辞了这长工短工，另外请人也实在是难得请到合适的。

这乡里人喊老爷，其实只是个一般的称呼，并不是对被喊的人特别畏惧，也不是喊的人就会自惭形秽，就如同长工也被喊作长老爷一样。长工、短工们都是靠着自己的力气和农活技术吃饭，和主人搞得来就搞，搞不来就散伙，其实是非常自由的。而主人一般也绝不会得罪帮工的，因为地方上就这么些个人，抬头不见低头见，张家长、李家短的言语又传得飞快，倘若那刻薄刁钻的恶名一传出去，非但是难以再请到帮工的，就连"吊羊"的土匪，也专爱找上门来。地方上那所谓的土匪，大多就是找不到活干，一时没了生路，或者受了天大的憋，要出胸中那口恶气，被逼出来的。

宫长昌和宫得富两家结下了冤仇。

我叔爷说，宫得富也是火气太盛，他若不去告状，后来的事也不会发生。

宫得富的被征丁，并不是宫长昌去买通乡公所，将他强行征的丁。因为要买通乡公所，又得花钱。他宫长昌已经为儿子花了那么多钱，再要他花钱，就等于要了他的命。宫长昌只是在心里怨，在心里恨，希望菩萨让宫得富一家遭报应。

宫得富家则更是恨，恨宫长昌竟说他家偷了地契，竟派人来打抢。

宫得富想，你他妈的宫长昌仗着自己有长工短工，做出这等伤天害理的事来，老子手里有你犯法的证据，老子要告你！正是你不仁也别怪我不义。

宫得富将宫长昌告到了乡公所。

乡公所一见那白纸黑字的证据，大吃一惊。这吃惊倒不是本公所管辖之地，竟然出现敢如此大胆妄为之人，而是他们经办这种事，早已经不止一回。本来这谁去吃粮，谁不去吃粮，他们历来是睁一只眼闭一只眼，只要能有个交差的理由，能说得过去就行。可如今半路里杀出个程咬金，弄得不好，原来办的这号事也会被"拔出萝卜带出泥"……

乡公所的头儿要宫得富暂时先回去，该干什么还是去干什么，说他们一定会秉公处理。宫得富说，我相信你们也会秉公处理，你们若不秉公处理，我就告到县里去！县里若告不进，我就告到府城，去找行政公署……乡公所的头儿忙说你放心、放心，我们会尽快处理的。

宫得富走后，乡公所的头儿细细一思量，这事，瞒是瞒不住的，压也压不下的，还得立即告知那签发证明的，由他们军爷来处理。反正证明是你们开出来的，我乡公所只认证明不认人。你军爷如果摆不平这事，上头追究下来，我这乡公所充其量是个糊涂的庸所。我这头儿充其量是个糊涂的头儿。

军爷处理这事可就不费多大劲，骂了几句"他妈的，尽给老子找事"后，立即作出决定：第一，将告状的宫得富征丁；第二，将宫长昌那儿子也征丁。

军爷说，他妈的我将你告状的征了，我看你还到哪里去告？！他妈的我将你被告的也征了，你俩到军营里再见高低去！

军爷说，那证明，是假的！造假证明的，降职一级，罚薪三月！老子秉公处理了。

宫得富再一次从小火轮上回到家时，立即就成了粮子。

宫得富倒也无所谓，因为宫长昌的儿子也和他一样。宫得富认为自己告状还是没吃亏。

宫得富一吃粮，跟着队伍不知开拔到了哪里。宫得富的父母亲在家里伤心得对哭。哭着哭着，他父亲抓起一根扁担，就往宫长昌家去，他母亲则紧随其后。

宫得富父亲还没到宫长昌家，那在田里干活的长老爷就看见了。长老爷连脚上的泥巴都来不及洗，慌慌地跑进主人家，喊，不得了啦，要出人命啦!

宫长昌喝道，哪里要出人命了？长老爷说，那宫爷打上门来了。宫长昌问哪个宫爷？长老爷说就是那个蛮子崽他爷啦！宫长昌说我还没找他算账，他倒送上门来了？！长老爷说，我看他那样子是来拼命的啦，弄不好是要出人命的啦！

长老爷没想到他这话竟被说准。

长老爷要宫老爷到屋里躲一躲，由他先来应付一下，好让打上门来的消消气，人的气只要稍微消一消，就不会拼命了。可宫长昌正为自己花了那么多冤枉钱却没能保住儿子而将所有的气都放在来人身上，他会躲？他还正要打上门去呢！

两个为了儿子而成了对头的本家，相逢在宫长昌大门里的院坪。

先动手的其实是宫得富父亲。

宫长昌一见宫得富父亲进来，正要以长辈的身份大骂宫得富父亲是个孽障，宫得富父亲的扁担已经高高举起，狠狠地朝宫长昌劈下。

那扁担眼看着就要劈着宫长昌了，宫长昌想躲也躲不及了。在一旁的长老爷即算挺身而出，像大臣救皇帝，或者像警卫救首长那样，挡到前面来挨这一扁担也已经迟了时（何况长老爷根本就没打算挺身而出，他只是哎呀了一声，把眼睛闭上），宫得富父亲手里那扁担，却突然滑了下去，紧接着"扑通"一响，倒下了一个人。

倒下的不是宫长昌。倒下的是要用扁担劈宫长昌的宫得富父亲。

宫得富父亲是因为又气又急又用力过猛，突发了心脏病或是脑溢血或是其他的什么旧疾，这一倒下去，就再也没能起来。

差点被劈着的宫长昌愣了，不知这是怎么回事。跑过来的长老爷赶忙伸手去拉倒下的宫爷，只拉了一把，便喃喃直念，真出人命了，真出人命了……

这当儿宫得富的母亲气喘吁吁地来了，一见自己的老倌倒在地上，号啕大哭起来……

宫得富父亲死在宫长昌家里的消息，不知是怎么传到了宫得富耳里，等到他从吃粮的队伍里开小差逃回家时，母亲，也追随他父亲去了。

宫得富安葬了母亲后的一天夜里，宫长昌的房子燃起了大火。

宫得富自此离开了这个生他养他的家乡。

浪迹在外的他，因有命案在身，索性干起了兵贩子这个行当。

成了兵贩子的宫得富，变得特别冷酷。冷酷的他，又不能不时常回想着自己那个家所发生的一切变故，那所有的变故，都是因一纸服兵役的假证明而起。此刻，他终于听到有人说出了以钱买假证明的事，而说出这事的人，竟是他的师长！向来冷酷的他，内心也不能不冲动起来。

宫得富对葛先才说：

"报告师长，宫得富有话要说，我宫得富，就是因告那拿钱买服役证明的事而被害得家破人亡的。那逃避兵役的假证明，不但有人造，有人买，还有专门当中间人提篮子的……"

葛先才站到了宫得富面前。

葛先才两眼盯着他，打量片刻后，说：

"每个当兵贩子的，都有他一本难念的经。我葛先才知道。但我是军人，是带兵的，我只想问你们几个问题。"

葛先才又踱起步子来。他踱了几步，猛然说：

"兵贩子是不是扰乱兵役制度？你们说！"

"是不是涣散军心、严重影响部队战斗力？你们说！"

"是不是可恶之极？你们说！"

"到底该不该杀？你们说！"

……

最后这一句，连长代替我叔爷和宫得富应声而答：

"该杀，该杀！"

连长一回答后，葛先才不吭声了。只是把他那冷若冰霜的眼光，扫射着我叔爷和宫得富。

葛先才没吭声，所有的人都不敢吭声。团部的空气，在这一刻似乎都不动了，全凝固了。

时间在凝固中一秒一秒地过去。

突然，宫得富带着哭腔说：

"师长，别这么折磨我们了，你就快下枪毙令吧。我早已认了，认了，我不会怨长官和弟兄们的。"

葛先才却吼了起来：

"我要你宫得富和林满群回答，你俩到底该不该杀？！"

"该杀，该杀，师长，你就快点杀了我们吧！"我叔爷和宫得富同时带着哭腔叫了起来。

我叔爷和宫得富当然都不明白，葛先才为什么要连问他们几个"是不是"，为什么非得要他俩自己回答"该不该杀"。因为葛先才是不会杀他们的，大战迫在眉睫，正是用兵之际，他正需要这些老兵！但他得让宫得富和我叔爷这样的老兵油子死心塌地地为他效命。同时，让那些众多的尚未被揭发出来的兵贩子同样受到感染，同样在这场大战中效命。

这时，团部一个参谋报告，说兄弟师也抓到了两个兵贩子，已经就地正法。

我叔爷的脑袋"轰"地一声，就如同已经炸开。

参谋报告完毕，只听得葛先才喝道：

"松绑！"

我叔爷根本就没听清将军的这句话，只以为将军说的是"枪毙"二字。我叔爷一下就几乎瘫软，脑子里空荡荡一片，眼前是灰蒙蒙一片，他索性将眼睛闭了拢来。

"师长！……"听着葛先才的的命令，连长不情愿地喊了一声。

"给他俩松绑。"葛先才又喝道。

"师长,不能这样轻饶了他们哪!"

连长看了看团长,希望团长能帮上他几句。

团长却只是用眼光示意他执行命令。

连长无奈,只得将我叔爷和宫得富解开。

当我叔爷被解开绳索时,他的第一个反应,竟是看了看宫得富。

宫得富大概早就听清了师长的那句"松绑",当绳索从他身上一脱落时,他"啪"地一个立正,朝着师长、团长敬了一个军礼,说道:

"感谢长官不杀之恩,我宫得富这条命,从现在开始,交给长官了,请长官允许我进敢死队!"

我叔爷这才知道自己真的从鬼门关回来了,他也赶紧学着宫得富的样,说道:

"长官是我再生父母,我林满群如若再生二心,天地不容。衡阳这仗,我把这条命豁出去,也绝不给长官丢丑。"

十三

我叔爷说的那"如若再生二心,天地不容"的话,其实还是假话。

我叔爷林满群,准确地说,应该叫群满爷。因为无论是我父亲、母亲,还是我们这些侄子,乃至街坊邻居,都喊他群满爷。

群满爷在我父亲的兄弟中,年龄最小。按照家规、族规,抑或是街坊上的礼性,我都应该喊他满爷,那"群"字,是万万不可以加上去的。然而我这位满爷是不太受人尊重也不要人尊重的——之所以不受人尊重，是因为若划阶级，他是个彻头彻尾的无产者：房无一间，地无一分，就连老婆，也从来没有过。但按我父母亲和街坊人的说法，他却是个游手好闲懒惰之辈，"这等人，也配称做满爷么？"只是我父母亲和街坊人又都是讲礼性之人，即便他不配称作满爷，那群满爷，还是该喊的。于是皆以群满爷称之。对于群满爷自己来说，你若喊他满爷，他反而不习惯。他说我群满爷就是群满爷，群满爷只有我一个，那什么满爷，街坊上多的是，多得一摄箕能撮起一箩。

群满爷之所以当上兵贩子，其实缘于我父亲。

那一天，当镇公所的老二来到我家时，我父亲和母亲都惶惶然不知所措了。

镇公所的老二是来例行公事。

"四爷四娘，你们听我说。"镇公所的老二一边吸着我父亲递给他的水烟筒，一边很有礼性地、慢慢吞吞地说，"这一回，我是没有办法了，你们自己看，自己看。"

镇公所的老二吸完我父亲小心翼翼地为他装上的那袋柳丝烟，从怀里掏出一张折叠得方方正正的纸，展开。

那是一张盖有大红印章的布告。

这张盖有大红印章的布告，在白沙老街的一些铺门上，其实已经贴了好几天。我父亲和母亲之所以一见镇公所的老二进来便惶惶然不知所措，就是因为早就看过这张布告。

布告上写的是：

一、本年度征集壮丁，系年满二十一岁至二十三岁之三个年次，如三个年次不足征额时，得延至二十五岁为止，其余概不征集。二、办理役政人员，如有不遵法令营私舞弊者，准由人民公开检具事实向所隶师团管区控告，定予严惩。三、壮丁入营后，由乡保就地筹给优待谷，其办法即将公布。四、壮丁中签后，应征入营时，不得逃避，如敢故违，按逃避兵役罪从重判刑，刑满后仍须应征入营服役……

　　这个征集壮丁的布告，为什么说要年满二十一岁至二十三岁的呢？男子十八不就已经成年了吗？"再过十八年又是一条好汉"，说的不就是十八岁已是一条汉子了吗？答案其实很简单：十八岁到二十岁的男子已经被征完了，没有了。所以只能往后顺延，就如同布告上所说，如果二十一岁到二十三岁的不够，则延至二十五岁。其实，那十八岁到二十岁的，真就全被征集完了吗？否也。因为每次只要那征集壮丁的消息一来，属于规定年龄圈里的人的年龄便迅速改变。如我那叔爷林满群——群满爷，其时就在二十岁这个年龄圈内。改变年龄的目的就是一个——躲避征丁。国军征丁这律令，让人想到的就是吃粮，而那个粮是不好吃也没人愿意去吃的。

　　当这个征集壮丁的布告发布时，我父亲，就是在二十一岁至二十三岁这三个年次之外，却又在二十五岁的年岁之内。

　　我父亲的这个年龄段，也是随着躲丁而变化出来的。他已经躲过了好几次，可这次，他是绝难躲过去了的。因为那时尽管没有户口簿，没有身份证，但有生庚八字，有地方人的眼睛在盯着，有镇公所管事的在管着。

　　当我父亲在街上刚看到这个布告时，立即喜滋滋地回到家，告诉我母亲，说他这次又能躲过去了，因为那布告上写的是只征集年满二十一岁到二十三岁的壮丁。

　　我母亲对他的话历来是只信三分，不可全信，便问他是从哪里看到的，我父亲说就在那街上呢，不信你自己去看，去看。我母亲便走到街上去看，回来后便发了脾气。

　　我母亲说："他四爷，你是存心自己骗自己吧，你没见那布告上，写得清清楚楚，如三个年次不足征额时，得延至二十五岁为止……"

我母亲的话还没说完，父亲就说："那三个年次还不能征满么？还会轮到二十五岁么？你这个妇人，硬是个妇人。"

我母亲知道我父亲是个从来就报喜不报忧、自欺欺人的人，便说：

"要真是轮到了你，你怎么办？"

我母亲这么一说，父亲就只能喃喃了：

"那怎么办？你说怎么办？"

我母亲懒得再搭理他，自个儿便往镇公所走，走进镇公所去说好话。

镇公所的人很客气，不急不躁地听着我母亲说。我母亲说了半天，听的人也不嫌啰唆，也不打断她的话，只是不停地吸着水烟筒，喷出一口一口浓浓的烟雾。到得我母亲终于觉得自己非打住不可，将好话停下来时，听的人将水烟筒杆抽出来，在鞋帮上磕了磕，再对着嘴吹了吹，插好，将点火的纸煤也捻熄，然后才开了口。

"你老人家，说完了？"

我母亲尽管才二十三岁，可街坊上的人讲礼性，凡对成年人，都是称"你老人家"的。镇公所的人也不例外。

我母亲忙回答：

"讲完了，讲完了，你老人家，只请你老人家帮忙哩！"

我母亲说了半天的大致意思是，我父亲是林家满字辈嫡系的老大（此时我父亲三兄弟还未分家），又有了儿子，是家里的顶梁柱，他如果被征去吃粮，这家里可怎么办呢？这一家子就会散了啊！所以要恳请大爷照顾，千万千万别征了他去。只要大爷照顾，那以后，定会感谢大恩大德。

我母亲原本见这个镇公所听她倾诉的人如此客气，想着事情应该有几分把握，便急等着他发话。这人放下水烟筒后，说：

"你老人家，我家里也有个要被征去吃粮的哩，你老人家给拿个主意。唉，唉！"

我母亲这才知道烧香许愿找错了菩萨，便赶紧礼性地说，那你老人家好坐、好坐，忙忙地去找那管事的。

终于找着了管事的，管事的也很礼性，抽着纸烟，听我母亲说。还要她慢慢地说，不着急。等我母亲说完后，他回答得很客气。

管事的说：

"你老人家，咱都是乡里乡邻的，谁犯得着硬要你家男人去吃粮呢？犯不着，犯不着。咱这也是没有办法，上头来了任务，不帮办怎么能行呢？总得把那个数目凑齐吧，你不凑齐，那腰上勒着皮带、肩上挎着盒子炮的，他不走啊！你老人家，这样吧，这次只要能在二十三岁之前凑足，就绝不征那二十四五的。不征二十四五的，你家不就没事了么？"

管事的这话，其实和我父亲说的差不多。但我母亲还是将那带来的、切得细细的柳丝烟，呈送了过去。

管事的一边接着柳丝烟，一边讲着礼性：

"你老人家，这么客气，还送这么好烟丝来。你老人家留着自己用、自己用。"

我母亲送了柳丝烟后，又往镇公所送了些蕨粑粉、野百合什么的。她是尽着自己的能力来了，因为家里实在也没有别的什么送。但我母亲相信礼轻情意重，送了总比不送好。

我母亲为了我父亲的事，好话说了，那礼也送了，可镇公所的老二还是上门来了，我母亲就知道大事不好了。

镇公所的老二又说了些没有办法的话，说他也是吃了那碗饭，得干那号事。所以要我母亲自个儿快点想办法，那办法若是想晚了，他就只好来带人了。然后喝完我母亲给他泡的那碗茶，走了。

我母亲知道镇公所的人也不愿得罪乡邻，但人家的话已说得明白，要自个儿快点想办法，自个儿能有什么办法想呢？看来我父亲，这次是非被征去吃粮不可了。

这时，我父亲说出了一个办法。我父亲说，他要征就征哩，我躲出去，躲到大山里去，看他怎么征？等到征丁完了，我再回来，不就卵事都没得了。

我母亲说，你想得轻巧哩，这是国法哩，若是人人都能躲得脱，还用得着你想这个法子？你躲了，人家不晓得来封这个家啊？！

我父亲又说，那布告上不是说得是中签者吗，这还没抽签呢，说不定我运气好，那抽签偏就抽不中我。

"哎呀呀，你还以为真的要抽签啊？人家镇公所的老二把话都说得再明白不过了，你就听不出？！指定就是你了哪！"我母亲急得双手直在围裙上搓。

我父亲说，那就没有办法，没有办法了。你们就等着我去吃粮挨枪炮子啰。

……

正当我父亲和母亲一筹莫展时，群满爷回来了。

身材瘦小的群满爷，是我父亲兄弟三人中最聪明灵泛的一个。也许就是太聪明灵泛，自打他自立于社会那一天起，就没有打算安安分分过日子的。

群满爷见我父亲和母亲唉声叹气，知道是为了征丁的事，但他故意对我母亲说：

"大嫂啊，有什么事让你这么烦心哪？"

群满爷之所以只是故意问我母亲，因为在这个包括他兄弟三人在内的大家里，是我母亲当家。

我母亲本来对这个过于聪明灵泛的群满爷十分反感，因为他又是一夜未归，赌宝去了。聪明灵泛的群满爷赌宝却是十回九输，每回输了钱，就偷偷地将家里的东西拿出去当。他将东西拿出去当还理由十足，说是我父母带儿子有好几张口吃饭，而他是单身一个，他本就吃尽了亏，把家里的东西拿些出去，就等于是扯平。我母亲为了他赌宝的事，常以当家大嫂的身份训斥他,可这回,我母亲顾不得他赌宝不赌宝、是不是又回来摸东西了,"病急乱投医",向群满爷讨教起法子来。

群满爷仍是故意问:

"到底是什么事哪?来龙去脉哪?大嫂你不原原本本的讲清楚,我就是诸葛孔明再生,也拿不出计谋来哪!"

我母亲只得又将征丁布告的事、去镇公所的事、镇公所老二来了的事,从头说起。

可没等我母亲将我父亲这回肯定逃脱不了吃粮的事讲完,群满爷就说:

"看样子,这回连大嫂你这么能干的人都没有办法啰!"

我母亲明明知道他为的就是好说出这句话,但还是赶紧就着他这句话往下说:

"就是我急得无法可想了,才要请你满老爷想个法子哪!"

我母亲把群满爷改成了满老爷。

"大哥,快去给我满老爷泡碗茶哪!"

群满爷拉开了架子。因为他平常在家里是被看作好吃懒做的人,我父亲也是很看他不起的。

这时候群满爷一说泡茶,我父亲忙忙地应好。

待我父亲泡出茶,群满爷坐到家里唯一的竹篾靠椅上,捧着茶碗,一边慢慢地喝,一边对我母亲说道:

"大嫂啊,你那柳丝烟,你那蕨粑粉、野百合,为什么不想着留给我呢?你送到镇公所去,镇公所就该不要我大哥去吃粮哪!"

我母亲忙忙地说:

"那蕨粑粉、野百合,我还给你留着的呢。"

"那柳丝烟就没有了么?"

"满老爷你不是不抽烟的么?"

"不抽烟?!谁说我不抽烟,我是在家里不敢抽,免得你那嘴巴子又像打卦一样地翻过来翻过去。"

"好，好，柳丝烟还有一些呢，我给你，给你，满老爷你倒是快点把那法子讲出来啊！"

"大嫂啊，这法子可不能轻易讲的哪，去，去，先给我做顿好吃的，野百合炖肉，不能太炖烂了。"

我父亲瞧着群满爷那样儿，听着群满爷这话儿，火气上来了。他知道他这亲弟弟是专爱骗吃骗喝的，这不，骗到家里来了！

我父亲吼道：

"群满爷，你有个什么法子，你有个鬼法子！你那个鬼法子就是给人做媒！"

群满爷自己没娶亲，却爱给人做媒。他做媒的程序大抵如下：先是在街口闲逛，瞅见那乡里进老街来的人中，有那呆头呆脑的男子，便迎上前去，很礼性很客气地问人家是走亲戚，还是来买货？若是走亲戚，他便硬说是怕人家找不着，硬要替人家带路，陪了去。他这一陪了去，人家那亲戚家的一餐饭，十有八九能吃成。若是买货，他便问人家要买什么货，忙不迭地介绍哪家铺子的货最好，亦是陪了人家去。那卖货的铺子见他引了顾客来，一根纸烟、一碗茶，也是少不了的。买货的乡人见他如此热情，自然就拿他当朋友。这一成了朋友，他就问人家娶没娶亲，想不想娶亲，他有最漂亮最能干的女子，想不想请他去做媒人。他成了乡人认可的媒人后，便要去看乡人的家境，这一去，乡人自然是尽家里所有最好的款待，有鸡杀鸡，有鸭杀鸭，最没有的也得去邻居家借块腊肉，或几片豆腐。待到吃了、喝了，临走时再捎带些什么，他便要乡人隔三差五地来街口听信。乡人来听信时，他便说那女子先要见面礼。这见面礼若是能吃的，他就吃了，若是不能吃的，他便去当了。待到乡人非催着和那女子见面时，他也领了去，沿着山野小路，胡走。走着走着，见那山上有几个扎着头巾在挖土干活的，他随手一指，说就是那中间正在挖土的。"就是挖土的那一个，对，对。"乡人远远地看了，若觉得十分满意，下一步就是放定钱。这定钱自然是放在他手里。若是远远地看了不满意，他又领着随处走。直到乡人满意为止。收了定钱后，他这做媒的事便算完成，反正打这以后，群满爷不见了，你找他找不着了。

群满爷是这般的"诚信"，我父亲能信他的么？

我父亲一发火，群满爷竟然也发火了。

群满爷将手中茶碗往桌子上狠狠一顿：

"大阿哥，你莫看扁了人。如果我这法子还救不了你，你就只有去吃粮了。你这副窝囊相，还能穿得'二尺半'，扛得铁家伙？！哼，别怪我讲话不吉利……"

"你有什么法子，你有什么法子，你说！"

"若是我有法子呢？"

"你若有法子，我这做长兄的给你下跪。"

"那你现在就跪，以为我还承受不起么？"群满爷脸色铁青。

我母亲见他两兄弟吵起来，只得好言抚慰。我母亲说，满老爷满老爷，怎么说他也是你亲哥哥，你若真有法子，你就告诉我，别说是你要吃野百合炖肉，就是要我这个做嫂子的将陪嫁带来的东西全给你，我也心甘情愿哪。你这法子若救了他，就是救了这全家啊！

群满爷这才气呼呼地说：

"这个法子，就是我老满替他去！他有你这个老婆，还有儿子，他若去了，你这一家子就会散架。我反正人一个卵一条，来来去去无牵挂，保住个吃饭的家伙就不愁没饭吃。"

"老满，你真是这么想的？"

"大嫂，那征丁的时限就要到了，我还会说假的么？你莫非硬要我剁掉手指才相信？！剁掉手指，我想顶替也顶不成了。"

我母亲听得他真要顶替我父亲时，眼中的泪水，唰地就流了下来。

我母亲一边抹着不断流出的眼泪，一边絮叨着，说她以前有很多对不起老满的地方，嫌老满爱打牌哪，爱赌宝哪，不成家，不立业哪，可到了这节骨眼上，还是全靠老满挺身而出啊，真是打虎还靠亲兄弟啊！

我父亲却突然像想起了一件大事，说老满不是还没到布告上写的二十一岁至二十三岁的年次吗？

群满爷笑了，群满爷笑这个大哥实在是太迂腐了，没读过什么书的怎么也这么迂腐呢？他说，只要有个人到镇公所去应卯，充了那个征丁名额的数，他才不管你二十岁还是三十岁，是林满群还是林满权呢！

我叔爷林满群就这么顶替我父亲林满权去吃了粮。在他要走时，我母亲真的伤心得成了个泪人。可我叔爷没点事，说那粮子营房里的伙食，好着哩！

我叔爷留下了一笔赌债，由我父母去还。

我父亲说：

"难怪啰，群满爷这样发善心啰，原来是赌宝输了钱，还不起了。"

我母亲立即呵斥他：

"群满爷输了钱怎么啦？输了钱他就一定要替你去吃粮啊？你别糟践自己的亲兄弟呢！"

我母亲天天烧香求菩萨保佑群满爷平安回来。顶替我父亲去吃粮的群满爷果然平安地回来了。

平安回来的群满爷依然像原来那样打发着时光，白天四处逛荡，晚上打牌赌宝……只是他在逛荡时，和人家闲聊的内容，增添了许多他吃粮的故事，那些故事真真假假、真假难分。有说那打仗是如何凶险的，有说那打仗是如何好玩的……说到那打仗凶险之处时，他会突然伸出右手，以食指顶住人家的心口，"叭"，吓得人家一跳，他则哈哈地笑着，走了。

群满爷顶替我父亲吃粮回来后不久，他们兄弟三人就分了家，各人过起各人的日子来。单个儿过日子的他，当街上又一次出现征丁的布告时，他又顶替别人去吃粮。这次，他不是要人家替他还赌债，而是人家和他商谈价钱。结果他又是平安回来。不过吃粮的时间可就比第一次少了许多。

……

我这位叔爷从不说他在吃粮中受过的苦，仿佛他自穿上一身黄军衣起，他就没受过什么苦。只要有人问起他吃粮的滋味，他就说吃粮还是好呢，饭还是有得吃。这句话，越到他年老时，他就越说得多。他对当兵吃粮的参照就是我们老家难得有顿饱饭吃。在他过了已知天命之年时，他常一个人（他依然是单身一人）在老街前面的扶夷江边踯躅。于寒风凛凛的腊月里，连袜子都没有穿的他光着赤脚趿拉着一双烂布鞋，双手缩在单衣袖筒里，佝偻着瘦小的身子，慢慢地悠晃着。如遇上有人经过，便努力撑起那颗低垂着的头，竭力睁开一只尚有一丝余光的干瘪的眼睛，轻轻地问道："要甜酒饼药不？"

他的另一只早已失明的眼睛，连眼眶也萎缩得只剩下两张皮。他没有房子，没有妻子，没有儿子，就连栖身的那座破庙，也被烧了、拆了。睡觉的那张床以及安放床铺的一角之地，也是人家可怜他而给予的施舍。为了不至于饿死，他从别人那里赊了些做甜酒的饼药丸子，偷偷地躲到扶夷江边来卖。因为一旦被公社干部发现，不但甜酒饼药会被没收，人还得抓去游街。

他卖甜酒饼药是五分钱一颗。如果一天能卖上四五颗，他高兴得连那只干瘪的眼眶都不住地跳动。

卖甜酒饼药的叔爷是被冻死在扶夷江边的，但当时并没断气。仰面朝天倒在江边的他被人抬回不属于他的那张土砖稻草铺上时，他只说了两句话，第一句是："要是准许卖甜酒饼药就好了。"第二句是："要是还能当兵吃粮也好。"

卖甜酒饼药的叔爷早已瞎了的那只眼睛，就是在他第五次，也是最后一次替人吃粮时，在衡阳血战中被日军的炮火炸瞎的。

十四

我叔爷有句为他自己的命运做阐释的话：是福不是祸，是祸躲不脱。

我叔爷在第二次替人吃粮时，真遇上了打仗。他说那枪炮子儿就在头上"嗖嗖"地响，眼瞅着弟兄们就一个个地倒下，可后面的长官仍在一个劲地喊往上冲。想往后退么，那督察队的机枪正顶着火哩！他说他就冷不丁地往前一扑，而后如同被子弹击中一般，滚到一个黄土坑里，不动了。没过多久，队伍全线溃退，他趁着混乱，溜了。结果他那顶替的名字被列入了阵亡名单，他说他屌事都没得。

第三次吃粮，我叔爷说他学得灵泛了，不要等到打仗时再想办法，而是在没打仗之前就得开溜。那要真的碰上打起来时，太凶险。他说他就盼着部队夜晚行军，夜晚行军时又最好是碰上雷雨交加。这雷雨交加的夜晚，掉队的可就实在是不少。他就不能不掉队啦！一掉队后，又最好是单独掉在后面，不过这单个人掉在后面，就得要有本事啦！方位、四周的情况、民情、敌情……都得心里有数，没数就得想法摸清楚，没有侦察兵那几下子，你还不如不掉队，弄不好，被敌方做个舌头抓了。若是敌方只抓了你一个舌头还好，他得将你带回去；若是抓了几个，他全带上难得费事，说不定就正好将你宰了。还有那当地人，若是正好恨了你这支队伍的，恰恰给逮了个让他们出气的，那就至少会被打个半死……还有那地方乡保，若得知你是逃兵，捆了，给送到队伍上去，你可惨喽！……

我叔爷就是因为几次吃粮开溜都顺利，到得第五次吃粮时，便硬想着再去看看衡阳。这下可好，差点被毙了，虽说是师长饶了他，但若再想逃，那就比登天还难了。

是祸躲得脱么？

当我叔爷发誓要在衡阳守卫战中把这条命豁出去时，他的心里，其实又在寻思下一步怎么办。

他正寻思着，师长葛先才发话了：

"林满群，你原来都当过什么兵？"

"报告师长，我当过步兵、侦察兵，还当过炮兵、传令兵。"

"是个能人嘛！"葛先才说，"有几个兵能像你这么全面啊？！"

我叔爷不知道师长这是嘲笑他，还是夸他，但他装做真受了表扬一样，回答说：

"感谢师长夸奖！这一次，师长无论叫我干什么，保证死守衡阳，决不后退一步！"

我叔爷这话，够得上气冲牛斗了。

我叔爷这话一出，和他并排站立的宫得富就有点受不住了，这大名鼎鼎的师长怎么只问林满群而不问他呢？

宫得富和我叔爷不同，他从一干上兵贩子这个行当开始，就准备着随时被抓获，随时掉脑袋的。因为他身上有着他"伯公公"的一条（也许是几条）命案，他反正回不了自己的家乡。一个回不了自己家乡的人，他觉得活着与死了也就差不多。而他成为兵贩子的缘由，又无法对人诉说。他能把自己烧死"伯公公"的事说出来吗？那烧死"伯公公"的事，其实经常在折磨着他。他在无法述说的痛苦中捱着日子，过一天算一天，不但变得越来越冷酷，也变得对自己越来越无所谓。他能在和别人、包括长官一语不合时拔刀相向，或瞅空子开小差溜他娘的，也能在枪子儿顶到脑门上时，连眼睛都不眨一下。所以在连长有意想饶恕他时，他不愿去说出那句求饶的话，他想着和我叔爷一块被崩掉，在阴间也有个做伴的人。而当葛先才痛斥有钱人拿钱买证明以使自家的儿子逃避兵役时，他算是第一次听到有人为他的"冤屈"说了话。更何况这位为他的"冤屈"说话的是个将军！他实实在在的已被这位将军感动。在他无论如何也没想到，葛先才竟喝令为他松绑的那一瞬间，他就真的决心留下来了。他的决心留下来不光是愿意战死沙场以报效不杀之恩，他还得去找那个告密的老涂算账。他要在开战时打老涂一个"冷枪"。

宫得富的"冷枪"绝不是真的要趁着老涂不注意时，从后面给老涂"砰"的一枪。这种从后面开冷枪的事，他宫得富绝不会干。宫得富的所谓"冷枪"是要让老涂去送死，让这个不知道天高地厚的真正的新兵哈宝，一上战场就白白的死在敌人的枪口下！他宫得富自认为是条直心汉子，从不屑于耍阴谋诡计，只是老涂在背后里对他捅的这一刀，既然他不想死了，那就无论如何咽不下这口气！他不报复老涂，也等于他就不是条汉子。他明知道自己要报复老涂的手段也不光明，可说是暗算，但他又不愿意将自己和暗算别人联系起来。战场上用得多的是"冷枪"这个字眼，他便把自己要报复的手段也称为冷枪。至于那冷枪到底该怎么打，此时他还顾不上。

这个从来就不怕死的宫得富认为师长问林满群当过些什么兵，是为了集中一些人的特长，好组织一个特别行动队之类的队伍。既然自己已经打算留下，在战场上就得显示出自己的功夫，因而他得主动把自己干过些什么兵种、有些什么绝活全说出来，好让师长也对他另眼相看。

宫得富说：

"报告师长，我不但当过侦察兵，还扛过机枪，在家时练过武术，还当过轮渡老大……"

葛先才打断了他的话：

"宫得富，你先不要说，把你的手伸出来。"

兵贩子

宫得富伸出双手，葛先才看了看，突然喊道：

"韩在友，给他一支枪。"

一听到将军喊出韩在友这个名字，我叔爷和宫得富又是一怔，老瘪最佩服的那个卫士，那个神枪手，在这之前，怎么没见他站在将军身边？

韩在友的机灵、勇敢、和对葛先才的赤胆忠心，是在他的吊儿郎当中。

韩在友随着师长来到团部，这团部有什么值得他警卫的呢？团长是葛先才的老部下，是像他韩在友一样对师长忠心耿耿的。因此他一到团部，就避开师长，找团部的人聊天。团部的人在这个时候，谁又敢跟他聊天呢？他就拍拍这个人的肩膀，捏捏那个人的手臂，要人家和他比手把子的粗壮，比手臂上腱子肉的隆起状，冷不丁地挠一下人家的胳肢窝，引得人家叫不敢叫，笑不敢笑，骂不敢骂。这些玩意玩腻了，他找个地方，坐下来眯着眼睛打瞌睡。他打瞌睡时，那耳朵却是竖着的，随时在听取动静；他那双闭着的眼睛，会根据听觉发出的信号，倏地睁开，将犀利的目光射向信号所在之处。若是真有什么情况，他能立即像条机警的猎犬迅疾扑出。当我叔爷和宫得富被押进来时，坐着打瞌睡的他动都没动。两个被捆绑的兵贩子，又有什么值得他注意的呢？因此他根本就不在葛先才的身边。而正因为他跟随了葛先才多年，葛先才对他太了解，知道这个看起来吊儿郎当的家伙，其实是无人能替代的最好的卫士，当你需要什么时，不用交代，他早已替你准备好；一到关键时刻，为你舍死拼命的，就是他。

葛先才的喊声一落，不知呆在什么地方的韩在友，像从地底下钻出来一样，已经出现在他身边。

韩在友应一声是，从交叉挎在身上的两只驳壳枪套中，抽出一支，朝宫得富扔去。

112

此时的宫得富毫无准备。他还在想着这个韩在友到底是个什么样的人。

那枪丢得急，来得快，直朝宫得富的脑袋砸来。宫得富匆忙之中，忙将脑袋一低，手腕往上一抖。

驳壳枪到了宫得富的手上，且成了握枪待发的姿势。

"好！"葛先才赞道，"不愧是玩枪的老手。"

"师长英明，我当过三次兵，玩过长枪、短枪、机枪，全是枪。请师长将我编入敢死队！"

"现在我还用不着敢死队。"葛先才说，"不过，与日寇作战，就是要有你这种敢死的精神。他日本鬼子也是些人，他不怕死，咱中国人就怕死吗？两军拼战勇者胜，谁最不怕死，谁就能赢！"

葛先才趁机勉励起来。

"张连长，我们险些杀了两个勇士啊！"他又故意对押送我叔爷和宫得富来的连长说。

张连长只得连连应是。

"宫得富，到得真要用敢死队时，我会记起你的。"葛先才说，"我现在要看看你的枪法到底如何？"

"请师长明示。"

一只鸟儿扑闪扑闪着翅膀，从人们的头上飞过。

"师长是要我打天上的鸟吗？"

"不，不，现时天上还有鸟飞，就让它们飞个痛快吧。"葛先才仰头望天，"战斗一打响后，这些鸟可就无枝可栖啰。"

这话一出口，葛先才似乎略觉不妥，大战在即，怎么能有伤感之语呢？！他立即对宫得富说：

"你给我打前面那个树疤。"

一听师长要宫得富打枪，团长和连长都急了。万一这个老兵贩子突然间玩火呢？！

团长和连长正要劝阻，宫得富已将枪举起，葛先才却说了声且慢。他转而对韩在友说：

"把你的子弹拿出来，你以为我不晓得你的名堂？！"

韩在友扔给宫得富的是一支空枪。

韩在友说：

"师长，你还让他玩真的啊？"

葛先才说：

"你以为我是开玩笑？这是命令！"

韩在友不情愿地掏出子弹。

宫得富将子弹上膛，举起枪，说一声感谢师长还信得过我，"砰砰砰"连发三枪。

三枪有两枪正中树疤。

韩在友拔出他身上那支驳壳枪，甩手就是三枪，三枪全都命中。

我叔爷看的直咋舌：好枪法，好枪法！

韩在友将枪插进枪套，骄傲地盯着宫得富。

葛先才却说，你是经常练着的，宫得富已有一段时间没使枪了，你得意什么？

团参谋长来报告，说军长来电话，知道葛师长在本团，就要葛师长从本团选调些会使炮的，归军炮兵营指挥，去外地领取山炮。具体地点，具体任务，军炮兵营长会向师长报告。

我叔爷一听得是去领取山炮。这"炮"和"跑"不是音近么，这可是个绝好的机会。他忙说：

"报告师长，我当过炮兵，会使炮！"

葛先才对团长说：

"这不有个现成的在这里吗？林满群就算上一个。"

我叔爷心里那个暗暗高兴啊，这真是"天不灭曹"啊！

葛先才离开团部时，对团长说：

"兵贩子扰乱兵役制度，影响部队战斗力确是可恶至极，但一旦上了战场，他们无机可逃时，战斗期间却勇猛非常，真能舍命杀敌。在我所经过的大战硬仗中，不知道战死了多少兵贩子呵。我对兵贩子是既恨又爱，他们逃跑时，我真恨不得他们死，可他们勇敢地投入战斗时，我又惟愿他们别伤亡啊！"

他又说，记住了，没有不能打仗的兵，只有不能打仗的将。

十五

第十军军部，气氛紧张得似乎划一根火柴就会点燃。因为长沙，竟于一日之间失守。

在第十军紧张备战之际，蒋介石曾派后勤部长俞飞鹏莅临衡阳，处理第十军补给事宜。虽然是临时抱佛脚，但俞飞鹏尽其所能，凡第十军所需，而邻近兵站有库存者，统统送至衡阳。只是第十军最迫切企求的步兵、炮兵、炮弹，俞飞鹏爱莫能助——不在他的权责之内。

长沙失守之快，令各方震惊。第十军的作战地图上，则已标明日军第六十八师团、第一一六师团已迫近衡阳。

对手是相当于国军十二个师的两个完整的师团，第十军虽有四个师的番号，实际上，综合能战兵力，仅有一个半师弱的战力。

在炮火配置上，日军除各师团属炮兵大队外，另配属第一二二独立炮兵联队。

面对十倍于己的敌军和如此强大的炮火，第十军的军属炮兵营呢？

炮兵营现在在哪里，在哪里？

炮兵营营长张作祥中校已率领全营去云南昆明接收山炮。

然而，迄今没有回归。

当第十军正为炮火发愁时，最高统帅部来了个通知，着第十军去接收美式山炮。这个通知，让军长方先觉的心里不由地闪过一阵惊喜。

十二门美式山炮！全是七点五口径的！

有了这十二门美式山炮，这守城之仗就好打多了啊！

方先觉在命令炮兵营出发后，他是日夜挂牵着。

按照日程，炮兵营应该已经回来了。根据炮兵营原已发来的报告，他们已从昆明携火炮到达桂林。可这一晃又是好几天过去了，却没有他们的任何消息。

桂林、桂林，炮兵营在桂林到底出了什么事、什么事？

其时的桂林，还是国军所在地。按理说，在桂林不应当出任何事。可方先觉命令参谋往桂林驻军发电报询问，竟没有任何回音。

炮兵营和那十二门山炮，难道突然在桂林消失了不成？

日军第六十八师团、第一一六师团，却已经离衡阳城越来越近。

我叔爷被补充进炮兵营后，凭着他当过炮兵的经历和他的能说会道，以及一个劲地给身边的弟兄们敬纸烟，很快就博得了炮兵们的好感；再凭着他当过侦察兵的经验，亦很快弄清了接收火炮回来的路程。当他知道回来要经过桂林时，他的逃跑计划，便已在心里形成。

桂林离我们老家不算太远，他的逃跑计划是，出了桂林便直奔全州，再从全州进新宁，回到白沙老街。

如何从桂林逃跑，如何在桂林至全州的路上不被人发现，到时候编一套什么假话，他都在心里想了一遍又一遍。

我叔爷没有想到的是，这个携带着十二门美式山炮的第十军属炮兵营，这支火急火燎要赶回衡阳参加保卫战的队伍，一进入桂林，就连人带炮被"扣留"起来了。

"进了桂林后休息一晚，第二天再往衡阳赶。"炮兵营长张作祥在下达了这个口头通知后，长长地嘘了一口气。

自接受任务率领炮兵营启程前往昆明，张作祥心里就没轻松过。在去的路上，他是既兴奋又担心，兴奋的是那十二门美式七点五口径山炮，有了那玩意，他这个炮兵营长可就真正的"抖"起来了，就可以跟鬼子真正的炮对炮干了；担心的还是那十二门美式七点五口径山炮，待他们赶到昆明时，情况会不会有变？这个会不会有变，指的是万一那炮又不给他们了呢？这种情况不是没有发生过，而是常有发生，虽说这是最高统帅部拨给他们的，可最高统帅部也有变的时候啊！再说，美式山炮，谁不想要？更何况不是一门、两门，而是齐崭崭十二门！

只有尽快赶到昆明，将炮领到手，心里才踏实。也只有尽快带着炮，抢在日军进攻衡阳之前赶回，才算完成了军长交代的任务。

日夜兼程赶到昆明，炮兵们虽然疲惫不堪，但看着那到手的十二门山炮，都如打了胜仗般欢呼起来。就连我那一路在筹划着如何顺利逃跑的叔爷，也高兴得咧开嘴巴笑个不停。

我叔爷后来说，人他妈的真是奇怪，那时自己确实想逃跑，确实想快点离开战场，可一见着那威武的山炮，一见着亲自接手的美式玩意（接手这玩意还得经过训练呢），心里那个说不出的味哟！真有点像见着自己喜欢的女人，实在舍不得将她抛弃，可又要下定决心，非得离女人而去。

我叔爷说他一个劲地摸着那些炮，真想亲手对着日本鬼子开几炮，在他不停地摸着炮时，那逃跑的念头，差一点就要消失。他甚至想，干脆回到衡阳，待到开战时，用这美国佬的大炮，狠命地轰他娘的日本鬼子一阵，轰他个痛快后，再逃不迟。到那时，老子林满群的名字，不也就和曾经打过鬼子的英雄们列在一起了么？可他又知道，只要一回到衡阳，想逃是绝不可能的了。

这些美式山炮，这些威武的家伙，竟一时让我叔爷陷入了矛盾之中。

我叔爷说，他自己都感到奇怪的是，当时还浮在他脑海里的逃跑，根本就没有和怕死连在一起。逃跑这个念头，似乎已经只是他干兵贩子这个行当的职业反应罢了。因为他不时地想，若是回到衡阳，由他亲手向着攻来的日本人开炮，那场面，该是多么的轰烈，"轰"的一炮，炸死他娘的一片；"轰"的又是一炮，又炸死他娘的一片……然后他要声嘶力竭地喊：小鬼子，你他娘的来吧，来吧！你们来试试我群满爷的山炮吧！

我叔爷的这些遐想，后来真的变成了现实。不过在接受训练完毕，随着营长下令往回开拔，炮队离桂林越来越近时，他那逃跑的念头，又占了上风。

炮兵营长张作祥略微轻松的心情，很快就被眼前的情景惊得不知所措。

炮队一到桂林，迎接他们的是一队荷枪实弹的士兵。这支队伍刚出现时，炮兵们还以为是来保护他们的，可只听得"一营往左，三营往右"的口令后，这支队伍将他们团团包围了起来。

"谁是张作祥？"

张作祥走上前去。

"嗬呵，张营长，本人是炮兵第一旅第二十九炮兵团的团长，奉旅座之令，前来接收贵营！"

"什么？你说什么？"张作祥被弄得一头雾水，"本人是第十军炮兵营营长，我营正急着赶回衡阳参加大战……"

"老弟，你用不着回衡阳啰，你现在是我炮兵第一旅第二十九炮兵团第二营的营长了，咱俩以后就共事啰。"

"这，这，这到底是怎么回事？"

"请吧，张营长，听说你是一员战将，我早就想见识见识你呢！"

"老兄，你这不是开玩笑吧？"张作祥明白，他这是碰上趁火打劫的自家兄弟部队了。而打劫的目的，则是那十二门山炮。

"开玩笑，谁跟你开玩笑？！你现在已是我的部下，得听从我的命令。"炮兵团长把手一挥，"将山炮运走！"

第十军炮兵营的士兵怎能容忍自己的大炮归他人所有，立即拿起了武器。

一场火并即将发生。

我叔爷说他当时见那阵势，他心里的火气也直冲头顶，这不是比拦路打抢还过分么？他说他立时操起了枪，瞄准那个王八团长，只要对方稍有动作，他一枪要先崩了那王八团长。

我叔爷说还是他们的营长张作祥制止了即将发生的火并，张营长说要立即见王八团长的旅长。

在张作祥营长去见第一炮兵旅的旅长时，我叔爷和他的弟兄们都被带进了第二十九炮兵团。

"那他娘的简直就是软禁！"我叔爷说，"那王八团长竟然想要下我们的枪呢，我们都说，不等我们营长回来，没有我们营长的命令，谁要敢下我们的枪，可就别怪老子们的枪不认得人！"

我叔爷说他在那个场合里，逃跑的念头又不见了，他和全营的弟兄们一样，坚决要守卫住自己接来的山炮。

张作祥在第一炮兵旅长那里，受到的是热情的接待。

旅长亲自迎出旅部，执着他的手，连声说：

"哎呀，张营长，辛苦啊辛苦。一路劳顿，我要亲自为你接风。这桂林啊，不但是山水甲天下，小吃也是名满天下啊！当然啰，张营长来了，那小吃嘛，只能留给你以后慢慢去品尝。今天晚上，我在桂林大酒店设专宴为你洗尘……"

"旅长对我这么客气，可你的这位大团长呢，他可是兵戈相见，我的弟兄们现在还不知怎么样呢？"未等旅长说完，张作祥已气冲冲地说。

"岂有此理！"旅长立即对团长斥道，"张营长刚编入你团，你就如此无礼，这以后还怎么共事？你立即给我回去，好好犒劳新来的官兵。若是再存偏见，这个精锐营，我就不给你了。"

团长应声"是"，转身走了。

"张营长，你先请坐，咱们坐下慢慢叙谈。"

"旅长，我是第十军炮兵营营长，随我而来的，全是第十军炮兵营的弟兄，我不知道在什么时候成了贵旅的营长，也不知道第十军炮兵营在什么时候成了贵旅的一个营。请旅长还是把话说清楚。"张作祥站立得笔直。

"张营长，你当然不清楚啰，你在路途，上峰的命令未能及时送达给你哪。"

"请旅长出示命令！"

"怎么，你还信不过我？"

"请旅长出示命令！若是旅长不能出示命令，恕我不能从命！"张作祥仍是坚定地说。

"好，好。不愧是泰山军出来的，当为我部军官的楷模、楷模。"

第一炮兵旅长因为那十二门美式山炮到了手中，心情格外舒畅，对于张作祥的态度反而大加赞赏。

旅长亲自展开命令：

"着第十军原炮兵营归属炮兵第一旅第二十九炮兵团第二营，进驻广西全州。"

"怎么样，看清楚了吗？还要我将最高统帅部这几个字念出来吗？"旅长得意地说。

张作祥真正的怔了、呆了。稍倾，他几乎带着哭腔，向第一炮兵旅长诉说了衡阳的种种危机。他说他所在的第十军自驰援常德之战后，损失惨重，根本未来得及休整补充，战斗兵员不足、武器弹药不足、给养不足……他这个炮兵营如果不立即回去，第十军就几乎没有重火炮可言……他说旅长你是久经沙场之人，你知道没有炮火的部队将会面临着什么……

说着说着，张作祥"噗"地双腿跪下：

"旅长，求你看在衡阳一万七千兄弟的性命上，快点放我们走吧……"

"按命令办！"第一炮兵旅长的回答只有一句话。说完，甩手走了。

命令！那将第十军属炮兵营归属第一炮兵旅第二十九团第二营的命令，的确是真的。要他们离开第十军驻守全州也是真的。

第一炮兵旅是通过什么途径得到这道命令的呢？很显然，当第十军炮兵营一去昆明接收山炮，上面就有人将这一消息告诉了第一炮兵旅。第一炮兵旅立即活动，走上层路线，找上层关系，弄到了这一纸命令。他们是把那十二门美式山炮当做奇货可居，作为扩充自己势力的资本。

一筹莫展的张作祥，此时只能无奈地佩服第一炮兵旅神通广大。

他妈的，最高统帅部怎么能下达一个这样的命令？他妈的你个第一旅现在急着要这些炮干鸟？他妈的要老子到全州去驻守是什么意思？他妈的既要第十军死守衡阳，又给第十军来个釜底抽薪，这不是有意要置第十军于死地吗？

大战在即，对衡阳守军不但不增援兵力，不增援火力，反而连仅有的一个炮兵营都调开，张作祥实在想不明白，这是要的什么把戏。

张作祥不可能知道的是，最高统帅部的有关方面既然要将那十二门山炮给疏通了关系的第一炮兵旅，当然就得有个理由，这个理由就是全州需要火炮驻守。而全州需要火炮驻守，他这个已经得到十二门山炮的炮兵营，当然就得归属于第一炮兵旅。于是第一炮兵旅就是连炮带人一揽子全到手。

张作祥一方面只是恨恨地想，这是半路打劫、半路打劫！他虽然实在不明了最高统帅部将美式山炮调往全州到底有什么战略意义，但他知道，倘若衡阳一失，那小小的全州能保得住？你个第一炮兵旅所在的桂林能保得住？另一方面更是牵挂着衡阳的弟兄们。他这个炮兵营，可是和第十军休戚与共的啊！

其实就连我叔爷这样的人都知道，奉命死守衡阳的弟兄们倘若连个炮兵营都没有了，面对着日军的疯狂进攻，那会是个什么样的场景。

炮兵营的弟兄们，这些曾随第十军血战长沙、驰援常德……以第十军而感到自豪的汉子们，再也按捺不住了。

"营长，咱们不能就这样留在这里啊！"

"营长，衡阳的弟兄们在盼着咱们哪！"

"营长，咱们干脆冲出去，要干就和这混账旅干一仗，咱们还怕了他不成？"

张作祥手下的三位连长抽出了驳壳枪。

此时，就连我叔爷，也跟着弟兄们一起喊：

"冲出去！冲出去！杀回衡阳去！"

"营长，快做决定吧，咱第十军不是吃素的，咱们这'泰山军'是委员长亲自授予的！"

"委员长亲自授予的"这句话，猛然提醒了张作祥。

是啊，直接向蒋委员长报告！只有直接向蒋委员长报告了，把咱炮兵营的遭遇告诉他，向他请示，由他定夺。

然而，一个小小的炮兵营长，直接向最高统帅报告，能行吗？

没有其他的办法了，只有这个办法了。将电报发给最高统帅部，直呈委员长。至于最高统帅部会不会将电报送呈给委员长，就不是他张作祥所能知道的了。

"直接电报蒋委员长！"张作祥下了决心。

当他命令电报员发报时，电报员却哭丧着脸告诉他，随营电台，已被第二十九炮兵团收去了。

张作祥怒不可遏，问第二十九炮兵团长凭什么收缴他的电台？要他立即将电台退回。这一次，面对着气冲冲的张作祥，团长却一点也不发火。团长说那电台需要更新了，他第一炮兵旅不能让属下用那种过时的电台，到时候会给他一台新的，美国货。

张作祥气得直嚷，说现在是什么时候了，你知道吗？现在衡阳已是敌军大兵压境、他需要立即回去参战、参战！

第二十九炮兵团长说：

"老弟，不要性急，不要心躁，咱炮兵旅以后有的是仗要你打，先养精积锐嘛。"

张作祥无奈，提出要见旅长。团长说旅长有要事出去了，旅长临走时交代，一定要好好款待张营长。

一天，过去了；又一天，过去了。张作祥忧心如焚。

衡阳。第十军军部。

一个参谋报告军长方先觉，炮兵营还是无法联络上，没有一点消息。

又一个参谋报告，日军斥候出现在湘桂铁路湘江大铁桥附近。

最高统帅部曾有战略指示，在必要时可将湘江大铁桥彻底炸毁。长沙弃守后，方先觉已命令军工兵营长陆伯皋中校策划炸桥准备工作。

方先觉略作思考，下达了命令：

"炸桥！"

"叮铃铃"，工兵营的电话响了。

123

工兵营长陆伯皋接过电话。

"军长命令，炸桥！"

"是！"

陆伯皋放下电话，按下电钮。

"轰隆隆"一声巨响，早已为工兵营安放好黄色炸药的湘桂铁路湘江大铁桥，火光冲天，浓烟翻滚，桥梁一节一节掉入湘江之中。

"报告军长，陆伯皋已将铁桥彻底炸毁！"

"好。要陆伯皋立即返回。"方先觉说完，又立即问道，"炮兵营呢？张作祥现在到底在哪里？"

军参谋长孙鸣玉和参谋们只能面面相觑。炮兵营就如同突然蒸发了一样。

"要想尽一切办法，找到炮兵营，命令张作祥立即赶回来，赶回来！"方先觉火了。

"军长，我估计，炮兵营可能是在桂林遇到了麻烦。"参谋长孙鸣玉说。

"麻烦，什么麻烦？谁还敢阻拦他们回来不成？"

"军长，不是没有这个可能啊。张作祥可是带了十二门美式山炮啊！……"

孙鸣玉这么一说，方先觉立时感觉到了炮兵营的处境，但他立即说：

"只要张作祥不死，他就会将炮兵营带回来的，谁也阻拦不了他！"

十六

方先觉对部下可谓知根知底。

张作祥果然是豁出去了。他带着电报员，直接闯入了第一炮兵旅部。

张作祥一到旅部门口，就拔出手枪，抵着自己脑袋右边的太阳穴，边走边嚷，谁他妈的敢阻拦老子，不让老子见你们旅长，老子就扣响扳机，死给你们看！

第一炮兵旅部的人一时都被惊呆了，旋即举的举枪，拔的拔枪，围着张作祥，但没人敢靠拢。

"让开！喊你们旅长出来！"

有人忙去报告了旅长。

"这个张作祥，他是不要命的来闯宫啦！"旅长说了这么一句，又感叹道，也只有第十军的人才能如此忠勇哪！可惜可惜，他难能为我所用呵。

旅长走了出去。

"都闪开，让张营长过来。"

以枪抵着自己脑袋的张作祥站到了旅长面前。

"张作祥，你到底想要干什么？"

"报告旅长，我张作祥今日前来，是怕旅长又有要事出去，见不着旅长，所以才出此下策。还请旅长见谅。"

"你是不是又要提那回衡阳的事？如果还是那件事，你就没有必要再提，军人以服从命令为天职，你张作祥就是死在我面前，我也得执行命令。"

"旅长，我今天来，不提那事，我只请求旅长当着我的面，发一个电报。"

"你就是为了发一个电报的事？你发一个电报也用得着来找我？张作祥啊张作祥，你是不是为回你那第十军，急晕了脑袋呵？你对第十军忠勇可嘉，忠勇可嘉哪，但你不要忘记，你已是我第一炮兵旅的军官，你现在的忠勇，应该是在我这里。"

"发报一事，本不应来麻烦旅长，可是我没有电台。"

"你的电台呢？你出来难道连电台都不带？"旅长故意问道。

"我的电台，被贵旅第二十九炮兵团收去了。"

"胡闹，胡闹！我立即给二十九团打电话，要他退还。"

"旅长不用打电话了，我今天这个电报，是要直接呈送最高统帅部蒋委员长！"

"什么？你要给委员长发报？张作祥啊张作祥，你的胆子也太大了点吧？"

"我必须向委员长发报，我第十军炮兵营是留是走，全凭委员长裁决。"

"我如果不让你发这个电报呢？"

"我早已想过，旅长尚不至于阻挠给委员长的实情报告！"

"给委员长的实情报告"这几个字，令旅长有点吃不消了。他知道，万一事后有人将这事捅到了委员长那里，委员长可是最注重实情的呵！

他妈的，旅长在心里骂了一声，这个张作祥，给我来了这么一手。

"行啊，张作祥，我同意你发这电报，也好让你从此后切实遵守命令，不得妄为。我也从不做强人所难之事。不过，这电报要发，得由你自己发，统帅部怪罪下来，你得自己兜着。"

"谢谢旅长。我知道这电报得由自己发，有什么不当之处，决不连累旅长。"张作祥说，"请旅长派人，监督我报务员发报。"

旅长说：

"监督就不必啦，何必说得这么难听呢！哎，你还不将枪放下来啊？"

电报，发到了最高统帅部。

电报一发完，张作祥长长地嘘了一口气。

如果委员长要最高统帅部复电，维持"第十军炮兵营编入第一炮兵旅第二十九团第二营，进驻全州"的命令，他只有认了，他只有遥祝衡阳的弟兄们好运了，他只有对不起军长了。他其实明白，自己若回衡阳参加大战，凶多吉少，而进驻全州，可保全营无恙。然而，作为军人，作为第十军的军官，作为一个有血性的中国汉子，能在日寇兵临城下时反而呆在外面吗？这不跟临阵脱逃一样吗？

同时，他又想，如果连委员长回电都是维持原命令，这可是打的什么仗呢？这不是明明把第十军往死路上推吗？

但是张作祥坚信，只要电报能被送给委员长，只要委员长能亲自看到电文，委员长是决不会做糊涂事的。

问题是，那电报究竟会不会送到委员长手上呢？直接电报委员长的事，他张作祥可还是生平第一次啊！而且，也许就是此生的最后一次。

第十军炮兵营的士兵在无可奈何中等待着，激昂的情绪已经开始低落。由于无所事事，只能在一起闲聊，各种各样的话语就出来了。

"这打又不能打，走又不能走，到底要如何是好？"

这人所说的"打"，是指和第一炮兵旅第二十九炮兵团打。

"打是肯定不能打的哪，真的打起来，人家一个团，咱们一个营，还不被他活吃了啊？！何况，又是在人家的地盘上。"

原本气愤地准备打，准备拼的人，此时已消沉下来。

"人家是一个旅呢！还一个团哩？你和他这个团打，他那两个团不帮忙啊？快别提这事了，当初若真打起来，咱们此刻早就全玩光。"

"咱们这是不是等于被俘虏了？他妈的，国军俘虏国军。"

"俘虏倒不是呢。俘虏有这么好的待遇给你？枪也在咱们自己手里。"

"是改编。要把咱从第十军属炮兵营给编到他这炮兵旅。"

"什么改编，我看就是吞并。我看过书，那占山为王的绿林好汉，就是这个山寨吞并那个山寨。谁吞得多，谁就是最大的山大王。"

"哎呀，干脆就让他吞并算了，那鸟旅长不是说，这是上峰的命令吗？咱就执行命令。"

"只是那十二门山炮，还得照样归咱们营就好。"

"其实不回衡阳，还免掉了一场生死大战，听说是要咱们去全州……"

"是啊是啊，凭什么咱们就非得回衡阳，非得去替人家守城？"

……

原本激昂的士气，原本抱着领回十二门美式山炮，立即赶回衡阳和日军决一死战的第十军炮兵营的斗志，经过这么一番折腾，开始涣散了。

军心一涣散，他张作祥还会有办法吗？

幸好，委员长的复电终于来了：

着第十军属炮兵营即刻归建，参加衡阳之战。

张作祥拿着委员长的复电，大声地对全营宣布。一宣布完委员长的复电，炮兵们又兴奋起来了。

"嗬呀呀，是委员长亲自来的电报啊？！"

"还是蒋委员长挂着我们！"

"那还用说，我们第十军，是蒋委员长亲自授旗的！"

"回衡阳，回衡阳，听从委员长的命令，回衡阳参战。"

……

"这下可好了，给他狗日的第一旅当头一铁棒，委员长的命令，谁敢抗拒？！还想扣留我们呢，呸！"

"我们第十军，岂是好惹的，直通皇上！"

"收拾家伙，走！回衡阳和日本鬼子干去！让咱们的山炮打出威风给狗日的看看！"

……

然而，第十军炮兵营只带走了六门山炮。

当蒋委员长的复电终于来时，第一炮兵旅长不能不有些尴尬。

张作祥却显得很平静，他只是说：

"旅长，现在该让我第十军炮兵营走了吧？"

"走吧走吧，祝你张营长好运。"

张作祥敬了个军礼，转身走出旅部。

"旅长，就这么让他走？"旅长身边的人说道。

"你们有谁能像他这样？啊，有谁能像他这样！你们给我举出一个来！"旅长猛地一拍桌子，将火气发在了随从的身上，"张作祥啊张作祥，了不起的家伙哟，第十军他妈的有福气，竟有你这样赤胆忠心的人。"

旋即，他又吼了起来：

"去，去，给我扣下六门山炮！只给他们一半、一半！"

十七

第十军炮兵营终于带了六门山炮和二千余发炮弹，匆匆上了火车。

在火车的况东况西中，我叔爷又觉得掉了一次最好的机会，如果这个炮兵营真的进驻全州，那离自己的家乡，就不远了啊！全州，我叔爷实在太熟悉，只要在全州一驻扎下来，那逃跑的机会，多的是。可是，可是，那全州又没去成了。

那去全州的事怎么没了呢？我叔爷似乎有点分辨不太清楚了。起先，自己不也是恨那炮兵第一旅的蛮横么？自己不是还想一枪将那个王八团长干了么？其实，如果按照炮兵第一旅的安排，此时，自己不就已经在全州了吗？这么想着，他觉得自己犯了傻，这简直就是不识好歹了。可他又想，如果不是这个第一炮兵旅将他们扣押，自己在桂林不是可以实施逃跑计划了吗？他妈的，他又怨起炮兵第一旅来。

然而，我叔爷又不得不承认，他跟炮兵营在一起的这些日子里，的确有些那个什么、什么感觉（情）了。他吃了好几次粮，进过好几个部队，还从来没有过这种感觉。

总之，我叔爷在此时，心里仍然不忘他的吃粮使命，或者叫不忘他的兵贩子角色，直到他亲眼目睹了下一件事。

东行的火车在距离衡阳三十余里的三塘站停下来，不能再往前开了。

前方，已隐隐约约地传来枪炮声。

张作祥跳下火车，正想去打听前方的情况，却发现了第十军的老军长、现第二十七集团军副司令官李玉堂中将。

张作祥疾步跑过去。

"报告副司令，第十军属炮兵营营长张作祥从昆明经桂林赶回。"

李玉堂一见是自己原来的老部下，非常高兴。当他听了张作祥接收山炮一路的经过后，眉头蹙成了一把。

"你现在打算怎么办？"他问张作祥。

"带着火炮，进城。"张作祥回答。

李玉堂想了想，说：

"作祥啊，你是我的老部下，我当然非常希望你全营能平安进入衡阳城，方军长也正盼着你们哪。更何况你们还不辱使命，总算带来了六门山炮，这正是衡阳城内急需的啊。可你清楚前方的情况吗？"

"正要请副司令明示。"

"日军先头部队已在东阳渡，渡过湘江，现已与第十军西岸警戒部队发生斥候战。"

"那我立刻进城。"

"根据目前情况，你营在进城途中，定会与敌遭遇，你营自卫力有限，会有危险哪！"

"卑职回来，就是准备一死。危险于我，有何所惧？！"

"作祥啊，你勇气可嘉，但此话不妥。你身为炮兵营长，当考虑得更多一点。万一这火炮被日寇夺去呢？……"

不待张作祥回答，李玉堂又说：

"为保火炮安全，你不如在此地集结待命为宜，一切责任，由我承担。"

"不，不能啊，副司令，我在桂林，已延误时间，若还不迅疾进城，只怕就真的进不去了。卑职必须冒险而行，不惜任何牺牲，成功与否，我一人负责！"

"你让我再想想，再想想。"

作为第十军的老军长，李玉堂知道这个炮兵营和这六门美式山炮对该军的重要性，他当然希望张作祥立即率山炮进城；但作为第二十七集团军副司令官，他既然已经知道了此事，若同意张作祥冒险进城，万一炮失人亡，他难辞其咎啊！

李玉堂踱来踱去，犹豫不决。

"副司令，你就别想了，这事与你无关。我张作祥根本就没有见到过老军长。但我保证：人在炮在，人亡炮毁，绝对不会落入日寇之手！"

"全营集合！"

车站上，第十军炮兵营的士兵们排列成队，一个个脸色严峻。

营长张作祥将前方的情况略作介绍，然后把自己要冒险进城的决心说了出来，并特别请各位连长发表意见。

张作祥的话刚一落音，三位连长皆站了出来。

"营长，冲进城去！"

"营长，城里的兄弟在盼着我们哪！"

"营长，快下命令冲吧！"

三位连长一致主张冒险冲进城去。

紧接着，令我叔爷一世难忘的场面出现了。

三位连长一同跪于地上，喊道：

"营长，我等对天发誓，愿与火炮共存亡，人存炮存，人亡炮毁！"

连长们的话刚一落音，全营士兵一齐跪下：

"愿与火炮共存亡，人存炮存，人亡炮毁！"

誓言，震撼着三塘车站。

枪炮声，越来越近。

张作祥将全营编为两组，一为攻击组，一为护炮组，向衡阳急进。

张作祥规定，若攻击组被包围，护炮组立即将山炮炸毁，而后与敌同归于尽。果然如李玉堂将军所料，炮兵营在进城途中，数度遭遇日军小部队。但在攻击组"敌逢我必死，我亦死"的疯狂冲击下，他们杀出了一条血路又一条血路。

在日军合围前夕，这个军属炮兵营冲进了衡阳。六门美式七点五口径山炮，二千余发炮弹，随着冲进城去的官兵，全被安全带进城中。

如果这个炮兵营途经桂林时，不被"扣留"那么多天，不出现"节外生枝"之事，那十二门火炮全部能提早进城，美式山炮弹能大量运进，以强有力的火炮支援步兵，当可更大程度地造成日军伤亡，减少步兵的损失，延长守城时间。而经过这么一折腾，使得守城之战只打到第九天，山炮、野炮等炮弹便全部告罄。其后虽然不定期每次空投四五十发，但杯水车薪，无济于事。山炮、野炮成了哑巴。炮兵无炮弹可打，只能去充当步兵了。

再则，如果这个炮兵营连六门山炮、二千余发炮弹也未能带进城来，也就是说，如果第十军连这个炮兵营都没有了，其后果更不堪设想。而炮兵营就是抱着"人存炮存，人亡炮毁"，冒死冲进城来的。他们也知道进城后，等待自己的，很可能就是战死，但他们就是宁愿战死！

我叔爷，当时在攻击组中。

我叔爷端着枪，跟着弟兄们，只要一遇上敌人，就是"啊啊"地吼叫着往前冲，他的脑海里，只有"冲"这一个字，飞来的枪子儿也好，爆响的炸弹也好，全不当一回事了。他的全部动作，就是朝着日军，将自己手里的子弹扫射出去，打中也好，没打中也好，也全管不着了；在扫射的同时，两只脚反正就是往前踏，不管是踏着敌人的尸体，还是踏着自己弟兄们的……

我叔爷从他亲眼看着连长们跪在地上，向天发誓，他又不由自主地跟着全营士兵跪下发誓的那一刻起，"逃跑"二字，就再也没在他心里出现。而兵贩子的生涯，也就从衡阳之战开始，再也没有了，永远消失了。因为他即使再想去干兵贩子，他也不可能了。

十八

我叔爷跟随炮兵营护着六门山炮冲进衡阳城后，衡阳就被日军包围了。

衡阳被包围后，成了一座孤城。因为没有后方补给线，城内既得不到任何军需品的补给，也得不到任何兵员补充，负伤官兵不能送外医疗。外围各点友军，都分布于二百里外。第十军全凭自身之力与敌浴血奋战，力竭而覆没，只能是必然结果。

衡阳保卫战正式打响这一天，是民国三十三年六月二十五日。

我叔爷记得清清楚楚，他们是在六月二十三日那天冲进衡阳城的。在我所查阅的资料里，有这么一段记载：

六月二十三日，衡阳保卫战的序幕拉开。是日，湘江东岸，日军和第十军发生前哨战。

这段记载，和我叔爷的记忆相吻合。

就在炮兵营冲进城的六月二十三日，葛先才守卫的城南主阵地的野战工事也大致完成。

日军向衡阳进攻时，其战场指挥官及横山军团司令皆狂妄地认为，以他们的第六十八师团、第一一六师团两个完整的精锐师团（各师团均配有炮兵大队）和另配属的第一二二独立炮兵联队，攻打残破不整、装备欠缺、只有一万七千余人的第十军守卫的衡阳城，一天之内便可以拿下。他们无论如何也没有想到的是，衡阳之战，竟然整整打了四十七天！

在前十天他们的第一次总攻里，第六十八师团长和数名联队长就被打死，两个师团的伤亡在一万五千人以上；两师团所属的步兵连，每连平均仅剩下二十人。后来两次整补，仍然无济于事，最后不得不另外增援三个师团，另加十多门一五〇重炮和加农炮……前后发动三次总攻……其结局，阵亡达四万八千人，伤亡超七万之众，日本朝野震惊，首相东条英机也在对衡阳的第二次总攻失败后，于七月十八日下台。

在日本的战史中，除了沉痛记述日军在衡阳所遭遇的惨烈外，就是对他的敌人第十军高度的赞扬和钦佩，并称之"至此，中国才有陆军"。

六月二十五日黄昏后，日军猛攻衡阳飞机场。

守卫机场的第五十四师之步兵团在日军的猛烈攻击下，抵抗了一阵后，根本就未向第十军报告，便向南撤走了。

"军长，敌寇已占领机场。"

"这么快就丢了？"第十军军长方先觉听了报告后，收回盯着作战地图的眼光，似乎自言自语地说。

"第五十四师之步兵团擅自南撤，去向不明。"

"我知道他们是靠不住的，靠不住的。走就走吧，走了也好。咱们还是靠自己。"

方先觉早就因第五十四师只有一个步兵团来到衡阳，知道他们不一定靠得住，故而并不感到震惊。他又把眼光盯向作战地图。

方先觉在地图上盯视了一阵后，对参谋长孙鸣玉说：

"日军的下一步，定是猛攻我一九〇师阵地。"

孙鸣玉点了点头。

方先觉把手一挥：

"命令一九〇师，枕戈待旦，不能有半点疏忽。不管日军攻势如何猛烈，给我拼死顶住！不许后退一步！"

预十师师部的电话铃急骤而响。

"师长，一九〇师潘副师长找你。"

预十师师长葛先才抓起电话。

"葛师长啊，我是潘质，我有十万火急的事要和你说啊，飞机场弃守、五十四师步兵团擅自南撤后，军长严令我师死守……你得帮帮我啊！"

潘质副师长所说的十万火急，就是他实在没有把握按照军长的命令，固守住湘江东岸市区。因为一九〇师官兵仅有一千二百人，这一千二百人中，又有三分之一是工兵、担架兵、运输兵……以及业务人员。真正有战斗力的，不过八百人左右，且装备较差。如果日军以火力封锁江面，东岸市区则立成孤城外的孤点，全师有覆没危险。但军长方先觉已下了死命令，一九〇师师长容有略和潘质副师长都不敢将此忧虑向军长申述。在这种情况下，潘质想到了葛先才，因为葛先才一则胆量过人，敢于向上说话，二则和方先觉的关系非同一般，于是向葛先才诉苦求援。

葛先才在得知飞机场弃守、第五十四师步兵团擅自南撤后，虽然狠狠地骂了句"他妈的脓包！临阵脱逃！"，但不知怎么的，他不由地想到了自己尚任二十八团团长时，在江西战场上的一次"抗命不攻"。

那是葛先才在西凉山抗后撤之命，坚决进攻，连获大捷后的两个星期，一纸电令，摆在了他的面前。

电令是战区司令长官部来的，电令上写着：着预十师派兵一团，归第三十九军指挥，收复南昌。

葛先才看着这纸电令，心里说不出个味道，司令长官部的所谓收复南昌，是看着西凉山打了个胜仗，便以为日军真的不堪一击了，竟然派一个军便想要收复南昌，这不是在胡闹么？当然，这种胡闹，他不敢往司令长官身上想，他只能怨司令长官部那些参谋老爷们，根本就不了解用兵之道，因为现在三十九军在梁家渡，西渡抚水，即进入日军占领区，从梁家渡到南昌，有一百多里路程，这是孤军深入，兵家之大忌啊！

以孤军而向南昌，不是往虎口里送羊吗？

孤军一入敌境，官兵定然心生畏惧，与敌交战时若稍有不利，便会自乱，一乱便会自溃，这是国军多年来无法解决的问题呵！

南昌之仗必败。葛先才心中已有不祥预感。

然而，这是司令长官部的定案。要想司令长官部重新考虑，只有三十九军才能提出异议。而很显然，三十九军是按这个定案行动的。

三十九军，很可能走上一条不归之道。葛先才的心情沉重起来。

葛先才同时明白，电令是师长蒋超雄拿给他看的。那意思，已经不言自明——派他的二十八团去。

怀着对战区司令长官部收复南昌方案可行性的怀疑，和对三十九军西渡抚水能否顺利进展的担心，打算要死就死得壮烈、不做无谓牺牲的葛先才，向师长另要了一个运输排并几十名担架兵，率领二十八团，赶到了六十里外的梁家渡。

向三十九军报到后，葛先才即奉该军军长命令，连夜西渡抚水，并掩护三十九军渡河。

全军渡过抚水后，军长命令葛先才率团歼灭剑霞墟之敌，确保三十九军的左侧背安全。

葛先才抵达剑霞墟七里处时，发现通往剑霞墟的道路已只有一条乡村小道，小道两侧遍布村庄，村庄外皆是开阔的水田。

葛先才命令停止前进。

他看着那些静悄悄毫无生气的村庄，心里产生了疑惑。

越是安静的地方，越是危险之处。

他派出数组搜索兵前去搜索村庄，每组搜索兵后又派一个班掩护，并叮嘱他们，如果遇敌则迅速撤回，不必攻击。

搜索兵分头出发，尚未接近村庄，村内之敌枪声大作。

敌情已经明了，各村庄中皆有敌人潜伏。葛先才看着村庄外那开阔的水稻田地，眉头又紧锁了起来，那开阔的水稻田地，成了日军的天然屏障。

如果采用逐村攻击战，部队难以接近村庄，在开阔而又毫无遮挡的水稻田里，官兵将伤亡惨重；如果由那条惟一的乡村小道直奔剑霞墟，则会落入日军的四面包围之中，全团恐有遭受覆灭的危险。

这种仗怎么打呢？

这是只能自己挨打而不能打人之仗！

这种只能是自己挨打而不能打人的仗，他葛先才从不愿打；这种明摆着将会蚀掉老本的仗，他葛先才更不能打。

"通讯兵，给我接通三十九军军部电话！"

葛先才向三十九军军长报告了本团现在的位置、地形、敌情，以及进攻剑霞墟的种种困难。

军长的回答是："不惜任何牺牲，非要歼灭剑霞墟之敌不可！这是命令！"

"我二十八团就是牺牲殆尽，还是完不成任务，达不到目的呀！岂不白白葬送了一团人吗？"葛先才继续说道。

"你不要管这些，执行命令便是。命令绝对不能违抗，否则，你须负全部责任！"

"军长的决定，非要我攻不可？"

"是的。"

"请军长派员来察勘后，再做决定可以吗？"

"不必！"

葛先才听到军长如此口吻，肚子里的火气立即爆发，楚人的那种倔蛮劲霎时冲上头顶，他一横心，说道：

"既然军长如此坚决肯定，我也将我的决定报告军长！"

"你还有决定？！你有什么决定？"

“我的决定就是不攻！”

“你胆敢不攻？”

“对，不攻！要我的人头，你只管拿去。在这种情况下，要我二十八团攻剑霞墟，恕我不能从命。我来时已向本师师长要了运输兵和担架兵，本是决意与敌战死沙场，让担架将我抬回去的，可眼下这种情况，宁可掉我一个脑袋，也不能枉送了全团官兵的性命。军长你看着办吧！”

“啪”的一声，他挂断了电话。

一直站在葛先才身旁的副团长听着他和军长的对话，心里不住地擂鼓。电话一挂断，忙小心地说：

“团长，你不能和他这个军长硬顶啊，咱们派一连人去敷衍一下，好吗？只要响一阵枪声，说明咱们已经进攻，那就是执行了命令，至于有无进展，那是另一回事了，咱们攻不下，最好换他三十九军的人来攻。”

葛先才厉声说道：

“不可以！若是有牺牲代价，我不惜全团牺牲。如无代价，我二十八团官兵，一根汗毛也不牺牲，宁可死我一人。身为军人，在战斗间切不可自欺欺人！”

三十分钟后，三十九军军长来了电话。军长这回搬出了兵团司令官的“尚方宝剑”。

“葛团长，兵团司令官命令，要你排除一切困难，进攻剑霞墟！”

这位军长没想到的是，葛先才将兵团司令官的命令也照样顶了回去。

葛先才当即答道：

“不管是谁的命令，概不接受！我葛先才不是怕死，也从不做无代价之死。一些发号施令者，不知地利，不知敌，不知己，不了解用兵之真谛，在地图上红蓝铅笔乱划，命令乱下，不知冤枉断送了多少部队。

要我的命可以，要我二十八团做无意义牺牲，办不到！军长认为，剑霞墟之敌非扫荡不可，这一点我虽有同感，但本团无能做到。军长可在贵军中派一个团来接替本团任务，不是解决问题了吗？至于我抗令不攻，另案议处。不过我提醒军长，贵军之团能够办得到的，我自信也能办得到，我认为自己办不到的，贵军任何一团谅也办不到，徒劳无功，枉自牺牲。另一办法，配属我四门山炮，我包打剑霞墟，请军长斟酌决定。"

不仅二十八团没有山炮，预十师也没有山炮。

如果按照葛先才说的另一办法，三十九军配给他四门山炮，这攻打剑霞墟的问题不就解决了吗？然而，三十九军是不会给他山炮的。这位军长会想到问题的另一个方面，倘若给了他山炮，他依然不攻剑霞墟或者是依然攻不下，自己的山炮，岂不是壮大了他人的力量么？国军之间的相互猜忌，就如同战斗间只要一乱即溃、一撤就散一样，亦是顽症之一。

诚然，按照葛先才的性格，只要真的给他配属了四门山炮，他是绝对会真的包打剑霞墟的。他说出的话，绝不会收回！

军长对葛先才提出配属山炮的事避而不答，只以命令相胁；葛先才抗命到底，毫无半点松动。电话再一次被"啪"的挂断。

此时，是上午时光。葛先才硬是按兵不动。

下午，预十师师长给葛先才来了长途电话，云，本师奉调安徽另有任务，二十八团即刻归还建制。

葛先才率领二十八团安全回归预十师后不久，三十九军军长陈安宝，在攻打南昌中阵亡，全军官兵损失过半。

这次剑霞墟抗命不攻，葛先才当然是为了部队不作无谓的牺牲。但仅仅才几个钟头，命令二十八团"排除一切困难进攻剑霞墟"的战区长官司令部就又将二十八团调回预十师，从兵力调配这个角度来说，真正的比"朝令夕改"还改得快。国军弊病之一斑，又得窥见。只是这种调兵遣将朝令夕改的弊病，此时又呈现在衡阳之战、也就是葛先才自己所在的第十军面前。就如同第十军炮兵营去接收山炮，却又突然被命令归属第一炮兵旅去驻守全州一样。而那个放弃衡阳飞机场擅自南撤的五十四师步兵团，焉知是不是也得到了突如其来的一纸调令呢？或者可以这样猜测，这个步兵团，也是明知道衡阳是守不住的，与其死在飞机场，不如保全五十四师的实力，因此在五十四师的默许下，对进攻飞机场的日军稍作抵抗，便连招呼也不打，走了。

国军友军之间的配合，便是这般而已。故而奉命死守衡阳的第十军军长方先觉在听到第五十四师之步兵团擅自南撤，去向不明的消息时，说的便只是"我知道他们是靠不住的，靠不住的。走就走吧，走了也好。咱们还是靠自己。"方先觉见这种情况已经见得多了。他只能命令自己的部下拼死抵抗。

当葛先才听一九〇师副师长潘质一说那十万火急的求援，就明白了"求援"的意思，他知道一九〇师师长容有略的难处。容有略是常德之战后才由第十军参谋长调任该师师长的，到任不久，对师内的事还较生疏，又兼有书生之气，他是有苦难言，亦不敢言。

葛先才考虑了一下后，对潘质说：

"东岸市区，以目前一九〇师的装备兵力而言，确难固守。我的想法，应该将一九〇师撤回西岸，这样一则加强城内兵力，再则稳定贵师军心。但想法归想法，必须得到军长同意。若我单对你说几句同情的话，于事无补，必须能解决问题才行。"

"葛师长，快把你解决问题的办法说出来，我是忧心如焚哪！"潘质赶紧说。

葛先才根据他多年的作战经验，深知不管在什么情况下，兵力切忌分散，必须集中，要让全体官兵都有共患难同生死的精神，形成一体。一九〇师若成孤军，离群作战，斗志将会大受影响；而若西撤，看似放弃了湘江东岸市区，实则攥紧了拳头，能够更有力地痛击进攻之敌。为了大局，他有义务和责任向军长力争。然而，这不光是要在军长面前担风险，而且要为一九〇师担当西撤渡河时的风险！万一渡河失败而又遭受重创呢？不过，他葛先才历来是不怕担风险的。他看准了的事，是一定要做的。

"潘副师长，你立即做撤回西岸的准备工作，在贵师容师长面前，你替我向他打个招呼，不要他主持西撤事宜，这绝对没有轻视之意，而是怕他在军长面前不好说话，我替他来解决这道难题，他应该了解我的用意，想必不会责怪于我。"

"我知道怎么跟容师长讲。容师长也正是盼着你的援手哪。"潘质忙说。

"眼下时间紧迫，你大胆去做，我为你撑腰。我葛先才不是想借此逞能，而是必须如此。"

"我明白，明白。"

"西撤湘江的步骤，我给你提供几个要点。"

"请说，请葛师长快说。"

"第一，军部所掌控的两艘轮渡，我会请军长交你接收使用，你一九〇师千多弟兄的生命，一在军长掌握之中，一在这两艘轮渡上，你们必须好好说服船员，多给他们奖金，重赏之下，必有勇夫，并保证只要将东岸国军悉数运至西岸，船即放行。

"第二，轮渡口，要参谋长率领参谋人员确实控制秩序，绝不能混乱。上下船必须有序而行，不能拥挤，不能超载，越是紧张时刻，官兵越要镇定。

"第三，先撤师直属部队，再撤敌人攻势较缓和地区部队。最后，你选定一勇敢善战的营长、两位连长并士兵百名，拼死掩护全师安全渡江。最后掩护的官兵，只好忍悲牺牲。但只要能硬打死拼，就算牺牲殆尽，敌人的伤亡必数倍于我。这种代价，值得！这三点，务必做到。"

"请葛师长放心，我即去安排。最后的掩护撤退，由我亲自带队。我要置之死地而后生。"

"好！潘副师长能亲自断后，此举定可成功。你把准备作好，我去说服军长。待军长许可后，再通知你开始行动。"

葛先才放下电话，立即要师部总机请军长讲话。

"军长，我是葛先才。为了守备全局的安全，有一问题向军长请求，请军长务必批准。"

"什么问题？你说。"

"军长，飞机场弃守，敌正向一九〇师阵地进攻，恐防敌人以火力封锁江面啊！"

"你的意见呢？"

"依我之见，此战重点在西岸衡阳城区，城区兵力已感不足难以应战，应该将一九〇师撤回城内，集中兵力。而一九〇师战斗力欠佳，若要他们死守，则东岸不惟守不住，还会白白地将一九〇师断送……"

葛先才的话还没说完，已引发了方先觉因五十四师步兵团擅自弃守飞机场而压在心中的怒火，他在电话中吼了起来：

"穿上了军衣，遇上了敌人，就该死战，还有什么地域之别！东岸市区守不守得住，我并不重视，我只要一九〇师官兵每人杀两个敌人，才能算是尽到了他们职责。否则，这种作战不力的部队，丢了也罢。"

军长的怒吼，连在葛先才身旁的人都听得清楚，可葛先才待军长话音一落，立即说道：

"军长说的也是，军人都应该有杀敌的勇气与应尽的职责。可是军长以主将之身，在用兵方面，应集中全力而战，发挥巅峰战斗力，以获最大战果啊！这样东也设防，西也设防，兵力分散，处处薄弱，给敌人可乘之机，我被各个击破，有违重点用兵之道。"

军长正在火头上，葛先才竟说出了这番直指军长布兵不当的话。此话一出，他身边的人都为师长捏了一把汗。

然而，军长方先觉竟没有发火，而是在认真地听着。

"一九〇师能在东岸杀敌，撤回西岸照样也能杀敌。不仅如此，我认为撤回西岸后，他们更为勇敢。勇气的有无，在一念之间，他们撤回西岸，融入整体，有了依靠，心理上、斗志上，必有天壤之别，气质也就不同了。'气壮'，是战斗制胜的资本。"

方先觉依然没有打断葛先才的话。

"军长既不在乎东岸市区的得失，则放弃东岸，将一九〇师撤回，并未违背军长的意图。一九〇师撤回后，以一命换敌二命的要求我来担保。再则，一九〇师撤回城后，将第三师较为次要阵地，交出一部给他们防守，第三师可多控制一点机动部队，有何不好？一九〇师固然战斗力较弱，也应善于诱导，多加磨炼，使他成为劲旅，才是正理。请军长以对事不对人的观点，用冷静头脑思考后再予明示。"

"你能保证一九〇师以一命换取日寇二命的战绩吗？"方先觉问道。

葛先才立即回答：

"军无戏言，用我的人头担保！"

方先觉旋问道：

"你凭什么对一九〇师官兵有如此信心，又是凭什么如此坚决的担保？把你的依据说出来。"

葛先才答道：

"我的依据，就是我说的那一句话：用我的人头担保。如果军长准许了我的要求，将一九〇师撤回，算得是军长在此次战役中用兵灵活的一件大事，此事势必迅速传扬开去：葛师长用自己的人头担保，保证一九〇师撤回城后，官兵绝对能做到以自己的命换日寇二命。而一九〇师官兵听到后，该如何感动，必然奋勇作战，与敌以死相拼。我在前面曾说过，勇气的有无在一念之间。"

说完，他又补充一句：

"万一，一九○师所杀敌人数不够时，我预十师多杀些敌人，弥补他们的差额之数，总该可以交差了吧？"

"行啊，我就依了你吧。"方先觉说道，"不过，我不能朝令夕改，又下达该师西撤命令。一九○师就交给你处理。"

"你说的话要算数。"方先觉又补充一句，挂了电话。

葛先才舒了一口气。但他心里明白，军长之所以能如此，是因为他和军长已有十多年战场的共同生涯，他知军长之胸怀，故敢直言力谏；军长亦知他的过人之处，所以能让他把话说完，并采纳他的意见。两人联手作战，通力合作，称得上是一对老搭档了。

葛先才立即请第三师师长周庆祥接电话，将一九○师西撤的事告之，请第三师划出防区，交由一九○师守备，并在必要时，以猛烈火力掩护一九○师渡江行动。第三师师长周庆祥和葛先才同是黄埔军校第四期的，他当即要葛先才放心，他会全力援助一九○师。

葛先才又打电话给军炮兵营营长张作祥，要张营长作好准备，随时以炮火支援。张作祥回答：

"请葛师长转告一九○师，他们要我打哪儿，我保证将炮弹准确打到哪儿，发发命中，绝不落空！"

把一切都安排好后，葛先才电话通知一九○师潘质副师长，开始撤离东岸行动。

此时，已是夜晚十点，正是西撤的好时机。葛先才希望能在拂晓前撤离完毕。

十九

　　葛先才尽管叮嘱了一九〇师副师长潘质，一定要重赏轮渡船员，因为那两艘船，是真正的西撤成败之举啊！但他还是有点放不下心来，万一那些船员，特别是轮渡舵手，在紧急关头，被枪炮吓坏了，怎么办呢？他们毕竟不是军人啊！万一那船老大在炮火中伤亡，又怎么办？

　　葛先才突然想到了一个人。他立即喊道：

　　"韩在友！"

　　"师长，这么晚了喊我有什么事？"在卫士韩在友的眼里，仿佛这衡阳城什么事也没发生一样，仍然是那副满不在乎的样。

　　"跟我去三十团。"

　　"是！"

　　一听说师长要出去，韩在友立时快速得像陀螺般运转起来。

　　第三十团团长一见师长深夜亲临，不知有什么重大的紧急事情。他还未开口，葛先才就说：

　　"快，随我去找宫得富。"

　　团长一听，松了一大口气。

　　"宫得富？！就是那个被师长饶恕了的兵贩子？"

　　"对，就是他。"

　　"师长要见宫得富，打个电话来，我派人将他送到师部不就行了吗？"

　　"我是专程来请他的。"

　　一听说师长是来请那个兵贩子，不惟是团长觉得不可理解，韩在友更是在心里犯嘀咕：他妈的宫得富，到底有什么特别的，师长还亲自来请他。

二十天后，当我叔爷所在炮兵营的山炮野炮弹全部打光，美式山炮只能如同一堆废铁作摆设而被命令毁坏，大部分炮兵被当作步兵使用，交由葛先才指挥被派上最前线时，我叔爷见着了宫得富。当宫得富一只手被炮弹炸伤，我叔爷用烂汗衫将他的伤手扎着吊在胸前（全军所有的绷带早已用光），拼命喊他时，他使劲挪动着身子，用尚能活动的那只手拉住我叔爷的手，第一句话便说，林满群啊老弟啊，我这辈子算值了，师长亲自请过我啊！我叔爷说他吹牛皮。宫得富说，我都这副样子了，我还骗你老弟干什么呢？他说师长是深更半夜来到三十团，特意来请他的。他说有团长和韩在友作证。我叔爷见他已是个浑身是伤的人，便说，好好好，我相信，我相信，可师长深更半夜来请你干什么呢？宫得富说，师长硬是亲自到他那里，问他是不是当过轮渡舵手。他说师长记性真好，那天以兵贩子身份被审讯时，他是说过一句，他干过轮渡老大。师长就请他立即去轮渡码头。他问去轮渡码头到底有什么任务，师长就把那最要紧的任务说了。他一听这个任务，就说他还有一个弟兄，也干过轮渡这行的。师长大喜，要他马上把那个弟兄喊上……

　　宫得富对我叔爷说，林满群、老弟，你若是能活着回去，你就帮我记住这件事，告诉我家乡，我宫得富是被师长请出山的人。你想，人活一世，有几个能有这份荣耀呢？这一仗，我算是没来白打……我要以死相报，以死相报……

　　只有一只手能活动的宫得富在阵地上怎么也不肯被当作伤兵抬走，他最后是要我叔爷给他一枪……

二十

宫得富喊来的那个弟兄叫曹万全，原来也是干兵贩子这行的。他俩在韩在友的率领下，来到轮渡码头。

韩在友则不但是负责将宫得富和曹万全送上轮渡，还负有另一个任务。他身上除了驳壳枪外，还背了一支日制三八式步枪。

葛先才交代他，当掩护一九〇师西撤的最后百名士兵如果还有生还希望，在最后一艘轮渡离开东岸时，日军必然会以火力追击，要韩在友发挥他的神枪手威力，担当狙击手，以射程远的日式步枪，将日军的机枪手干掉。"出现一个火力点你就给我干掉一个！"葛先才对他说，"但你必须得活着给我回来。"

在西岸渡口负责控制秩序的一九〇师参谋长一见韩在友，不由地说道：

"韩卫士长，葛师长亲自来了？！"

韩在友笑嘻嘻地说：

"我们师长没来，他怎么能亲自到这儿来呢？但给你参谋长送来两个重要人物。"

"报告参谋长，宫得富、曹万全奉葛师长命令，前来协助轮渡过江。"

"这是两个船码子。"韩在友说，"暂时就交归参谋长安排。"

韩在友本来想说他们两个是兵贩子，但一说是兵贩子，岂不丢了预十师的丑？尽管他知道其他师的兵贩子也不少。他韩在友是个为师长争面子，也为自己争面子的人。他知道有些话在什么时候不能说。

韩在友又低声对参谋长说了葛先才的意思，万一船老大因炮火而惊慌失措，轮渡失控，这两个人就能顶上。

"多亏葛师长想得如此周到、如此周到。"参谋长连声赞叹后，对宫得富和曹万全说，"你二人各上一艘轮渡，但先不可说出自己曾开过船，以免引起船老大误会。因为这船，这江，还是他们最熟悉。只有到万不得已时，方可……"

参谋长还未说完，韩在友和宫得富、曹万全都笑了起来。

"你们笑什么？"参谋长问。

"报告参谋长，这话，我们师长已交代过，和你说的分毫不差。"

参谋长也不禁笑了起来：

"是我多虑、多虑。"

"宫得富、曹万全，你们两个听清楚了，在兄弟师，可得好好表现。"韩在友打起官腔。

"韩卫士长，你就回吧，这两个弟兄，我安排上船。请你替我格外谢谢葛师长。"

韩在友却说：

"我现在懒得走，我还要在这里看看热闹。"

在枪声、炮声的交织中，宫得富、曹万全先后各上了一艘轮渡。他们所看到的船员和船老大，不但完全出乎他们的想象，而且要让他们自叹不如。

宫得富这艘轮渡的舵手姓古，虽然是轮船，但船员们依旧按照以往船帮的规矩，称他古老大。

古老大嘴里叼着一支手卷的喇叭筒烟，那烟早已熄灭，他一见宫得富进来，便呵斥道：

"去去去，你个兵爷进来干什么？还担心老子怕小日本的枪炮啊？老子是水里生，船上长，到过汉口、长沙码头，早就见识过小日本开枪开炮，还不知道什么叫害怕！"

宫得富赶紧灵泛地说：

"老大，我是来替你点烟的哪！老大你为抗战效力，我这个小兵就来为你效力哪。"

一句话，说得古老大笑哈哈的：

"还烦劳你老总来为我点烟啊？我今天碰上的你们这些国军，硬是和气得好，长官和气，老总也和气。"

宫得富将古老大嘴上的喇叭筒取下扔掉，掏出一根纸烟，塞进他嘴里，摸出洋火，点燃。

"嗬哟哟，老总，还抽你的纸烟哪！还烦劳你点烟哪！客气，客气，太客气了。"

"老大，我们那长官对你是怎么个和气法啊？"宫得富问道。他记住了师长葛先才的话，越是紧张危险的时候，越要让气氛显得轻松。

"你们那长官啊，是个大官呢！我琢磨啊，至少是个带'将'字的，对，是喊他容师长。容师长对我们说，只要我们把东岸的国军全渡过来，每人有一大笔奖金哪！我这个老大，更多呢。我说你们敢跟鬼子硬干，我们不在乎钱不钱的。可容师长说，应该给的，应该给的，战火一起，你们就连谋生的行当都没有了，还能不给奖金？！我回答说，长官，这一开打，你们连命都不顾，我们还能谈钱吗？我们若谈钱，那就不是些人了……"

"老大说得好，说得好！老大你就是衡阳人吧？"

"当然是衡阳人哪，你听我的话还听不出啊？"

"听得出，听得出。"

宫得富故意找些话说，他还是为了让气氛显得轻松。可古老大根本就用不着什么气氛轻松不轻松的，他抽完了烟，便懒得搭理。

宫得富忙又敬上一支。古老大就说他妈的这纸烟到底还是不同，省了好多事。宫得富就问这船来回一趟要多长时间，古老大就说最多也就是几支烟的工夫。宫得富知道几支烟的工夫不可能，但故作惊讶状，说，哎呀呀，老大开船，那硬是快得如飞哪……

古老大的船虽然不是快得如飞，但他的确是开足马力。船儿在靠岸时，那既迅速又准确稳当的技术，令宫得富赞叹不已。宫得富知道这轮渡往往就是在靠岸时耽误时间。如若停靠不当，上船的就得下水往船上爬，秩序则易混乱，往回开时得拨正航线，又延误时间。而西撤能否顺利，抢的就是时间！

官兵们上船时，古老大对着还等候在岸边的人喊，我是这艘船的老大，我保证把你们全部渡过河去，只要还留下一个人，我古老大专程都要接一趟。

装满了人的船迅速往西岸开去。船行得又快又稳。到达西岸，士兵一下船，第三师周庆祥师长派在渡口等候的参谋人员，立即领着他们开赴预定地区，接替第三师划出来的阵地。

一切都有条不紊。

当古老大的船又往东岸接人时，古老大对仍然呆在他身边的宫得富产生了怀疑。

"喂，你这位老总怎么不上岸啊？你老是呆在船上干什么？你呆在船上，我这船就要少装一个人，你知道不？"

宫得富赶紧又递上一根纸烟。

"贵军长官难道是专门派你这位老总来给我敬烟？"古老大的怀疑并没有因为宫得富的纸烟而减少。

"嘿嘿，嘿嘿，"宫得富笑着说，"看着你老大如此辛苦，这又是深更半夜的，多抽支烟提神。"

"枪炮声震天响，你以为我还要提神？少跟我来这一套！"古老大突然变了脸色，"你是不是想当逃兵，啊？想躲在我这船上，等我把运兵任务完成后，跟着我一起走？说！"

宫得富这下被噎住了。他做不得声。倘若是在以前，倘若是在他还当兵贩子时，古老大说的，倒的确是个逃跑的好主意，混进这船上，换一身船员的衣服……可现在是师长亲自去请的他，师长亲手交给他的任务，他连以死报效都来不及，还能有逃跑的想法吗？只是，该怎么回答这个古老大呢？

见他没吭声，古老大已吼了起来：

"你他妈的如果想当逃兵，自己趁早跳下河去，省得老子动手！"

古老大已随手抓起了一柄榔头。

"别动手，千万别动手，"宫得富忙说，"你听我解释、解释。"

"快对老子如实说！"

"我是奉长官的命令前来保护你的。"宫得富只得赶紧想了这么句话搪塞。

"你来保护我？你拿什么保护我？你他妈的连杆枪都没有，你不是想当逃兵还是干什么？"

宫得富确实没带枪上船，因为带枪上船怕造成误会，使得船老大和船员们以为是持枪押运。他的枪，交给了韩在友。

这一下，可是真的造成了误会。

宫得富只得在心里佩服古老大的精明。他没有办法，只能明说了。他也知道，现在根本用不着说，也不能说怕他们惊慌失措，这船老大，胆量比他还要大。

宫得富说：

"古老大，实话告诉你，我也是干过你这行的，我们师长是怕万一你遭遇不测，我好来顶替。这船，终归是不能停的。"

古老大哈哈大笑起来。

"好笑，好笑，我古老大还用得着有人来顶替。告诉你，鬼子的枪炮，见了我就躲。他不敢来碰老子。"

宫得富说：

"老大，话虽然是这么讲，可枪炮子不认人哪。"

古老大说：

"那我就等着鬼子的枪炮来试试，看打得我古老大死不？"

这话，不幸而真被他言中。

枪声，越来越激烈了。

朝着轮渡打来的枪，子弹贴着水面发出"啾啾"的怪响。

"轰、轰"日军的炮弹朝江中直落而来。第十军炮兵营立即开炮还击，炮弹呼啸而过似卷起一阵阵飓风。

古老大驾驶着船，嘴里只是骂骂咧咧：

"小鬼子你妈妈的屄！"

"砰"的一声巨响，一颗炮弹落在船的右侧，船被震荡得颠上簸下，水浪冲打着驾驶窗玻璃，啪啪的直响。

古老大双手紧握舵轮，一边骂着小鬼子，一边朝宫得富示意：

"点烟，点烟。"

古老大刚叼上一支新纸烟，一颗子弹飞来，从宫得富和他中间穿过。

宫得富不由自主地往后面一侧，喊一声"危险"，又一颗子弹飞来，将古老大的左耳击穿。血，顿时模糊了他的脸。

"古老大！"宫得富扑过去，要替古老大掌舵，却被古老大一把推开。

"滚开，老子今天就不信这个邪。"古老大抹一把脸上的血，圆睁着双眼，大叫起来，"小鬼子，你他妈的再打正一点啊，打老子的脑袋啊！你他妈的打不中，打不中！"

宫得富拉他不开，便掏出急救包，要替他包扎，却又被古老大伸手打掉。

"老子不要那玩意，老子不要包，老子没卵事哩！"

古老大硬是不肯包扎，任凭鲜血流到他的脖子上，流到他的左肩……直到船儿到达西岸。

宫得富简直呆了。他还从来没有见过这么不要命的船老大。这个倔犟起来比他还要厉害的湖南老乡，连哼都不哼一声。

趁着官兵上岸、轮船停泊的当儿，宫得富才得以替他包扎。他包扎时，古老大仍在骂骂咧咧，不过这回骂的是宫得富。

"你他妈的快点哪，船儿就要开了哪！你想耽误老子的时间啊？老子知道，一只耳朵要不了我的命。"

头上缠满了纱布的古老大，又驾驶着船儿朝东岸开去……

韩在友背着宫得富和曹万全的枪，提着三八大盖，选了个视野开阔、隐蔽、而又距东岸较近的地方。

他将三八大盖放下，取下背上的两支步枪，仔细检查一番，然后分别放到不远处。

"一、二、三，"他像在家里卖豆腐点豆腐块数那样，朝着三支枪的位置数了数，自言自语念道，"三个点。老子打两枪换个地方。"

他伏到地上，端起三八大盖，朝着对岸瞄了瞄，满意地放下。

"得等到鬼子在河那边出现时，老子才有用武之地，这要等到什么时候呢？"他心里想着。突然，他又想到了一件要紧的事，找个人来帮忙就好，来帮什么忙呢？来帮他作证、点数，看他到底干掉了几个鬼子的机枪手。

可是他一时找不到能帮这种忙的人。他想从上岸的一九〇师的士兵中随便拉一个来，可他毕竟还是不敢，人家都是有组织、成建制地往预留阵地赶，你把人家硬拽出来，那领队的若认识你韩在友的还好，若是不认识的，还不把你当捣乱分子抓。他想到了一九〇师参谋长，参谋长若能来帮他作证、点数那就太好了。可参谋长是西岸的总指挥，正忙着呢，他还是不敢。

这回真没人作证了。老子说打死多少多少，人家会说我吹牛，他妈的，没办法了。韩在友愤愤地想。

东岸。一九〇师潘质副师长在对挑选出来的掩护队员说话：

"弟兄们，我们名为掩护队员，其实就是准备战死在东岸的部队，我们必须坚持到全师都顺利到达西岸才能撤离。到那时，也许我们就走不了啦，弟兄们有怕死的吗？有怕死的站出来，先过江，我潘质决不追究。"

"副师长和我们在一起，我们还怕什么？"队伍里有人喊。

"对，副师长都不怕死，难道我们还怕吗？"

"就算死了，过江的弟兄们也会为我们报仇！"

……

"好！大家既然说了这话，如果还有不敢拼命的，我潘质立即毙了他，免得给弟兄们丢脸。"

潘质将手一挥，率领掩护部队进入阻击阵地。

轮渡在古老大等二位舵手的驾驶下，渡江进展超出了潘质的预计。

当参谋跑来报告全师已安全过江，容师长要他们撤退，轮渡已经开过来时，潘质简直有点不敢相信。他心里一阵欣喜，这支掩护部队，看来也能脱险。

"炮兵营，炮兵营！"潘质亲自朝军炮兵营张作祥营长喊话，告知炮火轰击地区位置，"帮我狠狠打，狠狠打！"

"准备撤退！"他下达了命令。

在炮火的支援下，潘质指挥掩护部队一阵猛烈射击，迅速脱离敌人往江边赶。

两艘轮渡，刚好靠岸。

韩在友在自己选定的"狙击手"位置，眯上了一只眼睛。

被张作祥的炮火和掩护部队一阵猛烈射击打得晕头转向的日军清醒过来，往江边追来。

追赶的日军还来不及架机枪扫射，这让韩在友有点按捺不住。"管他的，先干掉跑在前面的再说。"

借着炮火光闪烁空间，他发现了对岸有个闪光的东西。——挂在脖子上的望远镜。韩在友兴奋起来，他旋即屏住呼吸，扣动了扳机。

目标应声而倒。韩在友心里默记，第一枪撂倒一个鬼子官，到底是多大的官，那就搞不清，反正有望远镜为证。

日军的机枪开火了。

韩在友对准那喷火口，"嘎——崩"，射出了第二枪。

第二枪打没打死机枪手，他不知道，只是机枪哑了火。

打完这一枪，韩在友提着枪，钻到事先选好的第二个"狙击手"位置。他怕对方也有狙击手，老在一个地方呆着，自己会成对方的靶子。

又一个机枪火力点出现了。

韩在友稳稳地射出第三枪。

……

担任掩护的部队登上了西岸。

"葛师长，葛师长，我是潘质啊！"

潘质上岸后的第一件事，就是打电话给葛先才。

"潘副师长，你在哪里？"葛先才急切地问。

"我在西岸，我在湘江西岸给你打电话啊！"潘质抑制不住那种兴奋，"成功，大获成功。全师安全撤至西岸，连伤员都没丢下一个。"

"这么顺利？！"

"我是和最后掩护部队撤离的啊，我师已全部进入第三师预留阵地。葛师长，你不是希望我们在拂晓前渡江完毕吗，现在天还没亮呢！"

潘质高兴地对着电话大笑。

"葛师长，此次渡江，多亏了你嘱咐的那几个要点啊。首功当属两位船老大舵手和船员啊！那位古老大，被敌弹打穿左耳，没有离开舵轮一步。我就是坐他的船过来的。湖南老乡了不得啊！我问他流血过多头晕吗？他喊道：'我流这点血算什么，流血是我的荣耀，拼着这条命，也要把东岸的国军，全部送到西岸！'此言何其壮哉！船上官兵更为他所激励。了不起，了不起！"

"给船老大和船员的奖金一事……"

"当然兑现。容师长正在亲自办理。"

"好，你潘副师长亲自断后，容师长又亲自为船员颁发奖金，好！"

葛先才正要放电话，潘质又说：

"还有一人，尚不知道是谁，也当记大功。我和掩护部队登上船后，敌人追至江边，以火力扫射，我西岸有人以鬼子三八式步枪发射，弹无虚发，毙敌多名，敌人胆寒，皆伏于地上……"

这回，是葛先才哈哈大笑起来。

"我知道这人是谁，他的功，我替你帮他记上。"

"老乡，辛苦辛苦。"

一九〇师师长容有略是先行渡江的，他赶到第三师预留阵地，将所属各部的阵地分配好，待全师官兵进入阵地后，特地赶到西岸渡口，感谢船老大和船员。

"这是我们容师长。"参谋长向古老大等船员介绍。

"长官大声点说，我听不清楚。"古老大侧着被纱布包着的头，喊。古老大其实早就认出了容有略，但他没听清参谋长的话，他得要参谋长再说一遍，方显出他和这些高级长官的关系，已经非同一般。

"我们容师长来了！"参谋长加大声音。

"容师长呵，认识，认识，容师长早就和我谈过话，容师长是最和气的一位长官。"

"容师长若不是打仗，若不是穿了这身将军服，咱还会以为他是个教书先生呢！"

"你是古老大。"容有略笑着说，"古老大，你是英雄啊！"

"嘿嘿，我称得上个什么英雄？我只是有那么股倔劲。我还信命，我命里还不该死，你看这子弹，只要偏一点点，可它就是不偏哪！"

众人大笑。

"发奖金！"容有略喊道。

一捧捧光洋发到古老大和船员们手上。

"送古老大医药费。"

又一捧光洋送到古老大手里。

古老大捧着光洋，兴奋地说：

"容师长，按理我们不应该要这钱，可师长说是奖金，奖金光荣啊，这奖金我们就收下啦。"

容有略说：

"趁着天还没亮，你们快走吧。"

古老大和船员们拱手告别，各自上船。

两艘船迅疾向湘江下游驶去，很快就湮没在黎明前的黑暗里。

"宫得富，接枪。"韩在友将宫得富的步枪朝他扔去。

"这支三八，宫得富你也得给我背上。"韩在友又将自己带来的那支三八大盖递给他。

"你的枪凭什么要我扛？"宫得富正为自己没立下什么功，窝了一肚子火。

"嘿、嘿，刚出来几个小时，就连卫士长都不喊啦？你小子目无长官啊！？"

韩在友双手叉腰，弯着长长的脖子，以居高临下的神态斜睨着宫得富。

曹万全忙说：

"卫士长，卫士长，我来替你扛。"

韩在友不睬他，仍对着宫得富说：

"我韩在友今天高兴，你宫得富今天晦气，所以我不计较你喊什么，但你知道我为什么高兴吗？"

不等宫得富开口，他又说：

"我韩在友的高兴事你不知道，你宫得富的晦气事我知道。在师长面前你夸下海口，保证如何如何，结果呢？人家根本就用不着你，人家船老大把你当个累赘。唉！"

韩在友故意叹口气。

"韩爷，我喊你韩爷好不好？求你别提这事了。"宫得富跟船几个小时，只是把身上的纸烟发完、什么功绩也谈不上的窝囊气，被韩在友捅破放出来了。

"喊韩爷好，喊韩爷我爱听。"韩在友歪着脑袋，"我这杆枪，可是毙了他妈的至少六个小鬼子，外加一个当官的。所以我不但要你替我背枪，还要你替我数一数子弹，看我打掉了几发？我韩爷是一枪一个，嘿，你数啰，数啰，看是不是只打了七发子弹。"

"要是师长命我打鬼子的冷枪，我也不会比你多用一发子弹！"宫得富来了倔劲。

"这叫打冷枪吗？啊，这叫狙击神枪手，一个部队里有几个神枪手，不多哎，老弟。你宫得富的枪法，能跟我比？还学几年吧，老弟。"

"韩爷，你说你七枪打死七个鬼子？"曹万全说话了。他有意帮宫得富。

"对啊！"

"其中还有一个鬼子军官？"

"没错。"

"你就在这西岸打的？"

"当然。"

"可韩爷，你打死的鬼子在哪里啊？我怎么就没见着？"

"你，你曹万全，敢不相信，敢说我是虚报？"

"韩爷，空口无凭，得有人证啊！"

宫得富哈哈大笑起来。

"对，得有人证明！否则你就是吹牛、虚报。师长早就知道你爱吹牛。这回你就是吹破天他也不会相信。我俩作证，说你在河边打瞌睡。"

韩在友最担心的事出现了。他早就想到过得有人替他作证、点数，可找不到啊！

韩在友急了。

"哎，宫得富，我也不要你喊韩爷，也不要你背枪了，你就帮我作证，行么？"

"我怎么帮你作证？"

"你和曹万全都在最后过江的轮渡上，你俩应该知道啊！那轮渡上一九〇师的弟兄们，都在为我的枪法喝彩哩。你以为我没听到啊？"

"知道又怎么样？我俩是徐庶进曹营，不得吭一声。你去找那喝彩的为你作证哪。"

"好啦好啦，宫得富，曹老弟，我知道你们是没捞到功绩，心里不舒服。师长是如此的器重你们，你们却什么事也没干，只是坐着轮船一会儿到东岸，一会儿到西岸，可这能怪你们吗？只能怪那船老大不肯把舵把子让出来哪！你们的任务还是完成了哪！"

韩在友嘻嘻哈哈地宽慰起他俩来，好让他俩为自己作证。他说仗有的是给他们打的，立功、报效师长的机会有的是。他说你们就等着吧，鬼子猛攻我预十师阵地的时间，不会超过两天。他说只要师长派他来阵地上检查，他就抽个空子，又摆弄一回神枪，那被打死的鬼子，就算到你宫得富和曹万全的名下。他说你们俩总能打死他几个小鬼子吧，总不至于全放空枪吧，这不就行啦，加上我帮你们打死的，还能不得嘉奖？那一嘉奖，可就有现大洋到手喔，你们没见那两个轮渡老大，到手的光洋得用衣襟兜。你们得了光洋，可别忘了请我韩兄喝酒哪！……

神枪手韩在友，这个跟随葛先才多年，年仅二十多岁的真正的老兵，仿佛天生的就是一块打仗的料，无论多么险恶的战斗，对于他来说，跟摆"灰灰饭"差不多。他天生的胆大，且没有忧愁，没有私敌，和谁都谈得来，和谁都是嘻嘻哈哈有的是话说。在战场上，只有他的子弹射中敌人，敌人的子弹从来没有打中过他。衡阳血战对他亦如是。他最后是死于自己的子弹。他将最后一颗子弹射向了自己的脑门。他死前由中士卫士升了个准尉排长。死后，他的遗骸没有找到、没能进入忠烈祠，因为他死守的那个山包，被日军炮火全部覆盖……

二十一

韩在友越是嘻嘻哈哈说着让宫得富立功的事，宫得富心里就越窝火。他窝着火回到排里，偏偏第一个迎上来的是老涂。

老涂本是跟着全排的弟兄们来迎接宫得富和曹万全的。全排的弟兄们又是在排长的带领下迎出来的。老涂和宫得富、曹万全他们都不知道，这位排长早先也是个兵贩子，他在葛先才当团长时，被抓获送到葛先才那里报请枪毙。和我叔爷、宫得富不同的是，他不是因人告密，而是自己喝酒喝多了、吹牛吹出来的。吹牛吹出自己是兵贩子的他被押送到葛先才那里时，原也以为必死无疑，没想到葛先才晓以大义，恳切勉励一番，当即松绑，并特别嘱咐手下不要歧视他。从此后他不但再未生逃跑之心，而且作战勇猛，被升为中士班长，后又跟着葛先才战长沙、援常德，屡立战功，升为排长。

这位兵贩子出身的排长自从"浪子回头金不换"后，对他曾从事过那个行当的弟兄深恶痛绝。因为他自己在干兵贩子这个行当时，不但自己逃跑，还煽动身边的弟兄们跟他一起逃跑。他和我叔爷逃跑的理念不同，我叔爷认为一个人逃稳当些，如若煽动身边的人一起逃，则一是怕泄密，二是目标大，三是连累别人，因而不让身边的人知道，可谓是"利己又利人"。这位排长当年则认为一同逃跑的人多，则更有利于自己逃脱，因为万一被发现追上来时，那些一起跟他跑的人可成为替代品——他有经验呀！跑得快也躲得巧妙呀！追的人只要抓了几个逃兵，能回营交差，也就懒得再追了。由此可见，这位兵贩子非我叔爷可比，他天生的具有组织、领导、指挥才干，就算是命背当叫花，也是个叫花头。而我叔爷，当兵就只能是个兵，当叫花就只能是个叫花。

我叔爷说的这位当年的兵贩子，自从当了班长，特别是当了排长后，才切实感受到兵贩子的祸害。譬如说他带领全排的弟兄们守着一块阵地，他这块阵地的地形很好，敌人屡次进攻都未能得逞，突然，敌人的枪声停了，双方处于寂静的对峙，这个时候，有经验的老兵都知道，敌人是要发动最后猛攻了，在猛攻前必然还有一次炮击。己方只要再坚持住最后五分钟，顶住敌人的最后一次猛攻，形势就会改观，可就在这个时候，当敌人的炮声一响，有人跑了，那跑的如果是真正害怕的兵，一眼就能看出，他的确是惊惶失措；如果是新兵，在这个时候更不会跑，因为新兵怕炮。在这个时候跑的，往往就是些兵贩子。他这个排长即使立即对逃跑的开枪，打死的也只能是几个跟着跑的，那带头跑的兵贩子，你很难打中他。因为他早就做好准备，看好了地形……兵贩子趁着炮火炸起的浓烟，带头一跑，全排立即大乱，全排一乱，便溃。他这个排一溃，很可能就影响到全连，全连一溃，很可能影响到全营，乃至全团、整个战局……一追查下来，他这个排长，面临的就只能是等着被枪毙。因为有国军的"连坐法"在那里。

这位排长所庆幸的是，他是葛先才的部下。葛先才无论是当团长还是当师长，对于国军的不少"金科玉律"，都很不以为然。他说敌人是前方的狼，这个"连坐法"是后方的虎。在前有狼后有虎的压力下，指战员是不能发挥智慧，也难以尽职尽责的。"连坐法"往往导致避战自保，若一个士兵逃亡，可能导致班长畏罪逃跑，班长一逃跑，又连及排长，如骨牌效应，以致全军溃败。

葛先才对"连坐法"嗤之以鼻，也从不实施，使得这位排长不但曾经躲过了因兵贩子逃跑的"连坐"，而且更加愿意为葛先才效力。然正因为兵贩子曾给他带来莫大的祸害，故而他对严查严惩兵贩子是毫不手软的。这就好比当过贼盗的人干上了警察，他抓起贼盗来比别的警察要厉害得多。故而当老涂密告我叔爷和宫得富时，他立即上报连长，将我叔爷和宫得富抓了。

我叔爷和宫得富被送往团部时，排长得知是师长葛先才要连长押送而去，便猜测师长可能会像当年放他一样，放了我叔爷和宫得富的。可是他又觉得很悬，这和他当年的情景不同，当年他被抓获时未打大仗，这次可是大战在即，师长说不定要杀鸡给猴看呢。他没想到的是，葛先才不但赦免了这两个兵贩子，还使得我叔爷去了炮兵营。我叔爷去了炮兵营不说，宫得富那小子，竟然还能劳驾师长半夜亲自来"请"，排长可就不能不对这两个兵贩子格外另眼相看了。所以宫得富一回来，他就带领全排的弟兄们迎接，捎带着让曹万全也跟着"沾光"。

当排长说要去迎接宫得富时，老涂在心里思索开了。

老涂原本就为自己不该害得我叔爷和宫得富要挨枪子儿懊丧。他得知我叔爷和宫得富被师长放了后，心里总算长长地松了一口气。他想着只要我叔爷一回来，他就去谢罪，求我叔爷宽恕。他觉得我叔爷会宽恕他的，他愿意真正做我叔爷的徒弟，愿意像个真正的徒弟那样好生服侍服侍我叔爷。可我叔爷去了炮兵营，他想服侍也服不成了。他知道当炮兵比当步兵好，他请教过老瘪，老瘪说干炮兵当然好哪，开拔起来时还有卡车坐，不像我们步兵全靠两条腿走。老瘪又说，干炮兵虽然好，但打起仗来，没有我们步兵过瘾。老瘪说他就愿意干步兵，不愿去干那个炮兵，炮兵只能远远地靠炮轰，不能亲手和鬼子厮杀，没劲！老瘪说攻城夺隘、守土卫阵，最后还得靠他们步兵。"特别是和鬼子拼刺刀，"老瘪说，"那才能显出我老瘪的威风来！"老瘪说着就双手做执枪拼刺状，对老涂的心口来了个"直刺"，惊得老涂往旁边一跳，老瘪就笑哈哈地走了。

老瘪虽然吓了老涂一大跳，但老涂为我叔爷庆幸。他甚至觉得如果没有他的告密，我叔爷还去不了炮兵营。

老涂不再因我叔爷而懊丧，但对宫得富，仍然感到歉疚。尽管他对宫得富没有好感，心里还总是解除不了那个"恨"字。可再恨他，也不能害得他差点挨枪子儿呀！

这个"害"字一蹦上心头，老涂又觉得不妥，自己不是故意要害他挨枪子儿的，自己只是想让他的屁股挨板子……

老涂这么的想着想着，突然想到宫得富仍然回到排里，只怕会要找他报仇。若是宫得富真的被毙了，他自己再被人打死，那一命抵一命，他老涂倒觉得应该。可他宫得富没有被毙掉，如果还要他老涂抵命，老涂就觉得不公了。老涂现在根本就不想死，他家里还有水姐，那个疯病刚刚好转的水姐，还等着他回去！如果他不能活着回去，水姐又会疯了的，又疯了的水姐也会死的！

他必须活着，他要在这真的和日本人大干的战斗中，多打死几个鬼子，为被凌辱致疯的水姐报仇。

他思谋着如何去和宫得富和解，还是"和为贵、和为贵"嘛。这不，机会来了，宫得富被师长亲自请去办大事，他办完大事回来了，排长都率队迎接，他不是正好借着宫得富风光时，去说几句好听的么？

人在风光时，再听些好听的话，那怨气，自然就会没了。

带着这种想法，老涂第一个走到宫得富面前。然而，宫得富那脸色，却铁青。

老涂看着宫得富那铁青的脸，不知他为什么办成了大事还是这副样子。老涂只以为是宫得富记仇，见了自己便把张脸板起。宫得富那脸铁青得很有几分阴沉，在老涂看来，那阴沉里似乎还透露着杀气。老涂一时怔了，原本想好的好话全溜得不见了。可自己已经到了他面前，不说好话也不行了。

"你、你，你立了大功啦！"老涂结结巴巴地说出这么一句。

老涂如果有韩在友或者老瘪那样的口才，一见面，嘻嘻哈哈地胡乱恭维一气，宫得富听着，心里也许会舒坦些。可老涂这个山里汉子，偏就说出了宫得富此时最忌讳的。

老涂开口说的这句话，在宫得富听来，是明显地对他的嘲讽。

若按照宫得富这老兵贩子的脾气，他当即就会照准老涂当面一拳，将老涂打个血流满面。但他宫得富现在不是那个老兵贩子了，他宫得富现在是师长器重的人了，他得有点儿大将风度。更主要的是，宫得富早就想好了要在战场上让老涂吃"冷枪"，犯不着提前给他个铁拳警示。于是宫得富只是铁青着脸哼了一声，大步朝排长和老瘪他们走去。

如果此时宫得富真的给老涂一拳，他那对老涂的怨恨就释放出来了，老涂就不会在日后遭他的暗算了。而只要他那一拳打出去，排长和老瘪他们也都会同情被打得满脸是血的老涂。人家是来迎接你呢，人家是和我们大家一样来恭贺你呢，你宫得富他妈的连迎接你的老涂都打，不就等于是打我们大家？

可是宫得富没有打老涂，宫得富只是对着老涂哼了一声，就双手抱拳，打着致谢的拱手，大步朝排长和老瘪他们走来了，排长和老瘪他们就都认为宫得富够意思，居功不傲，尽管师长那么器重他，亲自请了他去，可他回来时，仍然晓得将长官和老兵放在首位。而那老涂就是太不知趣，有排长在，有老瘪他们这些老兵在，轮得到你老涂第一个迎上去吗？

于是，被说成是哑巴、被当作傻瓜、被认为爱耍阴谋告密的老涂，在这个排，算是完全的孤立了。

一个被孤立的新兵，等待他的会是什么呢？

二十二

"宫得富，好家伙，你小子不简单啊！你和曹万全完成了师长交代的任务，上峰要我表扬你个狗日的。"排长一见宫得富走拢来，便开口夸奖。

"报告排长，我宫得富并没有干出什么，全靠排长教导有方。"宫得富"啪"地立正，向排长敬了个标准的军礼。

"宫得富，你就这么会溜须拍马啊，说我教导有方，我他妈的教导你什么了？我就是报告连长，将你和林满群送到了师长那里。"

排长这话，说得弟兄们都笑起来。

"报告排长，如果不是你报告连长，如果不是连长将我和林满群抓起，我和林满群就见不了师长；见不了师长，林满群就去不了炮兵营，我宫得富也不会在这里受到排长和弟兄们的欢迎。"

"照宫老弟这么说，你最应该感谢的还是老涂。若不是老涂告发你和林满群，你怎么也见不到师长。"老瘪乐呵呵地插一句。

老瘪乐呵呵插的这一句，让独自呆在边上的老涂竟不由地有些感动。总算有人为自己说了句公道话。他想。

老涂没想到为他说"公道话"的会是老瘪。他又对老瘪生出几分感谢。

老涂其实没听出老瘪那"公道话"是调侃。只是，老瘪这个老兵的确是个真正的直心肠人，他除了爱摆摆老兵的资格，爱吹吹自己的战绩，爱胡侃乱调些逗大伙开心的事外，就只爱了一件事：喝酒。

老瘪最爱喝的酒，是湖南人用糯米酿制的壶子酒。这壶子酒，其实就是甜酒，或者叫甜酒酿。那甜酒制作出来后，将那甜酒酿子（甜酒汁）保存起来，便成壶子酒。这壶子酒甜而爽，饮时似无酒劲，其实后劲特足。诸多喝白酒从未醉过的好汉，便醉倒在这壶子酒里。它往往是于你不知不觉豪饮之中，将你放倒。老瘪说他之所以愿意呆在湖南，就是因为湖南人会制壶子酒。他说只要每天有壶子酒喝，给他个将军他也不换。后来在阵地上焦渴难当时，抱着枪的老瘪伏在焦土上，就不停地念叨着，有一杯壶子酒就好了，有一杯壶子酒就好了。

当老瘪为老涂说出那句"公道话"后，宫得富喊道：

"报告排长，我是应该感谢老涂。"

宫得富这话，其实是反话。他的意思是他不会忘记老涂给他和我叔爷来的那么一手，他会有好看的招数给老涂的。可实心眼的老涂听了，竟以为宫得富真的是感谢他。因为宫得富在排长面前都这么说了呢。这句话使得老涂又宽了心，觉得宫得富这人还是好，不记他的仇了。老涂无论如何不可能想到的是，宫得富不但是死记着他的仇，而且暗地里给他下的招数，竟是在日本人施放毒气的时候。

"宫得富，你别老是报告报告的，老是报告我干嘛？你为咱们排争了光，弟兄们都为你高兴，你他妈的就用不着再报告啦，你就给弟兄们说说你是怎么完成师长亲自交给你那任务的。"排长对宫得富说。

"报告排长，请允许我再报告一次。"宫得富又来了个敬礼，"师

167

长交给我的任务虽然完成了，但那全是轮渡老大完成的，我宫得富没帮上什么忙。我宫得富只是亲眼看着船老大根本就不怕死，根本就没把鬼子的炮火放在眼里。要说功劳，只有韩在友韩卫士长立了功，他一杆枪干掉了七个鬼子，其中还有一个鬼子军官。我宫得富这次虽然没有什么功劳，但就是因为师长太看得起我宫得富，所以我再向排长和弟兄们发誓，此次衡阳之战，我宫得富若不舍命杀鬼子，天地不容！"

宫得富这话一出，弟兄们不但连连赞叹，而且为他的誓言感染得豪情横溢。弟兄们一是赞叹宫得富谦虚，完成了师长亲自交代的那么重要的任务，还说自己没有什么；二是赞叹韩在友的神奇，一出马就打死了七个鬼子。宫得富的誓言则使得他们也忍不住要喊出舍命杀鬼子的话来。顿时，他们都巴不得自己守卫阵地上的战斗快点打响，好让鬼子也尝尝自己的厉害。

有人问宫得富，那船老大一个普通老百姓是怎么个不怕死，难道比咱们这些专门扛枪打仗的还胆大？又有人问宫得富，韩在友打死的那个鬼子军官到底是个多大的官？……

只有老瘪一个人自言自语，韩在友那家伙运气好、运气好，鬼子怎么就撞到他的枪口下了？！

全排人迎接宫得富，客观上起到了另一个作用，凝聚军心。你想，一个兵贩子，被抓获了，本是难逃死罪的，碰上个好师长，不但不杀，还委以重任，委以重任倒也罢，师长还亲自来请。在这样的部队里当兵，能不奋勇杀敌吗？这是排长自己根本就没想到的。更何况，这个排里到底有多少像宫得富这样的兵贩子，排长心里并没有数。

后来，这个排的人全部战死，无一生还。这个排长叫什么名字，我叔爷硬是记不得了。当我叔爷从无炮弹可打的炮兵又变成步兵，来到前沿参战时，这个排所据守的阵地上，已经只有排长、老瘪、老涂和宫得富、曹万全等几个人了。这个阵地我叔爷倒是记得，他说叫什么张家山。他来到张家山参战仅两天，老涂便死了。本来我叔爷在这个阵地上也是必死无疑的，因为在那个时刻，任何一个人都已经杀红了眼，任何一个人都只有复仇的概念，任何一个人都没有后撤或曰逃跑的念头（也不可能逃跑，你往哪里跑呢）。生命，他们自己的生命，尽管在转瞬之间便会消失、不复存在，但就连去涉及这个念头的空隙都没有。没死的人看着死在身边的弟兄，唯一的念头就是开火、开火，对准打死自己弟兄的人！当这个人在瞬间便又被敌人打死，依然活着的人继续开火、开火，继续对准打死自己弟兄的人……如此循环，直至全部死掉，再也不能开火。而我叔爷之所以没有死在这个张家山，是因为他还没死时，师长葛先才下令放弃这个尸首将山的高度都增加了的阵地，后撤另守。

二十三

在一九〇师安全撤回西岸后不久，六月二十七日拂晓，日军第六十八、一一六两个师团、附属野战炮兵第一二二联队，共计山野炮六十余门，同时猛攻衡阳守军阵地。

从这天开始的全面猛攻，后来被称为日军的第一次总攻。

之所以说是"后来被称为日军的第一次总攻"，是因为他们绝没有事先安排或准备什么第一次总攻、第二次总攻……他们预计的是一天之内便能拿下衡阳。只是在遭到重大打击损兵折将，而衡阳依然在第十军手里的情况下，才重新整补、调集、增援兵力，发动又一次全面攻击的。因此，第一次总攻、第二次总攻……都是事后的说法。

在一天之内要拿下衡阳的日军，步炮协同、空军配合，其攻势之猛，兵力之密集，竟如打人海战术，前赴后继。

我叔爷说，从来没见过日本人这么不要命地发动进攻，那简直就全是些疯子，他们嗷嗷叫着往前冲，前面的一片一片倒下，后面的踏着前面的尸体，依然嗷嗷叫着往前冲，连片刻的停顿都没有……相互交织在一起的枪声，究竟是鬼子的枪声还是自己弟兄们的枪声，分不清；隆隆的炮声中，山炮、小钢炮也是混杂在一起；密集的手榴弹的爆炸声、喊声、杀声、受伤的痛苦哀鸣声，混成一片……

"惨烈啊惨烈！"我叔爷一说起那种场景，便不停地搓着双手。

我叔爷说他们第十军和鬼子开战的头一个回合（他不会说是在抗击日军的第一次总攻），全是近战、白刃战。他说你懂近战白刃战这军事术语么？就是短兵相接、刺刀见红、双方纠缠在一起，鬼子他妈的冲过来，老子不但打退你，还要来个短暂的反冲锋；鬼子他妈的夺了老子一个阵地，老子他妈的立即就要将那个阵地夺过来……我叔爷说那近战白刃战死人死得多啊，惨啊！但鬼子死得更多！因为鬼子是攻势，老子这边是守势，老子这边有工事，有掩体。我叔爷又说，亏得是近战白刃战，鬼子的飞机不敢直接炸老子这边的阵地。鬼子的飞机以十来架为一组，每天来轰炸，但他妈的飞机怕炸了他们自己的人，于是天天轰炸老子这边的后方，还猛投燃烧弹，衡阳城内外房屋全部被轰炸燃烧，一片火海，烈焰冲天。弟兄们等于处在火海之中，既要抗拒进攻的鬼子，又要灭火，还要抢救火中的伤兵……夜间站在高处一望，全阵地如一条火龙翻腾滚转……

我叔爷跟我说的这些，我在衡阳地方史志中找到记载，是役，衡阳全城被轰炸仅剩下三栋半房子，那半栋就是被炸后还剩下一半。

我叔爷说，尽管各种枪弹的哒哒声、各种炸弹的爆炸声、各种炮弹的隆隆声、一群一群飞机的呼啸声，震得天摇地动，但他们炮兵营的山炮打出去的炮弹所发出的声音，无论在什么时候，也无论在什么情况下，他都能分辨得清清楚楚；根本不用看，他就能准确地判断出来炮弹落在哪里的位置。他说只要他们的山炮一发出怒吼，那日本鬼子可就遭殃喽。

"小鬼子，你他娘的来吧，来试试我群满爷的山炮吧！"我叔爷果然是如同他在参与接收山炮时所遐想的那样，声嘶力竭地大喊。

"你知道么？我们那山炮，是美式山炮哩！那威力，多大！轰的一炮，炸死他娘的一片；轰的又一声，又炸死他娘的一片！"我叔爷说，"就连那种炮的打法，我们都是在昆明经过训练才学会的呢。"可接着他又叹了口气，"唉，如果不是在桂林被那什么鸟旅扣留，如果那鸟旅长不截留我们六门山炮，如果那一十二门山炮，还有那所有的美式山炮弹，统统由我们带进城来，鬼子想攻克衡阳，哼！"

我叔爷认为他们只要再多一倍的美式山炮和美式山炮弹，衡阳就不会失守，显然是他并不了解衡阳必然失守的综合原因。他只是站在亲自参战的炮兵这个角度上所想。因为他们的炮弹打光了呀，没有弹药补充啊，最后炮兵都只能当步兵使用了啊，这城还能守住吗？其实衡阳失守的原因非常复杂，甚至牵涉到同盟国的太平洋战局和中国援缅战役。但如我叔爷所言，如果炮兵营没有在桂林的那一段"耽搁"，十二门美式山炮和大量的美式山炮弹进城，则战局或可改观。最起码也可以延长守期，减少第十军的伤亡，使日军付出更惨重的代价。

其时，我叔爷不知道的是，就在他们血战衡阳、拼死抵挡、尸骨成山、炮少弹缺之际，国军直辖统帅部中有数炮兵团，皆驻扎在湘桂铁路线，但这些炮兵团却根本就未予支援。他如果知道这些，定会跳起来骂那些炮兵团的娘。

二十四

当日军如疯子一般不惜一切代价向衡阳城发起猛攻，当枪声、炮声、飞机的呼啸声……顷刻间似要将衡阳城掀翻，当城内外高大建筑物一栋一栋被炸轰然倒下，当燃烧弹从天而降、霎时间烈焰熊熊、火光冲天，整个衡阳城陷入一片火海时，第十军指挥员们的心态反而镇定下来。因为日军的攻势之猛、火力之猛、步炮空的配合，一切都在预料之中。当预料之中的事终于来临时，在这之前因日夜备战、思索对策以防不测而积蓄的紧张、焦虑，反而得到一定程度的释放。

"终于开始了！对方的手段终于显现出来了！那么就来吧、来吧，把你的招数全使出来吧！"

就如同高手对决，进攻的一方虽然占据绝对优势，来势汹汹，但防守的一方早已领略过对手的招数，并有过将对手彻底击溃、取得第三次长沙会战胜利的辉煌战绩，他们不但有守城经验，有精心构筑好的坚固的防御工事，而且斗志高昂、将士用命、官兵尽职、人人以死拒敌，形成了令对手意想不到的战斗力。

第十军军部将军长方先觉的命令一道一道下达。

命令：各守备部队按原定计划固守阵地，一步也不准后退！

命令：辎重兵团团长李绶光，立即派出一营兵力，全力扑灭火势，抢救伤兵！

命令：辎重兵团再派出一营兵力，往各阵地运送弹药，务必保证供应！

命令：师预备队团，必须经过军长的许可才能使用，不得有违！

……

第三师师长周庆祥除了严令死守自己的阵地外，还命令，如若预十师葛先才师长的阵地出现险情，必须立即支援，不惜牺牲。

第一九〇师师长容有略激励自己这支无论在兵力、火力上都是最弱的部队，说若不是葛先才师长向军长建议我们主动撤回西岸，若不是军长同意我们撤回西岸，我们这一千多人就已经被日寇包饺子了。葛师长以人头担保我们一到西岸，定能奋勇杀敌！我们虽然只有一千多人，但只要以一命换取敌人二命、三命……我们就依然和第三师、预十师的弟兄们一样，是第十军的好汉！

指挥着主阵地防守的预十师师长葛先才则给各团长打电话：

"……敌寇攻得猛吧，哈哈，攻得猛好啊，没有出乎我们的预料嘛！告诉你，他们也就是这三板斧，没什么了不得。……你们当然也知道这些啦，咱们和他打交道，这又不是头一次。所以你们要不惜牺牲，坚决顶住！只要顶过这头几天，日寇的三板斧就落了空，战局就会稳定下来。我官兵认为他皇军也不过如此嘛，斗志信心则会倍增。老弟，这就是无形战力的来源啊！……"

师长的这种激励，又一级一级往下传……

于是，第十军的阵地前，尽管日本兵就像海水涨潮似的往岸上冲击，却始终未能冲垮堤岸。"哗——"地一波冲来，"哗——"地一波退去，"哗——"地又一波冲来……震天的声浪过后，留下的只是"沙滩上"遍布的尸体。

整整一天过去了，日军毫无进展；二十四小时拿下衡阳的计划，成了泡影。

又一天过去……

第三天、第四天……

五天五夜，第十军阵地岿然屹立，日军未能越过一步。

阵地前沿，日军的尸体一层叠着一层；第十军弟兄们也是伤亡累累。

白天，双方均不敢将尸体收回，去拖尸体的必死无疑。夜里，日军的进攻更加猛烈，阵地前沿增加的只是尸体。其时正是酷暑热天，尸体很快腐烂，恶臭阵阵。

    进攻屡屡受挫的报告，拼尽全力攻下一处阵地、旋又被第十军反攻夺回的报告，伤亡猛增的报告，不断地进入日军衡阳战役总指挥、第十一军团司令横山勇的耳里。就他派上的六十八师团、一一六师团而言，已经没有更好的攻城之计，该使用的，已经全使上了；该派上去的，也已经全部派上。当然，他手里还握有更多的兵力，但他早就看透了国军统帅部的战略部署及目的，他手里那更多的兵力，他得留着，用以对付外围的国军，他要将湘江东岸的国军全部压迫至衡阳以南很远的地区……他断定只要衡阳守军在无援军、无补给的情况下，到得战力耗尽时，衡阳则不攻自破。然而，破城之日延缓，他又受到大本营乃至日本国内的质疑、谴责。于是，他想到了手里的另一张王牌，那就是国际公约所禁用的毒气炮弹。

    使用毒气炮弹，他当然知道其国际影响的后果，但他现在最需要的后果，是如何仍然以六十八师团和一一六师团去突破第十军的防线。如果这两个精锐师团、数倍于敌的兵力都攻不下衡阳，他无法向日本国人交代。只要毒气弹能撕开第十军的防线，能让这两个师团攻进衡阳，那什么国际公约不公约，对他大日本皇军早已是一张废纸！

    横山勇率领的皇军于六月十八日攻陷长沙后，原以为这支得胜之师从此可以长驱直入，却无论如何也没有想到，小小的衡阳，成了横亘在他面前的一座难以逾越的山岳。而筑成这座山岳的，竟是只有区区一万多人的中国军队。

    横山勇的得胜之师不可谓不迅猛异常，六月二十三日，其前锋即抵达衡阳，二十六日，便完成对衡阳的包围。然而，他指挥的衡阳战役总攻于二十七日刚一开始，第六十八师团长佐久间中将及参谋长原田真等将校多人，就被第十军预十师迫击炮连的迫击炮弹全部报销。

佐久间中将及参谋长原田真等将校是如何被迫击炮击中的，他简直不敢去想也不愿去想。他除了不能不如实向日本中国派遣军司令——打通大陆作战（简称一号作战）的总指挥畑俊六报告外，便是严令部下不许说是被迫击炮炸死（中国军队一个小小迫击炮连的迫击炮怎么能炸死大日本皇军的中将师团长？），而只能说是为天皇尽了忠。用句中国话来说，就是只能打掉牙齿往肚里吞。

当然，他非常清楚，佐久间中将身边那些被迫击炮弹炸伤还没死的军官更清楚，那迫击炮弹，是第十军预十师师长葛先才手下的迫击炮连打的。那个迫击炮连连长，名叫白天霖。

白天霖指挥迫击炮连，一举击毙日军第六十八师团长佐久间中将及参谋长原田真等将校多人，是衡阳之战首立战功的国军军官，然而他这一战功，却是数十年后从日军战史中才得到证实。当时，白天霖发现一处疑是日军指挥官活动的目标，立即命令集中迫击炮，对准目标开炮。那炮弹打得是那么准确，轰、轰，目标被轰得没了。白天霖和炮手们断定是炸死了日军的一些指挥官，却没想到将皇军第六十八师团的师团长、参谋长等统统干掉了。以至于第十军在得知佐久间等高级将官被击毙后，也不能断定到底是怎么被他们打死的，究竟是不是被白天霖指挥迫击炮连干掉的。倒是在日军战史中，如实地记上了这一笔。

横山勇原本要在一天之内攻克衡阳，可就在这一天之内，他那所谓迅猛异常的得胜之师遭遇了前所未有的打击，就连师团长、参谋长都同时毙命。第十军等于给了他当头一棒，打得他晕头转向。接下来五天五夜的猛攻，除了伤亡惨重外，寸土未得。这一切，能不使他恼羞成怒？

恼羞成怒的横山勇下达了命令，向第十军所有阵地发射毒气弹。

这一天，是七月二日。

二十五

　　七月二日这一天，宫得富、曹万全、涂三宝老涂、别金有老瘪他们这个排据守的阵地上，刮来了一阵凉风。

　　"好风好风。"坐在战壕里的老瘪用手摸着自己敞开的胸脯，大声喝道。

　　连续五天的苦战，面对着日军疯子般的进攻，老瘪他们这个排和所有的兄弟连排一样，并不慌张。因为官兵们大都与日军打过仗，知道日军进攻的那些板路，无非就是先以远程重炮向他们的阵地及市区猛轰，接着出动飞机狂轰滥炸，然后是步兵发起冲锋。当日军的重炮开始轰击时，老瘪他们躲在坚固的工事掩体里，听着那炮弹飞来的呼啸声，判断着会落在什么地方。他们这次没有料到的是，日军的重炮轰击，每次竟有几十分钟之久，这使得老瘪他们只能恨恨地骂，他妈的小日本的炮弹怎么会有这么多，像永远也打不完一样。

　　他们听着那重炮的轰击渐渐延伸，飞机的呼啸又接踵而来时，不用长官下令，他们就做好了出去迎击的准备。经验告诉他们，日寇飞机在阵地上轰炸的时间不会太久，因为那鸟飞机飞高了扔下的炸弹炸不准，弄不好还会炸了他们自己的人；飞低了则怕挨机枪子弹。飞机的目标主要是市内建筑。

　　当日寇的飞机一往市区飞去，他们就钻出掩体，进入各自的位置。这时，日军步兵便如潮水一般涌来。那阵势，如果是第一次和日军作战的人，的确会被吓得心惊胆颤、不知所措。但他们不怕，他们不急着开枪，他们得等到敌人靠得很近时，方一齐开火。他们的火力将冲在前面的敌人统统扫倒。后面的敌人踩着倒下的尸体，又蜂拥而来，他们的手榴弹便一齐投向敌群。手榴弹的硝烟未散，他们端着上好刺刀的枪，向敌人冲去。阵地上响起一片喊杀声和受伤者的呼叫声。他们的声势，压倒了敌人，疯子般的日寇也只能后退。他们只做短暂的追击，便迅速返回阵地。他们不能将自己暴露在敌人的炮火下。只有当他们和敌人纠缠在一起时，敌人的重炮才不敢轰击，飞机也不敢轰炸。在他们和敌人激战时，军辎重兵团一个营，川流不息地将弹药运送到各个阵地；而当他们阵地上的某一点发生险象时，其左右两翼阵地的弟兄们，则迅即以火力兵力支援，将冲上来的日寇击退。

五天过去，阵地，仍牢牢地掌握在他们自己手里。他们没有为战斗的惨烈震惊，也没有为死在自己身边的弟兄悲咽。他们觉得最难受的是炎热。

在战斗的空隙间，他们发牢骚发得最多的，是"他妈的热、热，他妈的怎么这样热！"

白晃晃的太阳挂在空中，照着被炮火轰炸成一片焦土的阵地。四周，未被扑灭的火仍在燃烧，熄灭的火依然升腾着青烟；烧焦的尸体味、因炎热而发臭的尸体味，浓烈的火药味、硝烟味，搅合在一起。

此刻，竟然有风朝他们刮来，老瘪能不敞开胸脯喝彩？不唯是老瘪、宫得富、老涂他们，所有的弟兄们，都觉得身上一阵轻松，都不由地赞叹好风。

老瘪这个老兵不会想到，宫得富这个老兵贩子也不会想到，所有的弟兄们都不会想到，日军，就是利用这往第十军阵地吹的有利风向，施放毒气。

二十六

老瘪敞开的胸脯上，两块凸起的胸肌中间，布着黑黢黢的胸毛。大战正式打响的头一天，排长要全排的人痛痛快快洗个澡。排长说他这不是命令，不过，谁要是不洗，谁就硬是个宝崽。排长说完宝崽就不往下说了，一些非湖南籍的老兵也明了那"宝崽"的意思，那是排长对他们的怜爱，因为，只要战斗一打响，别说还想洗澡，有洗澡水喝就是万幸了。

老瘪是第一个将衣服刮掉的。

老瘪第一个刮光衣服，并拉着老涂和他一块洗。老瘪之所以拉着老涂一块洗，是要老涂帮他搓背。老瘪这个非湖南人爱的就是洗澡有人搓背。洗澡有人搓背的那个舒服劲啊，老瘪说就像跟女人睡觉那样过瘾。

老涂其实不情愿帮老瘪搓背，他情愿去帮宫得富搓。老涂还在想着以自己的实际行动来弥补对宫得富的伤害。可宫得富压根儿就没有要人搓背的意思，而老瘪已经拉上了他，他也就没有办法了。

老涂帮老瘪搓背时，老瘪摸着自己那道从胸脯往下、入腹连阴、穿裆跨股、再沿背脊往上，几乎直抵颈部的黑毛，对老涂说，你知道这叫什么吗？这叫"青龙"。你知道兄弟我一打起仗来为什么厉害无比？为什么那"啾啾""哒哒哒""嘎嘣、嘎嘣"的枪子儿就打不着我吗？因为老子是条青龙。

"青龙，在天上腾云驾雾。"老瘪说，"老子是青龙转世！"

老瘪以为老涂这个傻不拉几的新兵什么都不懂。

老瘪若是专讲战场上的事，老涂确实什么都不懂。可他讲的是自个儿身上的那条"青龙"，生在山里，长在山里的老涂就不但懂，而且深知其中"奥秘"。山里人干完活，吃完饭，最大的消遣就是讲男女之间的白话。也如同现在的人们，无论官，无论民，聚到一块就是讲荤段子一般。老涂在家时虽然从不掺进去讲，但人家讲时，他尖着耳朵听。那些白话是让人爱听哩，是有味哩，是听着听着不但想笑，还着实挠得人心里痒痒，想去试一试哩。老涂当然不知道，这就是山里人的性启蒙、性教育、性知识传播。还搭帮这白话里面的性启蒙、性教育、性知识传播，老涂才知道和他的水姐那个哩。即使他的水姐还疯疯癫癫疯得厉害时，他老涂也让水姐顺从了一回哩。

山里人说女人胯里无毛，那是白虎；白虎凶险哩，剋夫！白虎既然剋夫，谁敢娶？得配青龙。白虎配上青龙，那就无碍。什么样的男人是青龙？那就是老瘪这样的男人。

青龙为甚就不怕白虎哩？因为青龙厉害。青龙降白虎，白虎自然就剋不了他啰！这青龙厉害，主要指的是床上功夫。

正当老瘪还要吹嘘他这条青龙的厉害时，帮他搓背的老涂冷不丁地开了口。

老涂说：

"你厉害、厉害，你是在白虎身上才厉害。"

老瘪无论如何也没想到老涂能说出这种话，他顿时乐了，哈哈大笑了。

老瘪说：

"老涂老涂，这回我老瘪可是没撩你啊，这回可是你老涂自己先说的啊，这回我老瘪可就不怕你去告密啊。我问你，你那不能让人说，也不能让人提的女人，是不是个白虎？她若不是白虎，怎能不让人提也不让人说呢？"

老涂同样没想到，他忍不住迸出来的那句话，让老瘪有了借口。这回，他的确是想生气也生不起来。特别是老瘪说不怕他去告密那话，使得他即使有火要发也得强行按下。因为就是那"告密"，弄得他不但成了林满群和宫得富的仇敌，而且成了众矢之的，成了孤家寡人。

老涂算尝到了孤家寡人的滋味。在这兵营里，没人睬他，没人理他，那真比被关禁闭还吃亏。幸亏这老瘪还愿意"撩"他，他可不能再成为老瘪的仇敌。于是老涂只能强硬地回答：

"不是！我女人不是白虎！你女人才是白虎。"

老涂这话一出，老瘪更乐了。

老瘪说：

"我要是有个女人是白虎就好啰！可我没有一个真正的女人哪。"

老瘪在这里说的女人和真正的女人，都是指老婆。老瘪没结过婚，当然就没有老婆。

老瘪接着说：

"跟我睡过的女人倒是不少，可不管她是白虎也好，不是白虎也好，只要是个女人，只要一跟女人睡了觉，我老瘪就心情舒畅。原本心里有的火，没了；原本心里烦躁，那烦躁也没了。唉，女人、女人，他妈的那真是我老瘪的补药。"

老瘪不由地回味起跟他睡过觉的女人来。

老瘪睡的第一个女人，就是令他走上当兵这条路的女人。令老瘪走上当兵这条路的女人是一个年轻小寡妇，这个年轻小寡妇长得那个漂亮啊，老瘪只要一和人说起，就忍不住赞叹连声。年轻小寡妇原本是和乡长好的。可老瘪说她那是没有办法才和乡长好的。因为一个寡妇女人，日子过得实在太难。"兄弟你想，一个寡妇无依无靠，她不傍个男人怎么能行呢？她傍的那男人，还得有钱有家产不是？若真的傍上像我老瘪这样的男人，两个肩膀扛一张嘴，光会卖力干活、干活吃饭，她傍了有什么用呢？还得倒贴……"老瘪似乎从来就不恨年轻小寡妇和乡长要好，他说，年轻小寡妇心里面装的只有他！因为他那时，年轻！浑身的劲直往外鼓！

老瘪说他和年轻小寡妇是这么好上的：年轻小寡妇的相好，也就是那个乡长，没有完成上头派下来的征丁任务，整天愁得唉声叹气。小寡妇问他唉什么声，叹什么气？难道是开始嫌弃她不成？乡长就把这发愁的事说了。乡长说若是完不成征丁任务，他这乡长就有可能当不成了；他这乡长若是当不成，小寡妇的依靠也就没了，还说什么嫌弃不嫌弃，到时还不知是谁嫌弃谁呢？老瘪说乡长其实是个好人，他是怕寡妇离他而去。老瘪又说那小寡妇也是个好人，她傍着乡长时得了不少照顾，如今乡长有了犯难的事，她总不能不管啊！小寡妇就帮乡长想办法，说眼下不是还有好几个小年轻吗？怎么不让他们去应征？老瘪说小寡妇说的这些个小年轻里面，就有当时的他老瘪。可小寡妇这么说了后，乡长却连连摇头，乡长说这些个小年轻年龄不到，他总不能将些个年龄不到的人充当壮丁，那样是造孽。小寡妇则说，如果是他们自愿去呢？乡长说哪里会有这样的事，人家躲壮丁还躲不赢哩！小寡妇就说把这事交给她，她保准让小年轻自愿去应征！

老瘪说小寡妇就找到他，问他愿不愿意去当兵？老瘪说当兵有什么好？小寡妇说当兵有现成的饭吃，不要自己做，还能升官，升了官，就什么都有了。老瘪说小寡妇不等他回答，又说这征丁反正是年年要征的，你虽然年龄没到，但今年没被征丁，明年就会被征，迟早会有一次，迟去还不如早去……

老瘪说小寡妇还说了许多，可他根本就没怎么听进去，当时他完全被小寡妇说话那神态，那样子，迷住了！他说小寡妇哪里是来动员他去应征呢，小寡妇分明是来勾他的魂。

老瘪说他后来就迷迷糊糊的了，身不由己地跟着小寡妇钻进了麦秸垛。他仿佛只听得小寡妇在他耳边说，你迟早也会有这种事的，迟有不如早有，还不如我先给了你，免得去当了兵后，万一有不测，就连这个都没尝到，那她就太亏心了……

老瘪说，就从这头一回起，小寡妇不让他去当兵了，说是离不开他了。

"她倒是离不开我老瘪了，可我老瘪得离开她啊！"老瘪说，"这第一，我老瘪已经在征丁名册上画了押，也就是报了名，我老瘪不能不讲信用啊!我老瘪从来就是个把信用放在第一的啊！这第二，她说离不开我，那就是傍上了我。既然傍上了我，我老瘪就得把她养起来啊！我老瘪拿什么来养她呢？我老瘪只有去当兵，若是混上个连长营长的干干，那就能带太太了……"

老瘪说他就是这么离开了小寡妇。可他穿上军装，扛上枪后，心里总是放不下小寡妇。两年后，他（偷偷地）回了趟老家，小寡妇却不在了，嫁人了，远走他乡了。原来小寡妇将像他老瘪那样的小年轻都送进了队伍，用的差不多都是同一个办法。那些小年轻也都和他老瘪一样，心里念着小寡妇，不时有人回来找她，手里还拿着枪……小寡妇是怕出事，是怕枪子儿走火。

老瘪说有人告诉他，小寡妇临走时，念了他老瘪一句。小寡妇说不知道那个别金有现在怎么样了？

老瘪说，你听听，你听听，她别人都不念，单单念着我老瘪，可见她心里装的还是只有我！

老瘪说他就去找小寡妇，要去论清个理，你小寡妇是说了要等老子回来的啊，等老子回来就永远跟着老子的啊！你小寡妇临走时还念着老子啊！

可老瘪没找着，那小寡妇不知道去了哪里……

老瘪说虽然他再没找着小寡妇，可小寡妇硬是在他心里抹不掉了，没人再能替代了。

老瘪一说到女人，老涂不能不受感染。老涂一受感染，也不能不回味起他的水姐来。

老涂这一回味，话就不知不觉地溜了出来。

老涂说他那水姐就是个水仙，是个甚人也比不了的水仙。老瘪说，你那山旮旯里能出什么水仙，只听说过山旮旯里飞出金凤凰，你要夸自己的女人也打错了比方，驴唇不对马嘴。老涂说，是水仙，就是水仙，是水里的仙女。老涂把水姐母亲生水姐时梦见洪水的事说了出来。老涂说水姐的那个漂亮啊，通地方没有第二。老涂说水姐对他的那个好啊，通地方也没有第二……老涂没有把水姐被日本人蹂躏致疯的事说出来。老涂只是说他来到这衡阳后，没有父母、也没有亲人照顾、染了重病的水姐孤零零一个人在家里，他能不挂牵？……

老涂说完，觉得奇怪，他把挂牵水姐的事一说出来，心里反而舒坦了，不那么憋闷得慌了。

可老涂这么一说，老瘪心里竟有些酸楚。

但老瘪就是老瘪，他只酸楚了那么一会，便说：

"老涂老涂，我他妈的算明白了你的心思。你他妈的要早说出来，我老瘪能不给你做主？我老瘪还能容旁人乱说你的水姐？老涂你记住老子的话，打仗时紧跟着老子，老子保你平安无事！打胜这一仗后，老子帮你去找韩在友，要韩在友在师长面前帮你请个假，回去看你的水姐。韩在友是我的生死弟兄，他能不给我面子？韩在友是师长的卫士，师长肯定会给他面子。"

老瘪这话，虽然是连吹带唬，却让老涂看到了希望。于是老涂盼着快点开仗，盼着开仗后快点打胜仗，打了胜仗后，好让老瘪帮他去请假，请了假好回去看水姐。

看到了希望的老涂，自然就有了一丝快乐。这是他吃粮后第一次得到的快乐。

有了快乐的老涂帮老瘪搓背就搓得格外起劲。这时，宫得富那边围了一堆人：打赌。

这些兵们在赌什么呢？他们赌弟兄们中究竟谁最厉害。他们说的这个厉害，是指在战场上的本事。他们赌来赌去，最后赌到宫得富和老瘪身上。

有人说还是老瘪最厉害，他那刺刀见红的功夫，咱弟兄们早就见过。有人说宫得富厉害，宫得富是"有打不现形"，要不，师长怎么会亲自来请他呢？师长还要他和韩在友比过枪法，能和韩在友比枪法的，啧啧！又有人说老瘪不但拼刺刀厉害，枪法也不在韩在友之下，更何况，老瘪打了那么多大战，身上连个伤疤都不见……

有人对宫得富说，宫得富你自己讲，到时候你和老瘪到底谁更厉害？你要是认为你厉害，我就信你的，把这一块钱压到你身上。

听着弟兄们拿他和老瘪打赌的话，宫得富根本无所谓。他在看着热闹的同时，仍然在想着要如何不显山不显水地报老涂那告密之仇。

宫得富自被师长请去，协助完成了轮渡载人西撤的任务后，尽管他觉得自己并没有立下什么战功，但的确在弟兄们面前长了脸，使得弟兄们对他格外另眼相看，这让他心里着实舒畅。他心里一舒畅，也不由地想过，如果不是老涂那傻瘪告密，他还真的不可能在弟兄们面前风光。他宫得富什么时候风光过呢？他宫得富什么时候也没有过风光。于是他也闪过一个念头，算了，别他妈的老是记恨那傻乎乎的老涂。但他转念又想，如果不是恰好碰上师长到了团部，如果碰上的不是这位葛将军葛师长，他和林满群早就被一枪崩掉，没有命了。他知道部队在开战前，为了稳定军心，枪毙逃兵、胆小鬼，那是常事。"杀一儆百"！如果是他宫得富当长官，他也会杀。古时打仗还杀人祭旗呢！所以，当时他宫得富若被枪毙，他不怨长官，只怨自己命背。但如果不是老涂告密，长官会枪毙他吗？冤有头，债有主，老涂就是那头，就是那主，"有仇不报非君子"。因而，他又觉得如果放过老涂，自己就太不像个男人。

宫得富颇为矛盾。如果老涂在他眼里，是个厉害角色，他会毫不犹豫地将报仇进行到底。然而，在他看来，老涂又确确实实是个傻瘪，是个只会想着他那不知道究竟真的漂亮还是丑八怪女人的窝囊废。自己去算计这么一个哈里哈气的家伙，也不像个男人。

宫得富想来想去，还是"算了"的想法占了上风，反正就要打仗了，那战斗一打响，鬼子的枪炮凶狠，像老涂这么个傻瘪，一上去可能就会送命，自己还何苦跟他过不去呢？

正在宫得富决定"算了"的当儿，他看着老涂跟老瘪套上了近乎。他和老瘪虽然只打了这么久的交道，但他看出，老瘪他妈的不但厉害，而且真是个讲义气的人。老瘪若是和老涂好了，绝对会真正的护着老涂。宫得富认为，这是老涂有意在找个保护他的人。他妈的，别看这家伙哈里哈气，倒晓得找上老瘪来护身。他妈的，你若不找老瘪，老子也就饶了你，你越是这样老子越要你好看，要你死了还不知道是怎么死的。

宫得富眯着眼睛，想，要对老涂下手，绝不能让老瘪看出破绽，老瘪这人讲义气，若是被老瘪发现他对老涂的行径，一是老瘪不会饶他，二是会损了自己的英名。

宫得富又想，老瘪虽然讲义气，会顾着老涂，但此人好大喜功，如果让老瘪只顾去想着如何争个杀敌的第一，他就会顾不上老涂。那时自己就好对老涂下手了。

于是宫得富故意大声地说："老瘪那几下子算什么呢，他能胜过我宫得富？我宫得富当然是第一哪！弟兄们只管把赌注压到我身上，我宫得富包你们只赢不输！"宫得富这么一说，老瘪连衣服都顾不得穿好，便急急地赶了过来，给自己下一赌注。

老瘪说，宫得富啊宫得富，你竟敢在我老瘪面前称第一，我俩现在就来比试比试！

宫得富说，瘪（别）、瘪（别）兄，现在比试有什么用呢？只有战场上见高低、见高低。不过，小弟我已替瘪兄想过了，小弟我现在是机枪手，使用的是轻机枪；瘪兄你用的是步枪，咱俩这火力无法比……

宫得富还没说完，老瘪笑了起来。老瘪说，宫得富你不用为这个操心，你手里的机枪和我手里的步枪，咱俩轮换着使，这就公平了不是。不过，和鬼子拼刺刀时，你不能用我这杆枪，你得要排长另外给你配一支……

这时，宫得富和老瘪都没想到的事，又出现在老涂身上。

老涂见老瘪说要宫得富另外配一支步枪，忙说，宫兄宫兄，小弟我这支步枪给你用（他也学着称兄道弟了），小弟我不用枪，只要有手榴弹就行。

老瘪听老涂说要把他自己的枪给宫得富，以为老涂是要讨好宫得富。老瘪知道老涂怕宫得富报那告密之仇。可你要讨好，也不是这么个讨好法呀！

认为老涂又犯傻气的老瘪说：

"老涂啊老涂，你硬是排长说的那种蠢宝，打起仗来你能不用枪吗？"

老涂一听老瘪的话，以为这事得向排长报告，得经过排长的允许，他忙转身，去找排长。

排长就在旁边，正看着他们，乐。

老兵贩子出身的这位排长，深知在大仗开始前，绝不能让士兵紧张。他的部下越轻松越好，所以他要允许部下胡扯。而他的这些弟兄们，扯卵谈打赌竟然是赌谁在战场上最厉害，他能不乐吗？

"报告排长，我请排长将涂三宝的枪收回，发给宫得富，让他一人既用机枪又用步枪，好和别金有别大哥比试。"

老涂之所以说要把他的枪给宫得富，第一，确实如老瘪所料，是他见着又来了讨好宫得富的机会；第二，则是所有人都不会想到的，这个在山里打过猎的猎户，对使枪却实在不太顺手。

排长一听，觉得这个老涂真是有味，你要说他哈（傻）吗，他知道先请将他的枪收回，也就是上缴后，再由长官发给别人；你要说他不哈吗？老瘪说要宫得富另外配支枪的话，明明是玩笑话，将宫得富的军，机枪不能上刺刀。

排长说，我把你的枪收回你用什么？你赤手空拳去和鬼子拼？

老涂说，我用手榴弹啊！排长你只管多给我手榴弹就行，你把他们的手榴弹统统给我。

"你用手榴弹？！你用手榴弹也得配枪哪！当兵打仗能不要枪？"排长越发觉得这个老涂有趣。

"这步枪我用起来实在不顺手，老是摆弄不好，它、它欺生。"

"你不会摆弄枪？"排长疑惑地问。

"报告排长，我不说假话。每次擦枪，我的手指都弄得皮破血流。这枪，实在不好用。"

"你，你不是打过猎的吗？打猎的不会用枪，你用什么打？"

"报告排长，我用石头！"

老涂这么一说，排长、老瘿、宫得富他们同时笑了，以为老涂又开始发哈。

老涂似乎不明白他们为什么笑，他弯腰抓起一块石头，说：

"排长，你看我打中前面那只麻雀。"

远远地，有一只麻雀在地上跳跃。

麻雀应当总是一群一群在一起的，可这只麻雀，许是掉了队，它所在的那支麻雀部队，大概已经知道在这个有雁城之称的衡阳，即将爆发一场人与人之间的殊死战斗。麻雀们虽然不知道正义与非正义，但也明了，它们本来在这里好好的，就因为来了要占领这个地方的人，远远地已经响起了令它们最害怕的枪炮声。为了免遭殃及，麻雀大部队立即迁移，这只掉队麻雀找不着它的部队了，只得又回到原来的地方。

老涂手中的石头横扫而出，如掷镖状。然而，石头并未打中麻雀。

老涂手中的石头刚一出手，他就朝着麻雀喔呵大叫，喔呵声惊得麻雀"扑棱棱"而飞，石头落在麻雀原来的位置。

有人喊，老涂你个傻瘿，你不要惊动麻雀哪！

"老涂你个宝崽！你是想学韩在友那一手，快枪打飞鸟吧，可你的石头能有子弹快吗？"

一阵哄笑。

"笑什么笑？！"老瘿对笑的人不满了。他看出了老涂扔石头的不

187

同一般。老瘪说："老涂，你再扔颗手榴弹给我们看看！"

老涂看着排长。排长说，要扔就一连扔五颗。

立即有人将五颗手榴弹摆到老涂脚下。老涂刚抓起一颗，老瘪又说，老涂你可别拉弦哪！老涂说，我晓得、晓得，我这是演习，要等到真和鬼子干仗时再拉弦。

老涂的第一颗手榴弹一扔出去，所有的人都惊讶了。根本用不着去量距离，光凭目测，就无人能及，至少比他们自认为投弹投得最远的，还要远那么十来米。而老涂投弹那姿势，又根本不是正规训练所要求的，也就是说，他随便一扔，就比经过正规训练的要远得多。

老瘪带头鼓起掌来。

在掌声中，老涂投出去的手榴弹一颗比一颗远，且都在一条直线上，表明每一颗都命中预定目标，没有偏差。

排长呵呵而笑，说，老涂、老涂，你怎么会有这一手？！

老涂说，排长，我没说假话吧，这下可以批准我只用手榴弹了吧。我的枪可以缴回给宫得富用了吧。

排长说，老涂老涂，你的脑壳还是少根筋，你投手榴弹没问题，我给你定个不但是全排第一，在全连也要数第一。可你要知道，和鬼子短兵相接、白刃肉搏时，手榴弹就难以派上用场了，你除非拉响手榴弹，和鬼子同归于尽。就算同归于尽，有我们自己弟兄在肉搏时，你也不能拉手榴弹啊！白刃肉搏时，你只有将刺刀上到枪上，像老瘪那样……

排长还没说完，老涂就说，我明白了、明白了，我不光要用手榴弹，还要用枪，枪留到肉搏时用，跟鬼子拼刺刀用。不过，宫得富怎么办？

排长没想到的是，他说的拉响手榴弹，和鬼子同归于尽的话，同样记在了老涂的脑子里。

排长见他还在为宫得富着想，只得说，宫得富和老瘪比试的事，你就不用操心了，我自有安排，我也会为你配足手榴弹的。

老涂高兴地应声是，正要离开，排长又说：

"老涂，有件事我就硬是没弄懂，你不是个打猎的吗？你个打猎的怎么不善使枪呢？"

老涂笑了，说，排长你不晓得呢，我那个老家涂家坪，穷得要命，哪里有钱去买枪弹火药呵！我那支猎枪，是背在身上做样子的。不到万不得已时，决不会使它。那支做样子的猎枪，也是人家不要了，我白捡的。我想着既然有了枪，就得打回野物啊，我就专门练着用石头打，一发现野物就使劲追，结果就练出了腿劲手劲和眼力……

老涂没说的是，他那支白捡的猎枪，曾差点把他的眼睛烧瞎，有次他一扣扳机，"鹅弓"（老式猎枪打火机关）往下一磕，火药竟往后喷……

老涂一下成了神投手。老瘪又吹开了牛皮，老瘪说他早就看出老涂是个有绝招的能人。老瘪说，你们还讲他是个傻瘪呢，这样的傻瘪才是我老瘪的徒弟。但他又悄悄地问老涂，为什么用石头打麻雀时又要喔呵着将麻雀赶走？为什么不显现出一石中鸟的绝招来？

"你如果将那只麻雀打中，我就更有脸面啦！"

老涂说他是在石头出手的那一瞬间，改变了主意，他不忍心打死那麻雀。

"何必呢，"老涂说，"它又不是鬼子，现在要打的只有鬼子！"

瞧着老瘪和老涂的热乎劲，宫得富心里不是个滋味。待到老涂一离开，他就冷冷地笑着对老瘪说：

"瘪兄，我和林满群刚来时，你说老涂这哑巴徒弟孝敬林满群，如今哑巴开了口，你瘪兄收了做徒弟，他拿什么孝敬你瘪兄啊？"

宫得富这话虽然带刺，可老瘪不生气。老瘪乐呵呵地说：

"喊什么瘪兄瘪兄啰，你就喊老瘪，顺口得多。要不然，就像你们湖南长沙人那样，喊瘪哥。"

老瘪说完，走到宫得富身边，用手指捅了捅宫得富的腰，轻轻
地说：

"兄弟，得饶人处且饶人。人家也可怜，不是有意告你的；人家那
老婆、水姐，是说不得的呢，你犯在前。"

宫得富用脚尖踢着地上的土，说：

"什么呢，早就没当回事了。"

"没当回事就好！"老瘪说，"我知道兄弟你肚量大，若是当个
宰相，肚子里能撑船。兄弟我跟你说啰，你使机枪，老涂善投手榴弹，
我老瘪用步枪，我们兄弟三个组合到一块，你的机枪'哒哒哒哒'，扫
倒他一大片；老涂的手榴弹'轰、轰'，炸倒他一大片；我老瘪的步枪
'叭、叭'，专门收拾那想朝你机枪手和投弹手开火的家伙。咱这不但
是一张最好的火力网，而且能互相保护哪！一到和鬼子肉搏时，我老瘪
的刺刀在最前面，兄弟你到我的右边，老涂到左边，咱们既能共同对
敌，又能相互照应哪！兄弟我虽说要和你争第一，可真的打起仗来，只
有争第一的扭成一股力，最后才有第一来争哪。兄弟你明白我这话的意
思吧，犯忌的话咱不说。我老瘪打了这么多年仗，身上连块伤疤都没
有，这经验，这道道，我可都对你说了。"

老瘪这话，不能不让宫得富佩服到家了。他知道，老瘪这也是为了
他好，可他还是说：

"老涂那傻瘪，能拼刺刀？"

老瘪说：

"你没见他扔手榴弹那手劲？他气力大得很！上了刺刀的枪在他手
里，肯定舞得团团转，我老瘪看中的人，错不了。"

宫得富没吭声，只是在心里想，哼，哼，气力倒是有几斤蛮劲，
可在新兵训练营，老子略一躲闪，再借一把他自己的劲，就把他甩出好
远……他又想，这个老瘪，原来到底是不是也和老子一样，当过兵贩
子呢？

见宫得富没吭声，老瘪又说了一句。老瘪说："兄弟，跟不跟我联手，还得由你自己做主。那老涂，我是带在身边了。"

一进入阵地，老瘪果真就让老涂紧紧地跟在身旁。老涂的身旁，则放着他早就上好刺刀的枪，脚旁，是一堆特供给他的手榴弹。

宫得富还是加入了老瘪的组合，他靠在老瘪的右边，将机枪抱在怀里。

日军远程重炮的猛烈轰击一停，战场上呈现出一种怪异的宁静，但这种宁静只是片刻而已。

少顷，远远地，似有汹涌的洪水冲开堤坝，往原野、山地倾泻而来。蓦地，凶猛的呐喊声如闷雷滚滚，一阵接着一阵。呐喊声越来越近，越来越凶，越来越烈，像饥饿的狼群发现了猎物，嗷叫声引来满山遍野的饿狼，一齐奔跑着、汇聚着、加入嗷叫的行列。那要撕碎猎物的嗷叫的声浪，刺耳惊心，就连阵地上因炮弹轰炸腾起的浓烈的烟雾，也被震裂开一道又一道口子。

初上阵的新兵，如果不是在老兵群里，即使不被刚过去的那阵铺天盖地的炮弹吓懵，也会被眼前这洪水猛兽般的情景吓晕。

老瘪对老涂说，别慌、别慌，那是送死的来了。你听我的，我要你投弹时你就投弹，我要你冲时你就跟着我冲……

宫得富则跟没事一样，他架好机枪，嘴里无声地在念叨着。他是在估算着冲来的鬼子离自己还有多远，念叨的是他估算的距离。

成千上万只兽蹄踢腾而起的灰浪，已经赤烁烁地扑面烫人……

兄弟连排的枪声响了。

各种枪声急骤地交织在一起，立即将疯狂的嗷叫声压倒。

老瘪他们这个阵地上，传来排长的命令：让他妈的再靠近一点！

"让他妈的再靠近一点……再靠近一点……"弟兄们挨个儿传递……

终于，排长的枪首先响了。

全排各种火力顿时怒吼。

宫得富的机枪也叫起来。

宫得富的机枪响声是间断的，"哒哒哒""哒哒哒哒"……

宫得富的机枪这么一响，老瘪就高兴地说，宫得富你小子是"点放"高手啊！

老瘪说完，将手中的步枪扳机一扣，"叭"，撂倒一个正要向宫得富射击的鬼子。"叭"，老瘪不慌不忙，又撂倒一个。

老涂急了，抓起手榴弹就要扔。老瘪忙说，还等一会，还等一会，你先打几枪过过瘾。

老涂哪里还顾得上听老瘪的，他拉开弹弦，平生第一次将真正能炸死人的家伙，朝凌辱过他的水姐的日本人投去。

老涂的手榴弹在空中划出一道弧线，飞得是那么远，因为远，手榴弹在落点上空爆炸，杀伤力特别大，但听轰的一声，鬼子倒下一片。

老瘪原来顾虑鬼子离手榴弹投掷的距离还不够近，老涂拉弦后，不会计算手榴弹出手的时间，匆匆投出去，影响杀伤力，这一下，他不禁叫起好来。

手榴弹从老涂手里一枚接一枚地投出，又快又远又准，随着"轰、轰"连续不断的爆炸声，弟兄们齐声叫起好来。

老涂听得叫好声，越发投得兴起。他一口气投出十多枚后，突然想看看自己投出去的手榴弹所取得的战果。他停止了投弹，趴在掩体后面，大睁着两眼，但烟雾太大，看不清楚。

他骂一句"妈妈的瘪"，竟然站了起来。

老瘪忙将手中的枪一扔，抱住他的双腿，狠命一拖，将他一把拖倒在地。

"嘎嘣！嘎嘣"连续几颗子弹从老涂站着的地方穿过。

老瘪这老兵就是这么厉害，他若是跳起来去将老涂按倒，自己说不定就会挨上那飞来的子弹。他这么一拖，自己没事，被拖的人也得救了。

"你他妈的不要命哪！"老瘪恶狠狠地骂，"你要给鬼子当靶打啊？！"

老涂倒笑，说：

"我原本以为自己会发慌呢，可看着你们一个个没卵事，我也就不慌了。"

"不慌就不慌，你他妈的突然站起来干什么？"

老涂说：

"我想看看呢，看自己那一颗手榴弹甩出去，到底炸死几个？"

老瘪说：

"看什么看，老子给你记着数。"

老涂赶紧问：

"到底多少？"

老瘪说：

"记不清了。"

"那宫得富的机枪呢？打死多少？"

"也记不清了。"

"你自己呢？"

"老子顾不得记了。"

老涂似乎觉得很遗憾，这么重要的事，老瘪竟然没记下……他抬起头，突然大叫：

"我看见了，看见了，鬼子被我们打退了！"

老涂咧开嘴巴，呵呵地笑。这是他自从吃粮后，从内心里发出的第一次笑，抑或是最后一次笑。

老兵贩子排长猫着腰，来到老涂面前。

　　排长表扬了老涂。大致意思是，老涂，你小子好样的，你小子天生就是我们第十军的一块好料。我要报告连长，连长会报告营长……给你这个新兵请功。

　　这个老兵贩子排长，实在是个天才的第一线作战指挥者兼思想工作者。他给老涂请功，无疑会激发所有新兵的斗志；而老涂的手榴弹威力，则立即让他新生了一种手榴弹战术。

　　排长将自己所属的三个班，每个班都从一到十编成号。他要将手榴弹变成如同炮弹发射。

　　当日军又一次逼近阵地时，他发出了口令：

　　"一号准备，投！"

　　立时，三个班的一号，也就是三枚手榴弹，同时从不同的角度投向敌人。

　　"二号准备，投！"

　　又是三枚手榴弹同时投掷出去。

　　手榴弹接连不断地集中投掷，如同炮弹一样准确地在日寇群中开花……用军事术语说，以手榴弹爆炸的直径计算，同时投掷的三枚手榴弹，几乎可以封杀排阵地全部正面之敌。以口令指挥，就如同给炮兵提供发射目标位置一样，既可发挥最大的杀伤力，又可节约手榴弹。

　　然而，老涂却不在这按口令投弹的编号内。

　　排长给老涂安排的是，当鬼子后退时，再发挥他那远程手榴弹的威力。

　　于是，鬼子被阵地上阻击的手榴弹炸得不能不遗尸弃械、掉头往后跑时，老涂的远程手榴弹又在他们逃跑的前面爆炸，使得这股由进攻到后逃的鬼子被炸得蒙头转向，就如同遭前后截击、陷入了包围圈一样。在鬼子蒙头转向时，诸如宫得富那些机枪点射高手、老瘪那些步枪射手，可就以子弹将还想生还的家伙逐一点名喽。

　　"打得好啊！"阵地上不但传来了连长兴奋的喝彩，还有营长、团长、直至师长。

当老涂的手榴弹几乎成为神弹而在阵地上传开时，老瘪那个高兴劲，仿佛老涂真是他手把手教出来的徒弟。

看不出，看不出，哈宝有打不现形。

……

我叔爷曾对我说，他们守衡阳的第十军，都有着和老涂、宫得富、老瘪他们这个排类似的手榴弹战技，并随时根据战斗状况进行调整。我叔爷说，你知道手榴弹在衡阳之战中为什么有那么大的威力吗？那是和我们的阵地工事构筑分不开的。我叔爷说就以他参与构筑过的工事来说，师长葛先才硬是亲自守着督导啊！我叔爷说那阵地，便于发挥手榴弹的威力。

我叔爷的这些话，为日军战史所证实。

日军战史在记载衡阳战役时，有这么一段记述：

中国军队（第十军）之另一战斗特技，手榴弹投掷。此项战技，原为英美陆军之拿手戏，而现在之中国国军，却已超越了英美，爬升为优胜队之A组。衡阳周边之丘陵地，基部尽已削成断崖，敌人（第十军）以手榴弹自上而下，做准确而远距离之投掷，使日军蒙害甚大。衡阳战役之中期，第六十八师团及一一六师团，各步兵连之兵力，平均减至二十名官兵，如此巨大之伤亡，敌人之手榴弹为一主因，故需记述以资留念。

然而，日军战史所记述的使其"蒙害甚大"的第十军的手榴弹战斗特技，在第十军只有伤亡而没有兵力增援，只有弹药消耗而没有补充的情况下，老兵贩子排长发出的从"一号准备，投"到"十号准备，投"的口令，也逐步减少，最后已无口令可发，也用不着再发……只剩下个老涂将身边的手榴弹如扔石头一般朝鬼子群中扔去。

195

老涂手里最后那颗手榴弹被他拉响了弦，却没有出手。最后那颗手榴弹，是在他自己手上爆炸的。

二十七

七月二日，黄昏后。

当老瘪说着好风好风时，日军衡阳战役总指挥、第十一军团司令横山勇下令向守卫衡阳的第十军所有阵地发射毒气弹。

随着横山勇一声令下，一千余发毒气弹，陆续朝第十军阵地射去。

第十军军部。

"军长，预十师报告，他们的阵地被日军毒气弹攻击。"

"第三师阵地亦遭毒气弹攻击。"

"第一九〇师也遭到毒气弹……"

……

"什么？我阵地全面遭受毒气弹攻击？！"方先觉沉吟了一下，这位在战前将所有可能发生的敌况都进行了分析的将军，没想到敌人竟然这么快就使用毒气弹。

方先觉旋即命令，将军部所有的防毒面具立即下发！

"军长，我们现有的防毒面具，还不够各师的下属军官使用啊！"

方先觉略微思索了一下，说道：

"将军直属部队所有的防毒面具收集来，火速送往阵地，尽先发给炮手和机枪射手。立即通知各部队,无防毒面具者,尽速以湿毛巾捆住面部……并严令各部队不得慌乱……"

　　在军长的命令还没下达到各部队时,各师的师长已经下达了不得慌乱、速将毛巾浸湿以抵御毒气的命令;在师长的命令还未下达时,各团营长已经下达了类似的命令;而在各团营长下达类似命令之前,连排长们,也已经做了应急部署……这支早就和日军进行过多次较量的部队,知道如何应付突然而至的变故。如果非得等到军长的命令来时才采取措施,那毒气,只怕早已将阵地上的人害得差不多了。因为军长的命令,是根据排连长一级一级报上去的情况,才作出的。这中间往返过程所耗费的时间,足以让毒气放肆逞凶。

　　而对于老兵们来说,他们更知道如何保护自己。

　　当毒气弹一发射到阵地上时,老瘪和宫得富他们这些老兵们喊声不好,便将头伏下,紧贴着地面,迅速将随身所带的毛巾重叠,以水浸湿,捆扎到脸上。只有老涂他们那些新兵不知道这是怎么回事,傻乎乎地愣着。

　　"老涂,毒气!"老瘪急得大喊。

　　老涂仍然傻乎乎地愣着。老瘪只得跑过去,将老涂一把按倒。

　　老瘪将老涂的头按入泥土中,老涂还是没明白过来是怎么回事,只是使劲挣扎。宫得富看着老涂那样儿,心里不由地好笑。

　　老涂将头从泥土中挣扎出来,喷出一口混着灰土的唾沫,叫:

　　"你要捂死我,捂死我啊?!"

　　"你他妈的别吭声,别吸气,这是毒气,毒气来了!你他妈的把头伏下、伏下!"

　　老瘪去搜老涂身上的毛巾,老涂却没带毛巾。

　　老涂在进入阵地前,想着带那毛巾干什么呢?这热死人的天,毛巾唯一的用处只有擦汗。他老涂擦汗用不着毛巾。他老涂连洗脸洗澡都不用毛巾。他老涂看着发给他的毛巾，舍不得用。他老涂得将毛巾收留起来，等打完仗后，带回家去，给他的水姐……

老瘪一把脱下自己的军衣。

老瘪要宫得富快拿水来，宫得富晃了晃水壶，示意水壶里的水已经用光。宫得富又将水壶盖子扭开，将壶口朝下，然后以手指了指自己嘴上的毛巾。那意思，壶里的水已经全部被毛巾吃了。

老瘪忙解开裤子，掏出鸟儿，就朝衣服上撒尿。

老瘪一手抓着尿湿的衣服，一手把脸朝下伏着的老涂扳转来，将衣服上被尿得透湿的那一块对准老涂的嘴，堵上去，再用两只衣袖，捆扎住老涂的脑袋。

老涂只觉得一股尿臊水直入喉管，尿臊味直呛鼻孔，臊得他忙伸手去解被蒙住脸的衣服，却听得老瘪喝道：

"忍着点，你要想死就去解！老子去找毛巾，找水！"

远处，已有新兵被毒气熏倒……

老瘪猫着腰，一跑开。宫得富认为机会来了。

宫得富在别的部队吃粮时，见识过毒气。他知道毒气这玩意，倘若是在不通风的地方，那一碰着就是个死，任你再捂鼻子捂嘴捂脑袋，除非戴上那防毒面具。可在这城外的阵地，毒气不可能聚集在一个地方不动，只要不在毒气弹爆开的那当儿给毒倒，只要有水，有堵鼻嘴的东西，一时半会死不了。风，会将浓烈的毒气驱散、减弱。他觉得鬼子在此刻用毒气，其实是没有别的办法了，靠步兵做死的进攻，攻不上来，打不开他们的缺口。他当然还不知道，就连鬼子的师团长都已经被打死，但光从他守着的这个阵地前堆集的鬼子尸体，他就能判断出鬼子的伤亡之大，而就连堆集的这些鬼子尸体，敌人也无法拖走。想来拖么？他宫得富手里的机枪，正好点射个痛快……鬼子是没有办法了，鬼子他妈的是只能使用毒气弹了……他甚至想，倘若这风突然转个方向就好了，把鬼子射来的毒气，全他妈的给送回去……

宫得富凭他的老兵贩子经验，对战场形势做着估计时，依然没有忘记要治一治老涂这个曾害过他的东西。"有仇不报非汉子"，他就是为报仇，才烧了自己本家宫长昌的房子，烧死宫长昌和他家里的人，才走上兵贩子这条路的。对于害过自己的老涂，他不报复，那是不可能的。

宫得富弯着腰，走到老涂身边，将老涂按下，同时伏到地上。

宫得富拍着老涂的头，说，勾下，勾下，勾得越低越好，毒气往上走。

老涂一见宫得富主动到他身边，主动和他说话，而且是为了他的安全，为了他别让毒气害着，心里那种感激、那种激动，混合着一直困扰他对不起宫得富的惭愧、内疚，使得他连话都变得结巴起来。

"宫，宫兄，我对，对不起你……我，我他妈的不，不是人……"

宫得富说：

"兄弟，别说话，别说话，一说话就得出气，一出气就得吸气，一吸气就容易吸进毒气……"

"我，我要说。宫，宫兄，我要怎样才能报答你，赎，赎我的罪。"老涂被感动得不知要如何才好了。

宫得富说：

"兄弟，到了这个份上，咱俩已是生死与共，别的都不要提了，只有多杀鬼子，多立功。当了功臣后，带了赏金，好回去见你那水姐！"

宫得富这话，不但令老涂更感动，而且格外兴奋起来。

"宫兄，我听你的。可我怎么才能当、当功臣呢？"

宫得富说：

"机会就在眼前。鬼子放了毒气，他们一时也不会攻击，你要趁这个机会，赶快去鬼子尸体堆里捡子弹，将死鬼子身上的手榴弹摘下。我们缺的就是这些。你捡得越多，功劳就越大，你这就是头功一件。"

老涂立即说，对，我这就去！

宫得富得意地眯起了眼睛。他在心里想，你这个傻瘪，只要你去捡弹药，别说鬼子会朝你打冷枪，就是那死尸堆里散发出的臭味，加上这毒气，熏也要把你熏死！

一想到个"死"字，宫得富又有点于心不忍了。他妈的这个傻瘪，虽说害过老子，差点把老子害死，可老子毕竟还是没有死，老子现在还活着，老子让你死了，这报复得也有点那个什么的过了头。对这傻瘪也不公平。行，老子掩护你，只要你不被鬼子的第一枪撂倒，那就是你命不该绝，老子替你把打冷枪的鬼子干掉。要是鬼子那第一枪就把你打死了，那是你命该如此，老子也一定要干掉那鬼子，算是替你报仇。至于臭尸味和毒气，只要你这个傻瘪不扯下尿湿衣，大概一下也死不了……

宫得富抓起老瘪的步枪，放到自己的机枪旁边。他要用老瘪的步枪，以狙击手的枪法，将那个朝老涂开枪、不管能不能把老涂打死的鬼子干掉。

老涂正要朝死尸堆跑去时，有人喊，排长派人送毛巾来了，送水来了！又有人喊，防毒面具来了！

此时，对于老涂来说，毛巾也好，水也好，防毒面具也好，似乎都已经不关他的事。他一心想着的，就是去捡弹药，特别是手榴弹，他要像宫得富说的那样去立功，当功臣。当了功臣好得赏金，得了赏金好回去给水姐。

老涂只闻声回看了一眼，便爬出战壕。

猛然，有一只手，将他拉了下来。

将老涂拉下来的是老瘪。

老瘪恶狠狠地说：

"你要干什么？"

老涂说：

"我要去捡子弹、手榴弹。"

老瘪说：

"你不要命了？！"

老涂说：

"鬼子还没进攻呢。"

老瘪还没来得及再说什么，已有人将最后一具防毒面具扔给了老涂。这是排长特意关照的，说老涂是个投弹手，就跟炮手差不多。

老涂接过防毒面具，说：

"这是什么东西？"

来人说：

"这是防毒气的！排长特别嘱咐给你的！"

老涂一听，忙将防毒面具送到宫得富面前。

老涂说：

"宫兄，这个给你，我不要。"

没等宫得富开口，老涂又说：

"这什么鸟毒气，不就是大山里的瘴气？这瘴气，我不怕。那死尸的臭味，我更不怕。还有那鬼子打冷枪，他打不中我！"

宫得富有点愣了、怔了。这傻瘪，原来什么都知道呵！他刚想说句什么出来搪塞一下，却听得老涂说：

"宫兄，你是机枪手，这阵地离不开你，你就听我老涂一句话，快将那防毒气的东西戴上。"

这当儿，老瘪已将老涂脸上的尿湿服取下，迅速替他把湿毛巾扎上。

老瘪说：

"老涂，我那尿臊味好闻吧？"

老涂说：

"闻惯了也没什么。我得去捡弹药了，等下来不及了。"

老瘪说：

"你真要去？"

老涂说：

"我再不去就没机会了。"

"老涂，你不能去，真的不能去！"这回是宫得富喊。

如果宫得富不这么真心实意地喊一句，老瘸能劝住老涂，因为老涂已把老瘸的话当作"救生符"，只要按照老瘸的话做，就出不了差错。可宫得富这话一出，老涂反而非去不可了。他得让宫得富看看，他也是个能立头功的人！

老涂对宫得富说：

"宫兄，有了你这句话，我老涂就是真的被打死，也不冤了。"

说完，他就跃出了战壕。

老瘸抓过自己的枪，对宫得富吼道：

"掩护!我俩掩护！咱三弟兄不能有一个闪失。"

老涂冲向了死人堆。

"嘎嘣"，鬼子瞄准老涂开了枪。

老涂一个踉跄，倒在了死人堆里。

"老涂！"宫得富不由自主地大叫。

"砰"老瘸的子弹出了膛。

"嘎嘣、嘎嘣"，鬼子的子弹从老瘸头上飞过。

"哒哒、哒哒"宫得富的机枪响了。

这时，倒在死人堆里的老涂，又蠕动起来。

"老涂没死，没死！"宫得富兴奋地喊起来。

"老涂死不了。"老瘸说。

进了死人堆的老涂，等于进了一个死尸掩体。鬼子的枪只能打在死尸身上。

此刻，老瘸和宫得富担心的便是在老涂回来的路上。宫得富必须压制住鬼子的火力，老瘸则必须随时消灭露出头来的鬼子枪手。

老涂捡足了弹药，但他抱着弹药刚一从死尸"掩体"里出来，鬼子的枪就朝他打来。

"压住鬼子的火力，压住！"老瘪大叫。

傻瘪老涂想出了一个主意，他剥下一个鬼子的军衣，将弹药集中捆扎，实在拿不了的，只好忍痛放弃。他一手拖着弹药，另一只手则抓住一具鬼子的尸体，以鬼子的尸体为盾牌，慢慢地往回爬。

臂力大得惊人的老涂，令宫得富一时都看呆。

稍顷，他的机枪怒吼起来。

当老瘪再一次干掉鬼子一个火力点时，老涂滚进了战壕。

"老涂，老涂，你他妈的有两下子！"宫得富和老瘪齐声夸赞。

"可惜了，可惜了。"老涂一边喘气一边念叨。

"你他妈的还可惜什么？"宫得富问。

"还有好多没拿来啊！"老涂说。

当老涂硬要再去捡回那些被他放弃的弹药时，日军的又一次攻击开始了。

二十八

横山司令不但心头非常沉重，而且开始焦躁不安。

他指挥的衡阳战役总攻实在是开局不利。当他的第六十八师团长佐久间中将及参谋长原田真等将校多人，被守军的迫击炮炸死后，他就想到了中国古代征战时那句"风折帅旗、必主大凶"的话。虽说中国人讲的大风刮断帅旗，是个预兆，预示此次征战不死主帅的话，至少都要死掉一员大将；虽说他并没有竖立什么帅旗，也没有遇上什么狂风，但刚一开战，自己的师团长就被炸死，这对他来说，已经不是"主大凶"，而是已经大凶。

横山勇不能不去回想，自己此次征战，到底有大凶的预兆没有？他甚至有点怀疑，在自己统率大军直扑衡阳而来的路上，许是刮过狂风，许是被吹折过军旗，只不过，只不过是没人向他报告罢。

佐久间和原田真等一个个高级将领血肉横飞的场面，总是在他眼前闪现。

佐久间和原田真他们是为天皇尽忠了，这当更激起自己将士的斗志，那就是要为佐久间和原田真他们报仇，完成他们未竟的事业，迅速攻下衡阳城。

横山勇相信自己将士的斗志，相信自己的将士为天皇献身的精神，更相信自己指挥的部队的装备和战斗力。因而，他命令发动了一次又一次的猛攻。

然而，尽管他出动飞机轮番轰炸，用大炮狂轰滥炸，采用了"人海战术"般的冲锋，却不但未能撕开衡阳守军的任何一道防线，反而是自己的伤亡重大到无法想象。

他在指挥部接到的一个又一个报告，报来的尽是丧信。

那些冲在前面的士兵死亡殆尽不说，又有好几个联队长也死了。死了的联队长不说，基层的指挥官更是死得几乎无人了。

为了减少自己部队的伤亡，为了早日攻下衡阳，他不得不使用毒气弹了。他这可是被逼出来的呵！

他原以为用毒气弹能解决问题，可没想到，发射到守军阵地上的一千余发毒气弹，并未起到多大的作用。他随后发动的多次猛攻，遭到的是更加顽强的抵抗，他这两个师团的损失更加惨重。

横山勇在心里不得不承认，他面临的衡阳这个对手，委实是太厉害了。以现有的两个师团继续发动全面进攻，已经不可能了。他只能由全面攻势改为重点攻击了。

七月四日，他调整了进攻部署。

他又没有想到的是，当他下达重点攻击的命令时，接到他的命令的指挥官，却并不是像往常那样，立即"哈依"，而是表示出了难以为继的情绪。更有人胆敢向他谏言，请他到前沿看一看。

横山勇虽然在电话里将进谏的大骂了一番，甚至说要枪毙他。但作为战场最高指挥员，他还是控制住了自己。他知道有时候也得听听谏言。

他到前沿一看，明白了下属的为难之处。

赤日炎炎，如火燎火烤，全副武装、准备进攻的士兵，见到将军，尽管竭力保持皇军的武士道精神，但脸色黯然，全无了昔日的风采。带兵多年的横山勇一看，就知道是因为数日来的惨重伤亡，已经大大地影响了士兵的心理。加上高温折磨，已使得他们难以承受……

横山勇再用望远镜望去，但见在守军阵地之前，倒毙的日军尸体，遍野皆是，而因尸体重叠，竟有许多堆积如小丘一般。

横山勇勃然大怒，呵斥道，为何不将阵亡者抢回？回答曰，并非未抢，实是因无法在敌方火力网下抢运，凡抢运尸体的士兵，皆成了新的替身……横山勇不待对方说完，劈头盖脸就是一顿痛骂，并当即下了严令，不惜任何代价，一定要将为天皇尽忠者的遗体抢回。

横山勇其实知道那些尸体无法抢回，但大日本皇军是从来不遗弃阵亡者尸体的。他是借着这件事发泄心中的怒火。因为他不能不改变自己的命令了，那就是白天不攻，改在黄昏之后，以避开炎炎烈日对皇军的折磨。

从七月四日开始的黄昏重点攻击，每次都到翌日凌晨方止。但依然是处处受挫，枉自伤亡。

横山勇只能实施兵力整补，并决定增加攻城兵力。

在第一次总攻中，他的两个师团，已经伤亡了一万五千多人。他这两个师团所属的步兵连，每连平均仅剩下二十人了。

遗弃在守军阵地前的尸体，无论他如何严令抢回，依然只成了一道命令而已。他横山勇就连这一点也无法做到。眼看着他的大日本皇军遗弃的尸体越来越多，越积越高，他不能不感到有点心酸。

那些尸体，曾经都是他的精锐呵！

横山勇命令第五十七旅团速来衡阳，参与攻城；同时命令不分白天黑夜，以排炮向衡阳守军阵地猛轰！

横山勇在焦躁、心酸，且不无沮丧之时，第十军的主力师长葛先才也和军长方先觉发生了一场激烈的口角之斗。

方先觉曾有过命令，师预备队团，必须得到他的许可才能使用。

葛先才的第二十八团，为师预备队。

预十师师部的电话铃急骤而响。

"师长，军长的电话。"

葛先才接过电话。

"葛师长，你那二十八团的情况怎么样？"方先觉问道。

"报告军长，本师二十八团尚未曾使用，但给了该团任务……"

葛先才的话还没说完，方先觉对着电话吼了起来：

"葛先才，你好大的胆，你搞的什么名堂？！我曾告诉过你，使用师预备队团，必须得到我的许可，你为何擅自交代任务？你眼里还有没有我这个军长的职权所在？你竟敢违抗我的命令？！……"

葛先才一听，顿时也火了：

"我的话还没说完，军长可知道我给了师预备队什么任务？任务与使用是有区别的，使用是部队已进入阵地参加战斗；任务是指定预备队，在某种情况下，做适时适当应变的准备。本来，预备队就是为增援应变而设，师长有师长的权责，这一仗我有我的打法，如果处处向你军长请示，还要我这个师长干什么？"

葛先才本来还有难听的话要说，可转念一想，自己和方先觉虽然私交颇深，但他毕竟是长官，不可过于顶撞，便随即将电话挂断。

挂断了军长的电话，葛先才心里的火仍然直往外冒。他两手叉腰，双眼圆睁，嘴里呼哧呼哧，似乎要将火气从嘴里吐出去。这个祖籍湖北、老父及兄妹皆定居湖南郴县的楚人，个性之烈，由此可见。

方先觉什么时候对葛先才这么吼过呢？葛先才又在什么时候对着方先觉发过如此大的火呢？没有，从来没有！这两个多年并肩战斗过的老战友，今天是怎么啦？

葛先才身边的人，见师长不但发了大火，而且"砰"的挂断了军长的电话，皆面面相觑，不知该如何才好。

在葛先才看来，挂断电话，还是为了免于过分顶撞。而在电话那头，方先觉听着"砰"的挂筒声，那种气恼的感觉，可想而知。一个师长，竟然"砰"地挂断军长的电话，这在别的部队，有吗？敢吗？

方先觉狠狠地骂了一句。

"给我再要葛先才，他妈的，非得将这头犟牛的角折断!"

"叮铃铃……"葛先才师部的电话响个不停。

"师长……"师部参谋听着那不停地响着的电话铃声，忐忑不安地望着葛先才。

"不接，不接!"葛先才直挥手，"不理睬他!"

军部参谋同样忐忑不安地看着军长。

大战正酣，军长和师长闹起了矛盾，这种后果，谁的心里都不能不紧张得如同绷了一张上弦的弓。

参谋长孙鸣玉轻声地对方先觉说：

"军长，葛先才是那么个火爆子脾气，你别往心里去。"

"这不是什么脾气不脾气的问题，这是违抗军令！他敢违抗军令，我就敢撤他！他再胡来，我就枪毙他!"方先觉气呼呼地回答。

"军长，你真舍得撤掉你的这员大将、爱将啊？"孙鸣玉知道方先觉是在说气话，"你又不是不知道，他葛先才素来就有抗命的顽习，他早先的抗命，军长你不是还很欣赏吗？况且，他这次还谈不上抗命……"

"怎么，你要帮他说话？！"

"军长，我不是帮他说话，我还巴不得军长能打他几十军棍，帮我出出气呢，他和我说话，有时更冲。要不，我这就替军长传令，打他葛先才五十军棍。"孙鸣玉笑着说。

"你打他五十军棍，他就会求饶？他只怕会要你再加五十军棍。"

"还是军长了解他、了解他。其实，若依我看，他葛先才之所以敢顶撞军长，还是军长惯坏的。军长总爱护着他呢。这不，护出麻烦来了吧。"

孙鸣玉这么巧妙地一说，方先觉倒笑了。

"照你这么说，我是自作自受啰！"

"话不能这么说，军长，这还是他葛先才自身的问题。"孙鸣玉又巧妙地为方先觉打着圆场。

"我知道、知道，那家伙，就是脾气太坏。"

"军长，那就让我去一趟预十师，我替军长好好地教训教训他。"

"鸣玉啊，也只能你去了。"方先觉的火已被他自己压了下去。因为他和葛先才，毕竟是生死与共十几年的老搭档。他更知道，在这个时候，将帅不能起摩擦，他得尽快将电话里的不快化解。

方先觉又说：

"鸣玉，你得见机行事啦，可别真的又和他干一仗啦。"

"我知道、知道，军长你就放心吧。"

孙鸣玉来到预十师指挥所。

孙鸣玉一见葛先才就说：

"先才兄，军长和你十几年生死与共，彼此了解俱深，还有什么意气之争，又有什么问题解决不了？军长要我来转达他的意思，任何事都好商量，却不要动肝火。"

孙鸣玉这话，其实是替军长来给葛先才台阶下，葛先才却依然窝着火。

"鸣玉兄，谁先发脾气，军长自己知道。"

孙鸣玉说：

"当时我就在军长身边，我知道、知道。军长也是因为敌人攻势太猛，唯恐被横山勇那贼子钻了空档，所以一时性急。军长正懊悔呢。"

孙鸣玉这么一说，葛先才的话语软和了下来。

"鸣玉兄，我知道，此时正是国难当头，强敌当前，我岂能为这点小事而误大事？我也只是气气军长而已。"

"只是气一气军长？"孙鸣玉故作惊讶地说。

"对！"葛先才答道，"我是对军长未弄清事情便滥发脾气、易于冲动的习性予以反击。"

"好一个反击啊！先才兄。你这一反击不要紧，可就让我们揪心啰……"

"我知道你揪的什么心，是担心我和军长不和。"葛先才立即说道，"鸣玉兄，你放心，我和军长，肝胆相照，这点小事，不足挂齿。但就事论事，如果说军长没错，那么，我更没错！"

"对，对，你们两人都没错，都是横山勇那贼子逼的。"孙鸣玉赶紧说。

葛先才继续着他的话：

"军长身为主将，总希望手中多控制一点兵力应变，以确保衡阳为目的；我这阵地指挥者，则以固守阵地确保衡阳为目的。我们两者的目的完全一致。但是，要达到这个目的，全赖兵力灵活、迅速、正确的运用。用兵作战，各人有各人的看法、做法，只要不出乎原则之外、能多歼灭敌人、守住阵地、取得胜利，上级以少干预下级为宜。"

葛先才又说：

"为指挥官者，必须头脑冷静，见事论事，切不可轻易冲动浮躁。预备队的用途，其实有多种，如长期守势作战，预备队轮流将阵地上部队，替换下来休息整补，或构筑预备阵地，或把握战机，用预备队出击打击敌人，那就看指挥官用兵的目的何在。我在江西西凉山之役，根本不留预备队，那是硬拼的打法。还有预备队的位置，应置于敌人易攻击地区，敌炮火向我集中一点射击时，乃是敌人告诉我，其步兵将向此点攻击，则速将预备队移至该地区应变……此外，还有其他用途、用法，我就不一一枚举了。"

孙鸣玉听他说到为指挥官者，切不可轻易冲动浮躁时，心里尚自嘀咕，你葛先才这个师长不就是没做到冷静，不就是冲动起来才和军长对着发火的吗？可听着听着，他觉得葛先才说的确有与众不同之处，便催促道：

"先才兄，接着说，接着说。"

"鸣玉兄，我现在来说明我给这师预备队的任务啰。日军作战的优点，除了优越的火力外，其官兵极尽'勇''稳'之能，我必须针对他们的这些优点，想办法克制。敌有优越火力，我有巧妙工事为凭借；敌勇我亦勇，不怕他们。敌稳这一点，我军则不及。所以，我要在这个稳字上动脑筋。只要能将战斗意志稳住，其他一切就都稳住了。"

葛先才说，稳住斗志的措施，就是要防患于未然。这个防患于未然的措施，就是他运用预备队的独特战法。葛先才说他的兵力部署是，将预备队团的九个步兵连，以连为单位，平均分布在全阵地后面，如敌将要突破我阵地之前，或突破之后，该阵地团营增援部队尚未赶到时，师预备队控制于该地区的步兵连，不要等待命令，立即自动猛勇出击，来个逆袭，将敌歼灭于阵地之前。逆袭连攻击时，师预备队各营的重机枪连及迫击炮连，早已进入主阵地后方的预备阵地，以火力掩护逆袭连攻击。逆袭连收复阵地后，待守备阵地的增援部队到达，仍将阵地交还，撤回原地整理。

葛先才说他阵地上火力运用的独特处是，如果敌人突破我阵地某一点时，阵地缺口左右两翼部队稳着不动，并以炽烈交叉火力，将缺口前面封死，阻止敌后续部队涌进缺口，配合预备队迅速的逆袭，将攻入阵地之敌歼灭。

"倘若阵地被敌人突破后，守备营长无力收复，报告团长，团长亦无兵力支援，只能向师长求援，师长再报告军长，允许使用师预备队，尔后师长命令预备队团长，团长命令营长，营长派兵至现场，兜了这么大一个圈子，晚了，来不及了！战机已失，被动至极，敌人已在我阵地扎稳脚跟，或者已有大量之敌涌进缺口，这就麻烦了。固然我可派兵力去将它收复，但伤亡必大，本师最大缺陷就是兵额不足，岂可枉自牺牲？再则，将师预备队这样安排部署，也可壮阵地上官兵的胆，心理上有安全感，一举两得。这就是兵贵神速，稳扎稳打，迅速确实，有备无患的措施。这几天，我主阵地曾被敌人六次突破，但都被我迅速收复，并将突破之敌全部歼灭，就是最好的证明。战场上谁能有'攻必克'、'守必固'的把握？为将者，应有防患于未然的策划。鸣玉兄，请评评理，我错了吗？"

孙鸣玉听罢，起身而道：

"先才兄，我不敢置评，你这是给我上了一课。毕竟是沙场老将，绝招百出，运用之巧妙，鸣玉由衷敬佩。"

葛先才说：

"鸣玉兄，我自信能对上负责对下负责，而上上下下，却不要向我无理啰嗦。平时我很好说话，上了战场，谁也不能动摇我的决心。"

孙鸣玉回到军部后，将葛先才关于预备队的话详实地向方先觉做了报告。

方先觉听罢，赞曰，这家伙，打仗确实有他独到之处。行，就按他的办！

师长和军长的口角、意气之争，在军参谋长的斡旋下，顿时化解。

由此，方先觉对葛先才的建议均一一采纳，而在此后的每次激战中，方先觉从不问葛先才的战况或参与意见，唯恐扰乱其思路，滞误其行动。待战况缓和后，才询问详情。

作为军长，在每次激战中虽然急如星火想明了葛先才主阵地的战况，但仍然压制着自己，故意置之不问，这位军长憋闷之深、用心之苦，可想而知。也正因为军长对师长的高度信任，将帅同心，士兵用命，才使得衡阳守卫了四十七天之久，令日军战史都不得不重点记述、自我检讨。

葛先才的主阵地，在四十七天的激战中，曾被日军突破六十多次，但都被葛先才化险为夷。而被敌人突破的阵地，每次都是在敌炮火集中射击下，阵地官兵全部牺牲所致。

在横山勇施行黄昏后到凌晨的重点攻击时，葛先才打电话给方先觉，谈了他对当前战况的看法。葛先才认为，敌人累攻皆挫，而不撤退者，是对衡阳有必得之决心。敌军改白天进攻为黄昏进攻，改全面进攻为数点攻击，说明其正在补充兵力及调兵遣将中，做再次总攻的准备。

方先觉说："对，你和我想的一样。"

葛先才说："我军也应在此期间速做调整，补充主阵地兵力。"

"好，我将第三师第八团及军工兵营、军炮兵营等全部交给你指挥。加入你的主阵地作战，积极准备抗御下一次恶战。"方先觉说，"你还有什么建议？"

"盼周边友军，趁敌军累累受挫，士气低落，兵力补充尚未到位之时机，迅疾向衡阳反包围敌人而歼灭之。"

"说得好。这正是我国军的一个大好时机！"

方先觉立即命令："呼唤友军，请他们迅速向衡阳靠拢，形成反包围之势，将横山勇这狗贼歼灭！"

此时，算是方先觉从开战以来最兴奋的一刻。

从七月四日到七月十三日，横山勇在施行黄昏后到凌晨的重点攻击中，完成了对第六十八师团和一一六师团的整补。

第十军则利用日军白天停攻时机，调整部署，修理旧工事，构筑新工事，布置障碍物，配以火力网……预十师因二十九、三十两团伤亡极重，葛先才将预备队第二十八团派了上去。三个步兵团的兵力全部配备于阵地，由团营酌留预备队，并将二十九、三十两团的正面阵地缩小，左翼阵地由二十八团接替……

两军虽然都在进行整备调整，但横山勇的第五十七旅团已抵达衡阳郊区，加入攻城战斗序列。第十军日夜呼唤的友军却音信杳无。

七月十五日黄昏，日军的第二次全面总攻开始。

二十九

一轮硕大的血红的落日沉到地平线上的烟雾里，那片烟雾正是不计其数的日本兵用兽蹄扬起来的。

宫得富他们所在的阵地，即预十师第三十团守备区内的张家山，已经被敌机和炮火轰炸得面目全非。

张家山阵地，高出地平面约六十余米，位于火车西站背后，为预十师全阵地的中央突出点，系日军和第十军争夺最激烈的地区之一。

宫得富他们这个排，已经只剩下排长、老瘪、宫得富、老涂、曹万全等十来人。

排长心里清楚,这还活着的十来个人中,除了老涂外,都是老兵。这所谓的老兵,其实又大多都是像他自己一样,有过兵贩子历史的。而老涂之所以还没死,是全仗老瘪保护。

宫得富自从要老涂去捡弹药、而老涂明知道是去送死、反而将防毒面具给了他后,他就认为和老涂之间的恩怨算是扯平了。他和老瘪、老涂这个非正式的三人小组,诚如老瘪在一开始就说的那样,他用机枪扫射时,老瘪以步枪帮他干掉鬼子的射手;老涂投弹,他和老瘪同时保护;拼刺刀时,老瘪在前,老涂在左边,他在右边,三人呈三角状,相互帮撑。

宫得富的机枪,不仅已没有多少子弹,就连枪管,似乎也有点变形,用起来很不顺手了。

宫得富决心去敌人的尸体堆里捞一挺机枪回来。

他瞪着那双大大的、视力格外好的眼睛,看中了鬼子尸体旁的一挺机枪。

他想要老瘪掩护他。可他突然又决定,这回,得让老瘪看看我的,我宫得富不要掩护,也能将机枪搞回。

然而,光搞回机枪有什么用呢?还得弄回机枪子弹。

宫得富得找个帮手。他不能自己连着去两次。如果自己一个人先捡了机枪回来,再去捡子弹,那伤亡的几率,就是两倍。如果自己一个人想要把机枪和机枪子弹同时搞回,那就等于送死。他要采取的,就是以迅雷不及掩耳之势,突然冲出,然后迅疾返回。

他想到了曹万全,这个和他一同执行过师长的命令、登过轮渡的老兄,一定愿意帮他、跟他去。

宫得富爬到曹万全身边。

宫得富对曹万全嘀咕了几句后,只听得宫得富喊一声"冲",两人同时跃起,徒手冲出阵地,向前狂奔。

他们两人冲出的这一下太突然了,不仅是对面的鬼子没反应过来,就连自己阵地上的弟兄们也没反应过来。

宫得富冲到早已看好的地方，从鬼子尸体旁扛起一挺轻机枪，回头就向自己的阵地飞跑。

"小心啊！快！快！"阵地上的弟兄们喊声一片。

紧接着，鬼子的枪声响成一片。

还没有拿到子弹的曹万全，不知是被自己阵地上的喊声所惊，还是被鬼子的火力所惊，竟然也跟着宫得富往回奔。

忽地，曹万全倒在了地上。

"曹万全！"排长、老瘪、老涂他们大喊。

此时，扛着轻机枪的宫得富已经返回阵地，跳进了战壕。

鬼子大概见一个已被打死，一个已经跑了，枪声，停了下来。

鬼子的枪声刚一停下，只见扑倒在地上的曹万全，一个虎跃，回头向敌尸附近跑去，一手提一个轻机枪子弹箱，往自己的阵地跑回。

曹万全一跑回阵地，跃进战壕，宫得富便朝鬼子阵地伸出一只手，放肆摆动，大喊：

"小鬼子，这下知道我宫爷的妙计了吧！"

原来曹万全徒手跟着他往回跑，且迅即栽倒在地装死，是他和曹万全商量好了的。这两个老兵贩子知道，若是同时一人扛机枪、一人提子弹，说不定两人都会被报销，让一个倒下装死，另一个跑，不但目标小，更主要的是分散了敌人的注意力，就算跑的被撩倒，装死的那一个，趁着敌人不注意，定能有所收获。

宫得富正得意地喊着时，老瘪来到他身边，伸手就给了他一拳。老瘪说这么不要命的事，为什么不先跟他说？宫得富瞧着老瘪，只是嘿嘿地笑。那笑声里的意思是，老瘪，怎么样？这回我露了手绝的吧！

黄昏后日军发动的又一次进攻被打退后，天，完全黑了下来。

这个晚上黑得不同往常，并未到月儿完全隐匿的日子，天空却是黑黢黢一片，黑得伸手不见五指。只有炮火射出的火光，如同闪电一样，倏地将漆黑的夜空照亮。

渐渐地，日军的炮火停了下来，夜空遂像黑色的锅盖紧紧地捂住大地。

接下来，是令人窒息的安静。

这个夜晚，黑得异常，也突然安静得异常。

伏在老瘪左边的老涂长长地嘘了一口气，轻声地对老瘪说：

"瘪兄，鬼子肯定是攻累了，他们要歇一晚了。"

老瘪没吭声。

伏在老瘪右边的宫得富则自言自语：

"他妈的我总觉得这里边有名堂，天黑得离奇，鬼子安静得更离奇。"

宫得富旁边的曹万全笑了，说：

"天黑得倒不奇怪呢，莫非鬼子还有遮天的法术。倒是他们突然不攻了，大炮也不响了，恐怕不是好事。"

老涂听着宫得富和曹万全的话，用手臂碰了碰老瘪：

"瘪兄，你给说一说，今晚上到底会怎样？"

老瘪说：

"今晚上肯定会有鬼，他妈的我们更不得消停了。"

很快，排长传来了连长的命令：枕戈待旦，严防鬼子偷袭！

时间在令人不安的寂静中慢慢过去，阵地上什么情况也没有，只是夜色越来越浓，就连紧紧伏在一起的人，彼此也无法看清楚。

没有了枪声、炮声，又看不清自己身边的人，眼前只是一片漆黑，老涂忽然感到孤单。他觉得自己就像是一个人呆在这无边的黑暗里，忙伸手扯了扯老瘪的衣服：

"瘪兄，你在我身边吧？"

回答的却是："我不是老瘪，我是宫得富。"

原来老瘪找地方方便去了，宫得富不知不觉地挪到了老瘪的位置，而在漆黑的夜色里，老涂连换了一个人都察觉不出。

老涂和宫得富的话都说得很轻，但立即传来了排长的命令。这命令从彼此都看不清的兵们嘴里，轻声地、一个一个地传来："往下传，不准说话，竖起耳朵，听阵地前的响动。"

夜，实在是太静了。如果鬼子已经到了阵地前，那么阵地上说话的声音，立即就会成为他们枪弹的目标

宫得富不愧是个老兵贩子，他从老涂扯他衣服的那一瞬间，突然想到了一个问题。他立即摸索着朝排长而去。

"排长，我是宫得富，我有要事禀告，你在哪里？"宫得富憋着嗓门轻轻地喊。

"宫得富，过来，在这里。"

伏到排长身边后，宫得富说：

"排长，今天夜里有点玄，万一鬼子摸了上来，双方混在一起时，怎么分清敌人和我们自己人？"

"是啊。"排长说，"我现在连你宫得富都分不清。"

排长身边的一个士兵说：

"干脆，我们将手臂上扎块白毛巾。见着有白色的，就是自己人。"

排长说："不行，那就等于给鬼子提供了活靶子。宫得富，你肯定有主意。"

宫得富说：

"我也没有别的办法，鬼子也肯定想到了这一点，他们也不会在身上做标识。他们若是做了标识，只要一出现，我宫得富的机枪岂不是'哒哒哒'地将他们全扫光。万一鬼子偷袭上来，肯定就是肉搏战。到了那时候，我看唯一的办法，是用手摸衣服，咱弟兄们穿的都是棉布军衣，只有鬼子穿的是咔叽布军衣。一摸着咔叽布军衣者，就用刺

刀捅……"

　　"对！"排长说，"我这就去报告连长，做好这万一的准备。"

　　宫得富将这一招轻声地逐个告诉老瘪、老涂、曹万全他们。阵地上的人，更加提高了警觉。

　　然而，半夜过去了，依然没有什么动静。

　　老涂困乏得直打哈欠，尽管赶紧用手捂住嘴，还是哈出了声音。

　　这哈出的哈欠声极具传染力，连日的苦战，食物的不足，白天在烈日下冒着鬼子的炮火抢修工事。极度的疲惫使得这帮弟兄们一听到哈欠声，顿时如同散了架……

　　宫得富将一支上好刺刀的步枪放到身边，然后抱着机枪，侧身以脸贴地。他想着只要阵地上一有动静，就能震动他的耳朵，但很快也睡着了。

　　只有老瘪坚持不眯眼睛。他竭力撑着眼皮，可那眼皮如有千斤重，不管怎么撑着，还是合了拢来。

　　……

　　日军果然是趁着黑黢黢伸手不见五指之夜，于下半夜进行偷袭。

　　他们摸上了张家山。

　　然而，他们照样看不清楚山上的任何东西，他们不敢暴露自己，他们知道，只要自己发出任何一点声响，随之而来的，便是死亡。黑暗中，死亡同样在对他们睁大着眼睛。

　　猛然，一个日军士兵绊着个硬邦邦、圆滚滚的什么，摔倒在地，这倒地发出的"扑通"声，立时让他成了刀下之鬼。

　　这个日军士兵绊着的，是一截被他们的炮弹炸断的树干。这个日军士兵至死都不会明白，他会因为自己皇军的炮弹所摧毁的树木，而导致他成为偷袭中第一个丧命的人。

　　当老兵贩子排长见弟兄们实在抗不住疲乏、昏昏欲倒时，他发出了一个命令：每个人嘴里都得咬着毛巾，或是破布，以免发出鼾声。同时人员分散，不能挨在一堆。他又命令将些被炸断、烧枯的树木堆到阵地前，万一鬼子上来了，一听到响动，就和鬼子混到一起，以摸衣服为准，用刺刀解决。

老瘪多长了个心眼。他躺到一截大树干后面。他琢磨着这截大树干是在漆黑的夜里能保护他的最好玩意，如果鬼子没上来，他就能好好地睡上一觉。

那个日军士兵绊着树干摔倒的那一瞬间，在睡梦中依然警觉的老瘪霍地跳了起来，他顺手抓一把鬼子的军服，刺刀便扎在了鬼子身上。

这个日军士兵惨叫一声。

这个日军士兵的惨叫，使得宫得富、老涂、曹万全他们立即惊醒，抓着上好刺刀的枪，和鬼子混到了一堆。

于是，在壮烈的衡阳保卫战中，在衡阳保卫战一开始，便成为日军和第十军争夺最激烈的地区之一，为日军战史列入纪录的张家山，出现了如同京剧《三岔口》《武松打店》的摸索之战。只不过《三岔口》《武松打店》仅有两三人对打，张家山却是上百人在摸索着混战，我方是第十军预十师第三十团的一个残缺不全的连，日军是新补充的精锐兵力。敌我双方谁也看不见谁，无枪声无喊杀声，谁也不敢开枪，因为不知打着的会是谁；谁也不敢叫喊，唯恐暴露位置……

老瘪他们先是仗着摸衣服的先机，占了点优势，摸着咔叽布的，便给他一刺刀；但很快，日军也发现了这个玄机，也采用摸衣服的办法，凡摸着不是自己身上那种布的，便是敌人。于是双方开始都是用手摸，接着便是一阵阵枪支碰击声，整个阵地上只听得乒乒乓乓声，间或是惨叫声……

日军在偷袭部队上了张家山后，后续部队随之跟进。预十师三十团团长陈德垂则以左右翼猛烈交叉火网，及密集迫击炮弹封阻，使得日军的后续部队根本就进不了缺口。而第三十团的增援部队，也因在黑暗中分不清敌我，只能停止于半山之间，不能加入战斗。

张家山的摸索之战，直打到天将拂晓。

天一微明，三十团的增援部队立即冲上山头，将敌人悉数歼灭。

张家山虽然又保住了，但这个排据点，只剩下了老瘪、老涂、宫得富、曹万全和排长五个人。

就在这个时候，我叔爷从军炮兵营，被补充到了张家山二排据点，又和宫得富、老涂、老瘪到了一起。

我叔爷离开军炮兵营之前，营长张作祥命令，将他们冒着死亡危险带进城来的美式山炮最后的几十发炮弹，在六门大炮旁边摆好，然后命令他们将步枪擦好，子弹上好。

营长没有命令他们开炮，而是说，就要离开的弟兄，你们到大炮旁边好好睡一觉吧。

营长没有说出他们心里其实早就预知的话，那就是，这一分开，百分之九十九是不可能再见面了。营长也没有说知道弟兄们舍不得离开炮，那跟炮一呆久了，就跟人一样，有了感情，营长想让他们和有了感情的炮多呆一会……营长更不会说，在他们离开后，这些和生命连在一起的炮，就得炸毁了……

我叔爷这个老兵贩子当时想的则是，营长为的是让他们这些要去最危险地方的人，在离开之前，好好地睡一下，因为到了步兵阵地，可就没有这么样的机会了。

我叔爷说，人一到了这个时候，什么死不死的全不往心里去了，能享受一下，那就是一下。他立刻在大炮旁边躺下。

另一个就要变成步兵的人，则用拳头托着腮帮侧身躺着，安安静静地躺着，一动不动。

还有一个就要拿起步枪的炮兵，他的姿势格外不同。他摆出一副老爷的架势，四肢叉开地躺在沙地上，把那张线条粗犷、五官端正的脸孔露在太阳底下。他是个有心计有胆量的人。我叔爷想，如果他能活着回去，一定是个好当家的。

离我叔爷最近的，在没吃粮前，是一把种田的好手。他在水田里插完秧，那水田里绿茵茵一片，直看是一条线，横看也是一条线。这个种田的好手，还有一张女人的嗓门，他能学着大戏台上的青衣唱苦守寒窑十八载的薛平贵夫人。这是个农村里的能人，尽管没有田土，也是逗女人喜欢的那种男人。此刻，他用军帽遮住脸，突然尖声地唱了起来：

一摸呀摸到姐的眉，
姐的眉毛像柳叶；
二摸呀摸到姐的嘴，
姐的嘴巴细又圆；
三摸呀摸到姐的奶，
姐的奶子挺得尖……

他唱的是"十八摸"。
……

这些士兵们，彼此各不相同，命运，却这么和睦地把他们联系起来。

我叔爷对炮兵营的弟兄们记忆很深，但他将这些弟兄们的名字全给忘了，就连那个"女人嗓门"的名字，他也忘了。他唯一记得的，是这些弟兄们此刻睡在大炮旁的情形。他说人他妈的有时候就是怪，和弟兄们一起打了那么多漂亮的炮仗，留在记忆里最清晰的，却硬是只有要分开时睡在大炮旁的情形。

"这些人都死了，都死了。"我叔爷说，"一个也没活下来。"

当我叔爷见到宫得富、老涂、老瘪时，并没有高兴得相互拥抱，也没有你捅我一下，我打你一拳，就连握手的礼节也没有。而是相互看着、看着，似乎不相信见着的还是你我！眼神里流露出来的是：兄弟，你竟然还活着？！

还是老涂先开口。

老涂一开口，喊出的是"师傅"。

老涂说，师傅，你来了，我总算能当面向你赔罪了。

老涂还记着他向排长告密，害得我叔爷差点被毙了的事。

我叔爷其实是个从不记仇的人，因为他自己就常爱作弄别人。他的人生哲学是只要有饭吃、有轻松而又不费力的饱饭吃，吃了饱饭而又能找人说些要话子，就是天底下最幸福的事。其他的什么什么，那都是身外之物。至于要如何才有饭吃，才有饱饭吃，并不在他的考虑之中，因为"人不死，粮不断"，所以他任何时候都活得痛快、活得自在。即使是在他晚年穷困潦倒得让见着的人心酸时，他也并不觉得自己可怜。他依然是只要吃餐饱饭，便依然要找人逗乐子。

当老涂说总算能当面向他赔罪时，我叔爷才仿佛记起了他和宫得富被抓的事。

他当即乐呵呵地说：

"老涂你他妈的总算认我这个师傅了……"

我叔爷的话还没说完，宫得富插话了。

宫得富说：

"林满群你来晚了，老涂的师傅已经是老瘪了。"

老瘪说：

"不错不错，林满群你一走，老涂就拜我为师了。"

老涂赶紧说：

"你们都是我的师傅、师傅。"

我叔爷说：

"师傅不师傅的，我现在倒也无所谓了。只不知道老涂的女人，现在能不能让老瘪这个师傅说道说道？"

宫得富立时大笑。因为他想起了当初他唆使老瘪去撩老涂的事。

老瘪说：

"现在啊，老涂的女人不但能让我这个师傅说道，就连你们，也都能说道。老涂，你说是不是？"

老涂又忙说：

"能说，能说，现在你们都是我的好兄弟，我那水姐就算让你们说一说，你们说的也都是好话了。"

老瘪说：

"林满群你不知道，老涂那水姐，是个水仙，确实长得漂亮呢！比我那小寡妇还要漂亮呢！"

宫得富说：

"对、对，水仙保佑我们，所以我们都活着。"

我叔爷一听老瘪说到他那小寡妇，忙要老瘪好好讲一讲。

……

他们的话匣子正这样被打开，正要从老涂的水姐扯到老瘪的小寡妇，正要享受从谈论女人中得到的乐趣，日军的进攻又开始了。

日军的炮火覆盖了张家山。

尽管有我叔爷他们一些炮兵增补进了各个排据点，但张家山还是失守了。

张家山的这一次失守，是第十次。

前九次，鬼子一占据张家山，三十团团长陈德坒就率领团预备队逆袭，将阵地又夺了回来。如此往复，如同拉锯。可拉锯战到了这一次，陈德坒的预备队已经没有几个人了。

"师长、师长，我是陈德坒、陈德坒！"

"陈团长，你那里怎么啦？"葛先才一听陈德坒如此急促的话音，就知道出了极大的险情。因为自开战以来，这位陈团长就从来没有用这么急促的声音报告过战情。

"师长，张家山又被鬼子占啦！"

"迅速出击，将它给我夺回来！"

"师长，我已没有可以出击的兵啦！"

葛先才一听陈德坚已经无兵可用，口气反而放缓和了：

"陈团长，你别慌，我立即亲自带兵来，替你收复张家山！"

葛先才手头还有什么兵力呢？他放下电话，大声喊道：

"工兵连，跟我出发！"

葛先才带领师工兵连，迅即朝师指挥所横方向不过六百米的张家山急进。

葛先才手持驳壳枪，走在前面。他要工兵连的连排长到他身边来。连排长来到他身边后，他一面急走，一面将他的攻击部署和攻击要领，告诉这些战斗经验较少的工兵连的连排长们。

葛先才率领工兵连到了张家山脚下，工兵们齐声呐喊，弟兄们，师长来了，葛师长亲自带着我们来了！

随着连长一声令下，工兵们高喊着"冲啊！杀啊！"，直往山头冲去。

被迫后退在半山腰、躲在被炮弹炸开的凹洼里的排长、老瘪、宫得富、老涂、曹万全和我叔爷他们，听见了工兵连的呐喊。一听说师长亲自来冲锋陷阵，浑身那劲儿，突然飙了出来。

最激动的当数老涂。

老涂想着我叔爷和宫得富在师长面前露了一次脸（尽管那一次的露脸是因为他的告发），一个就进了炮兵营，一个则曾为师长亲自来请……这一回，该着他在师长面前露脸了。他得让师长亲眼看看他投弹的绝招，给他记上一个大功，尔后在打完这一仗后，发给他奖金，批他的假，风风光光地回去见水姐……

我叔爷后来说，这人在战场上啊，就是不可思议，四周明明都倒满了弟兄们的尸体，也明明知道只要往上一冲，小命就有可能报销，可在那个时候，谁也不怕死，谁也不会去想到那个死字。

山脚下"冲啊、杀啊"的喊声一起，老涂就对身旁的弟兄们喊道：

"快、快，把你们的手榴弹都给我！"

老涂将腰上插满手榴弹，两只手又各拿一枚，就要往上冲。

排长赶忙拉住他，说：

"等一下，听我的命令，现在还不到时候。"

我叔爷和宫得富他们知道排长的意思，是要等工兵连的弟兄们冲上来，再汇合一起冲，现在这么几个人提前进攻，效果不大，送死的概率倒是特大。

可老涂等不及了，他什么也不顾了，独自吼叫着便朝山上冲去。

"老涂！老涂！"排长急喊。

老瘪一见老涂独自往上冲，对宫得富喝道：

"上！我俩掩护他。"

老瘪和宫得富一上，排长只得命令所有的人都跟着冲。

我叔爷说他当时犹豫了一下，这么几个人冲在最前面，不是去送死吗？但想是这么想了一下，两条腿却不由自主地蹦起来。

战场上的情况实在难以预料。老涂这么不知死活地带头一冲，他在大山里练出来的爬山越岭的本事，用在这其实只相当于小山包的张家山，可谓游刃有余。只见他将右手的手榴弹一扔出去，左手的手榴弹便换到了右手，那扔出去的手榴弹呈高高一道弧线，还未落地，第二枚手榴弹已经投出，两枚手榴弹刚刚连续爆响，第三颗又投了出去……而老涂在投出手榴弹之际，人已经冲到了另一个地方，或左前方或右前方，距山顶越来越近。宫得富的机枪火力恰好在老涂投弹的空隙间显示威力……更主要的是，占据山包的鬼子的注意力全在杀声震天的工兵连那边，老涂的手榴弹由侧面投去，鬼子以为是遭到夹攻，阵脚大乱。

老涂一口气将身上的手榴弹全部投完，工兵连已经冲上山顶，一阵肉搏战，张家山又一次失而复得。

是战，蒋委员长特颁发给葛先才青天白日勋章一枚，工兵连全连官兵每人则获忠勇勋章一枚。

时报纸登载：葛先才师长亲率工兵连猛勇收复张家山。

葛先才后来说，报纸上登载的与事实稍有出入，他并没有参与冲锋，只是亲自率领工兵连到张家山脚下后，目送着工兵连的官兵们朝山头攻击。而投手榴弹的老涂，即被称为傻兵的神投手，为葛先才深深地记在了心中。几十年后，葛先才还在他的《抗战回忆录》里专门予以记述。

老涂和我叔爷他们并未得到勋章，因为阵地原本是在他们手里丢掉的。但老涂已在师长面前露了脸，葛先才看着他那勇猛地投弹，当即就对身边的人说，那个投弹的，了不起、了不起！你们要多给他预备手榴弹。自这以后，老涂就和我叔爷、宫得富一样，能开口便提到将军师长对其是如何如何的了。

只是，老涂能提到他在将军面前露脸的日子太少、太少。

日军的炮弹又如雨点一般倾泻到张家山。这次，他们是在拂晓发动攻击。

炮击停止后，整个阵地烟尘弥漫，几米外便看不清物件。

老涂从灰土中探出头来，使劲摇掉满头满身的灰土，朝四周一看，却不见一人。排长、老瘪、宫得富、曹万全、我叔爷他们，都不见了。老涂大喊大叫，没有一人回答。他回头一看，见敌人正在他背后，朝着和他相反的方向，向另一处阵地发起攻击。

老涂忙找手榴弹，还好，排长原为他专门准备的一箱子手榴弹还在他脚下。他抓起手榴弹，像扔石头一样，一个接一个地在鬼子群中爆炸。鬼子发觉手榴弹从后面投来，以为被突然逆袭而来的守军包围，迅即由左边凹地撤退。老涂一手夹着装有手榴弹的箱子，一手以手榴弹不停地跟踪追击，一口气追出好远，一连投出二十多枚。

此时的老涂，已经完全杀红了眼，或者说，已经处于半疯狂状态。对他最好的老瘪没有了，曾和他是冤家对头的宫得富也没有了，表扬过他的排长没有了，曾硬要认他为徒弟的林满群也没有了……

所有的人都没有了，都被鬼子的炮弹炸死了。只有在这个时候，作为一个人，才能最切实地感受到，和自己的人在一起，多好！他老涂现在没有一个自己人和他在一起了，他老涂只有为已经没有了的自己人，去报仇，去拼命了。

老涂嗷嗷地叫着，如同一头受伤的猛兽。

这时，一排长率领十多名士兵，跑步增援来了。

杀红了眼的老涂，已经半疯狂的老涂，分不清来人是谁了。他去抓手榴弹，手榴弹已经被他扔光；他顺手操起一支不知是谁死后遗落在地上、上了刺刀的步枪，吼道：

"来啊，来啊，小鬼子你们来和老子拼啊！"

一排长忙喊：

"我们是自己人、自己人，我们支援你来了！"

老涂的耳朵已经被炮火震聋，他听不清对方说的什么。他还是没有完全清醒，他端着枪，呀呀地朝一排长冲去。

一排长一边喊你疯了疯了，我们是自己人，赶忙躲开老涂，一边示意两个士兵绕到老涂背后，将老涂一把抱住。

老涂拼命挣扎。

一排长跑到他面前，说：

"我知道你是老涂，是投弹超级能手。你看看我是谁，我是一排排长。"

老涂这才如同瘫软了一般，滑到地上。

一排长正要安慰他，老涂却又哭又骂起来。

老涂骂他们贪生怕死，到这个时候才来。老涂说他的弟兄们全死光了，你们才来支援，还要你们来干什么？你们走吧走吧，我一个人守到这里……

一排长知道他心里难受，便索性不理他，任由他去骂，赶紧指挥阵地部署。

将新的阵地部署完后，一排长又来到老涂身边，故意笑着说：

"老涂，你再仔细看看我，你难道真的不认识我？"

老涂说：

"不认识。我只认识我们排长，还有老瘪、宫得富、林满群。可他们都不在了。"

一排长听他这么一说，又无话可安慰了。

老涂自顾自地说：

"只可怜了林满群，他若还在炮兵营，他若不和我在一起，他就不得死。从我一吃粮开始，他就照顾我，把我当徒弟，可我却害过他……还有老瘪，如果没有他保护我，我早就死了，也等不到今天了……宫得富，宫得富也是个好人……呜呜……"

老涂又哭起来。

老涂刚一哭，鬼子的进攻又开始了。

老涂抹一把眼泪，喊道：

"给我手榴弹！把手榴弹都给我！"

一排长给他送来十多枚手榴弹。

鬼子先是以炮火集中轰击，接着是步兵呈波浪式前赴后继之势，猛攻而来。当鬼子距阵地约六十米地区时，老涂便开始投弹，瞬息间，十多枚手榴弹全部在敌人队伍中炸响。在老涂的手榴弹炸响的同时，阵地上其他火力猛烈射击，鬼子伤亡累累，队形散乱，但仍然向阵地越逼越近。

一排长又为老涂送来几枚手榴弹。

老涂说：

"排长，我知道你是一排的排长了。我什么也不要了。我战死后，如有可能，只请排长将我的尸体，与我原来的排长、老瘪、宫得富、林满群他们埋在一起！如不能抢回我的尸体，我也不怪你。"

一排长一听，说：

"老涂，你要干什么？竟然说出这样的话。"

老涂又说：

"还有一件事，排长，我老婆叫水姐，她是被日本人害疯的，我不能去照顾她了。排长如果没死，帮我照看照看。"

说完，老涂猛地跳起，左右手各拿一枚手榴弹，冲出阵地，朝着迎面而来的鬼子飞步而去。

一排长大叫：

"老涂，快回来，不要冲击，让鬼子攻过来再打！"

老涂根本听不见。即使听得见，他也不会理睬。他只是快步如飞，直往敌群冲。

老涂右手投出了第一枚手榴弹。他将左手的手榴弹交到右手，又往前冲。

一颗子弹打在他左胳臂上。老涂全身震动了一下，跑势略为停顿后，又往敌群冲去。

老涂冲入了敌群中，他高举握着手榴弹的右手，直立不动。

一排长和士兵们大喊：

"老涂，手榴弹出手啊！出手啊！一出手就赶快往回跑啊！"

喊声尚未终了，"轰"的一声巨响，手榴弹在老涂手中爆炸。

鬼子始是被独自一人飞冲过来的老涂惊呆，接着又根本没料到来人会有此举，想躲避已经来不及，数人做了老涂的陪死鬼。

老涂本人，则被自己的手榴弹炸得血肉横飞。

阵地上的一排长吼道：

"冲啊！将老涂抢回来啊！"

一排长带来的士兵齐声怒吼着朝日军冲去……

老涂的遗体还是未能抢回，因为他的遗体上，很快就盖满了异国士兵的尸体。

老涂死时，已经满了二十三岁。

夜里。在远离衡阳的一间茅草屋里，水姐坐在昏暗的、小小的煤油灯前，静静地等待着，等待着她的老涂——涂三宝回来。

老涂离开水姐后，水姐并没有复发疯病。她变得异常地宁静。做事，总是悄悄地；就连走路，也是悄悄地。她最爱一人悄悄地坐着，凝视着小小的煤油灯。白天空闲时，她悄悄地坐着，凝视着没有点着的煤油灯；夜里，她悄悄地坐着，凝视着燃着小小的火光的煤油灯。她也许在想，只要这盏煤油灯不被风吹灭，她的三宝就能回来……

三十

在老涂以为排长、老瘪、宫得富、曹万全、我叔爷他们全死光，抱着必死的决心去与敌同归于尽时，我叔爷他们并没有死，而是被炮弹震晕后，又被炸起的泥土埋住。

在老涂拉响自己手里的手榴弹时，他们醒了过来。

他们当然不是被老涂的手榴弹震醒的，因为老涂和一排长会合的地点，已经离开原阵地，到了另一个排据点。

所谓排据点，即以一排兵力守卫的据点工事。以一连兵力固守者，则称之为连据点。

我叔爷是第一个醒过来，第一个从泥土中钻出来的。

我叔爷钻出来后，使劲晃了晃脑袋，还好，脑袋还能听使唤；他抬起手去揉眼睛，手也能抬起；他揉了揉眼睛后，看清了眼前的一切。

眼前虽然什么活的生物都没有，只有被炮弹如同翻土一样翻过来的黄土，以及被炸得七零八落的树干、树枝，和七零八落散着的死尸，我叔爷却兴奋地叫起来：

"呵呵，老子命大，老子卵事都没有！"

我叔爷的叫声在他自己听来，声音并不大，其实如同狂吼。因为他的耳朵已被震得跟聋了差不多。

尽管周围没有一个活人，尽管七零八落地散着尸体，我叔爷一点也不感到恐慌，这种场面，他早就见得多了。他只是在心里念叨，他妈的，难道宫得富、老瘪、老涂、排长、曹万全他们全死了？

我叔爷开始去翻那些被炮弹炸得七零八落散着的尸体，他扳过一具尸体，看一下，不是；他又扳过一具尸体，看一下，也不是。有的尸体实在无法辨认，他就去掏口袋，看能从口袋里的东西识别出来是谁？

突然，我叔爷不翻了，他猛然醒悟，宫得富他们，定然也是和老子一样，被埋在泥土中、假（晕）死过去了。

于是我叔爷返回去，一边用手扒泥土，一边喊：

"宫得富、宫得富，老瘪，老涂！"

被他最先扒出来的是老瘪。

其实，老瘪不能说是被他扒出来的。老瘪在他返回来时，已经醒了。老瘪醒过来的第一反应是：阵地上有没有鬼子？阵地上如果有鬼子，他得装死！故而他睁开眼看一下，又赶紧闭上；闭一会儿，再偷偷地睁开，直至看着我叔爷在一边扒土一边叫喊。

231

老瘪从泥土中拱了出来。

老瘪一拱出来，就对我叔爷说：

"林满群啊林满群，你和宫得富硬是亲些，首先喊的就是他，而不是我老瘪。"

我叔爷一见出来了个活老瘪，喜不自禁，伸手就是一拳。

老瘪接住我叔爷打过去的拳，说：

"兵贩子就是跟兵贩子亲，没治。"

我叔爷的耳朵还没恢复正常，根本就没听清老瘪的话，他说：

"老瘪，老瘪，快点和我一起扒，看还有活的没有？"

老瘪放大嗓门：

"你不用喊我也会扒！你讲话怎么跟打雷一样？是变成聋子了吧？我老瘪耳朵没聋，你用不着那么大声地喊。"

这一回，我叔爷听清了，他随即回答：

"你才是聋子呢！鬼子的炮火能拿我怎么样？！我林满群的命比你老瘪硬，八字先生算过的。"

"八字先生说你的鸡巴也硬吧，跟那三百斤的野猪一样。"老瘪故意把嘴巴说成鸡巴。

"原来你的鸡巴是硬不起的呵，等下我得报告排长。"我叔爷就着老瘪的话予以反击。

这两个老兵油子，只要没死，就忘不了耍嘴皮子。

很快，受了伤的排长和曹万全被扒出来了，就是不见宫得富和老涂。

没找着宫得富，我叔爷急了。

我叔爷确如老瘪说的那样，他第一个挂着的就是宫得富。他和宫得富不但是一同来到衡阳的兵贩子，更是一同差点被毙了的兵贩子，而宫得富当初不要连长宽恕，宁可和他一同被枪毙所表现出来的那种义气，我叔爷当然忘不了。

老瘪更挂着的则是老涂。

于是，我叔爷不停地喊着宫得富，老瘪不停地喊着老涂，两人拼命地扒着泥土。

宫得富终于被扒出来了。

被扒出来的宫得富，浑身是血。

浑身是血的宫得富依然活着。他那样子，是被炮弹炸成了重伤。

我叔爷忙喊谁还有绷带？活着的这几个人都摇头。他们随身带着的绷带，早就给原先的伤员用光了。

我叔爷脱下自己身上的那件烂汗衫，将宫得富那只不知是被炸断还是没炸断的左手包扎两圈，然后吊到他胸前，算是完成了"救护"。

我叔爷生怕宫得富会突然死去，替他包扎完后，坐到他身边，喊：

"宫得富，宫得富，你还认识我吗？我是林满群，我林满群又和你到一起后，我们还什么话都没说啊……"

我叔爷这么喊着喊着，宫得富睁开了眼睛，看着我叔爷。

突然，宫得富笑了。他使劲挪动着身子，用尚能活动的右手拉住我叔爷的手，第一句话便说，林满群啊老弟啊，我这辈子算值了，师长亲自请过我啊！

原本看似就要死去的宫得富，说起了师长请他去上轮渡的事。他怕我叔爷不知道他的那段最能引以为豪的事。他说如果我叔爷能活着回去，就帮他记着这件事，而且一定要告诉他家乡的人，他宫得富是被师长请出山的人……

宫得富是在念着他的家乡，念着他那难以回去的家乡。他似乎已经知道自己不可能再回家乡，他唯一的心愿，是希望他家乡的人能知道他在衡阳有过荣耀……

这时排长发话了。排长要我叔爷和曹万全将宫得富抬到营部去。宫得富却怎么也不肯被当作伤兵抬走。他说他只是被他妈的炮弹炸懵了而已，他还有一只好手，他还能扣动扳机。我叔爷要他别逞英雄，还是到营部去疗伤。他狠狠地瞪了我叔爷一眼，说，我能离开你林满群吗？我俩的命是早就连在一起了的。

我叔爷说，既然我俩的命是早就连在一起了的，我林满群的命大得很，你他妈的就不能死，你他妈的就得陪着我，我他妈的也陪着你。

我叔爷是看着他浑身是血，怕他是"回光返照"，说了些逞狠的话后就会死去。

宫得富却不是"回光返照"，他竟然坐了起来，而且不停地指使起我叔爷来。他要我叔爷替他擦枪，替他装好弹匣，他说他一只手照样能点射，照样要打哪里便打哪里。他还要我叔爷在他身边放几枚手榴弹，他说若是到了万一的关头，他还能掩护我叔爷他们撤离，因为他反正走不动了，他也绝不要我叔爷他们背着他或抬着他走，他就留在这里，到万一的时候就拉响手榴弹，和鬼子一同报销拉倒……

我叔爷见他还能不停地指使，兴奋起来，说：

"宫得富你他妈的变成伤兵，反倒成大爷，你把我林满群当新兵使唤啊？！"

宫得富说：

"老弟，伤兵当然要人伺候啦！要不，我俩换个位，你变成伤兵，我来伺候你。"

我叔爷说：

"可惜，鬼子的炮火就是伤不着我，因为老子原本是个炮兵。炮火怎么能打炮兵呢。"

宫得富就说：

"所以你就只能伺候我喽。快点，快点，手脚麻利些，把手榴弹给我摆好，到时候我宫得富好让你安全撤退。你只别忘了对我的老乡讲师长请我的事就行。"

我叔爷说：

"宫得富你不但是身上被炸伤，脑壳也肯定是被炸坏了。这仗从一开打，有过撤退的吗？"

我叔爷刚一说完，突然补上一句：

"哎，我说宫得富，你全身都是血，怎么还有这么多话？还这么有精神？"

宫得富诡秘地笑了一下，用右手招呼我叔爷，说，林满群你将耳朵伸过来，我告诉你一句话。

宫得富凑着我叔爷的耳朵说：

"老子身上的血，大多是别人的。老子就是左手动不得了。别的地方，没事！我就是要试试你林满群对老子到底怎么样？兄弟，你果真是我的好兄弟啊！"

我叔爷正要朝宫得富那只还能动弹的右胳膊狠狠击上一拳，老瘪对他吼了起来。老瘪要他快来帮着扒老涂。

老瘪和我叔爷、排长、曹万全他们正在拼命地扒时，一排长派人过来了。

老瘪和我叔爷他们，才知道老涂已经死了。

老瘪连连责骂自己，说他怎么能被炮弹震昏，怎么能被泥土掩埋？若是他没被震昏，老涂是绝不会死的……

宫得富听后也垂下了头，口里不住地念着，老涂老涂，你怎么真的那样哈呢，真的以为我们都死光了呢，你一个人去和鬼子拼命，为我们报仇……

排长、曹万全都为老涂的死叹惜，都说像他那样的神投手，是再也找不着了。

倒是我叔爷，念叨起了老涂的水姐。他轻声嘀咕着，说老涂的女人有福气，找上了老涂这么个实心人，隔着天远地远都被老涂护着，如同嵌在心里的宝贝；又说老涂的女人没福气，原本守着这么好的一个男人，可这么好的男人，一下没了……

我叔爷念叨着老涂的女人时，老瘪吼了起来。老瘪说，他妈的只要我们中间还有一个人活着出去，活着出去的这个人就得去照看老涂的女人！活着出去的人要是不去，他妈的就不是个人！

老瘪的话令排长、宫得富、曹万全和我叔爷连连点头，都说老瘪这话说得好，只要没死，就一定按老瘪说的办。

这几个人中，只有我叔爷活了下来。我叔爷说，后来他的确去看了老涂的女人——那个水姐。

老涂死后不几天，老瘪也死了。但老瘪不是死在张家山，而是死在鱼塘。

我叔爷说，他原本想着自己肯定是与张家山共存亡了，他没想到的是，师长葛先才却下达了要第三十团陈德垡团长放弃张家山的命令。

葛先才之所以要陈德垡弃守，因为张家山的工事全被日军炮火摧毁，遍地集尸，连山的高度都增加了，腐尸臭气熏天难闻，据守官兵已无容身之地。葛先才认为已经失去了利用价值，故命令放弃，将阵地上尚存的人员调派到别的阵地据守。

仅这一个张家山，日军和第十军双方死亡的人数，就在七千人左右。日军两个联队，包括联队长在内，均做了张家山之鬼。

三十一

这天上午六时后，日军如同往常一样，停止攻击。

老瘪伏在地上，嘴里不住地念叨着。他现在念叨的已经不是想喝一碗湖南的壶子酒了。壶子酒，早已是可望而不可即的奢侈，他现在念叨的，是能吃上一口人吃的菜。

他和弟兄们，从开战后的第十天开始，吃的便是爬满蛆虫的酱菜。

爬满蛆虫的酱菜，不仅是他和弟兄们吃，就连方先觉、葛先才他们也只能以此下饭。因为除此以外，别无佐餐之物。

我叔爷说，这酱菜，是衡阳城内两家大酱菜园的。这两家大酱菜园，每家都有几百个露天大酱缸。那规模，在衡阳是数一数二；那品牌，也是衡阳的老大老二。我叔爷在第三次吃粮吃到衡阳时，就吃过这大酱菜园的酱菜。他说那酱菜的味道，嘿，盖过全天下。可是当他从衡阳血战逃生出来后，只要一提到酱菜，他就连连地呸个不停。

"恶心哪，酱菜上全是这么大一条的蛆哪！"

在大战即将开始之际，酱菜园的老板和伙计全都随着疏散的人们离开了衡阳城，无人管理的酱菜园成了废墟。大战一打响，酱菜缸子或因日军飞机轰炸时，盖子被震落，表面为泥土灰烬掩盖；或被敌弹击破……正值炎热天气，酱菜焉能不坏？当第十军军部后勤人员发现这些酱菜缸时，始是欣喜不已，总算找着有盐味的菜了，可走拢仔细一看，缸中皆是巨蛆涌动，令人作呕。后勤人员向长官报告，长官问在别的地方还找到些菜蔬没有，答曰全城民房都被烧毁，什么也找不着，只有这起蛆的酱菜了。长官说酱菜有咸味，弟兄们打仗不吃些咸的不行，把那一缸一缸的酱菜统统运回来，吃时将蛆洗掉、扒掉，吃的人眼不见不就没事了。

于是，一缸一缸涌满蛆的酱菜进了军部、师部、团部……

然而任凭炊事兵再洗、再扒，酱菜里的蛆也不可能全部去掉。我叔爷他们虽然见着带蛆的酱菜恶心，却不能不吃，吃时还免不了恨恨地说，反正是老子吃你，不是你吃老子！但很快，就连这种带蛆的酱菜也没有了。

我叔爷和老瘪他们已是面黄肌瘦，双眼深陷，宛若乡里人说的痨病

237

壳子。

老瘪在念叨着有菜吃就好时，吊着一只手的宫得富叫了起来。

宫得富叫的是，他妈的我们怎么这么哈，守着鱼塘不敢去抓鱼吃？！

原来他们奉命改守的阵地前，有一连串大小鱼塘。鱼塘对面，便是日军。一直守在这里的士兵们虽然早就想打鱼塘的主意，但长官有令，不准下塘捉鱼，防的是日军突然开火，枉自送了性命。

此时，宫得富这么一叫，把士兵们早就想抓鱼为食的欲望煽动起来了。但还是有人说：

"这、这去抓鱼，违犯了军令怎么办？"

宫得富说：

"到了这个时候，眼看着有鱼不去抓，等着活活饿死啊？！"

我叔爷立即跟着说：

"对啊，我们若是活活饿死，鬼子打过来，谁去抵挡？！不过，我有一个可免处罚的办法，我们抓了鱼后，立即给营长、团长送几条大鱼去，再请团长给师长也送上几条……"

我叔爷的话还没说完，曹万全便接了过去：

"林满群的办法好！这样，长官就不会吭声了。官不打送礼人嘛。"

这些曾经的兵贩子，他们的胆子就是比一般的士兵大，歪点子更比一般的士兵多。

就连干过兵贩子的排长也跟着说：

"我看这个办法行。现在的问题是，如何下塘去抓鱼。"

一直没表态的老瘪见排长发了话，从地上站起来。

老瘪一站起来就说：

"既然你们不怕违反上头的命令，我就不怕对面的鬼子！老子带头，谁跟我去？老子也确实憋不住了，想喝鱼汤了。"

宫得富立即说：

"瘸兄，我跟你去！"

老瘸嗤一声：

"去去去，你宫得富一只手还要捉鱼，别成为我老瘸的累赘。"

我叔爷知道宫得富是故意那么说，好激励别人。他当即站到老瘸身边：

"瘸兄，我跟你去，该没有问题吧？"

我叔爷是看着那满塘的水，他不光想抓鱼，而且想划澡（游泳）。

排长和曹万全也站了出来。

排长说：

"老瘸，这个头还得归我带。上头责怪下来，我担着。"

老瘸说：

"排长，你不能去，你大小也是个长官。"

排长说：

"我这个长官如有不测，你就代替我指挥。"

老瘸说：

"不行，论指挥我不如你！再说，抓鱼的也得会抓才行，我老瘸是抓鱼的里手。我们去抓鱼时，你指挥火力掩护。鬼子若向我们开枪，你得狠狠地教训他们。我们若被打死，你得为我们报仇！"

说完，老瘸、我叔爷、曹万全等五人向着鱼塘对面的鬼子大喊：

"喂，对面的人听着，我们没带武器，我们是下塘抓鱼，你们不可开枪射击！要打，照你们的老规矩，下午六点开始，你我拼个死活。若是你们向我们这未带武器的射击，激怒了我们，我们就要采取攻势，冲过鱼塘将你们全部杀死！"

也不管日军士兵能不能听懂，也不待日军回答，老瘸和我叔爷他们一下滑入塘中，五人散开，各自摸鱼。排长则组织火力，严阵以待，准备应变。

阵地上的人一边盯着对方，一边不时看看塘中，心，都提到了嗓门。

日军，并没有向池塘射击。

也许，他们感到好奇，在自己的枪口下，对方竟然脱光衣服，去池塘里抓鱼玩。

也许，他们对那抓鱼也颇感兴趣。他们也想去池塘里玩一玩，只是没有上级的批准。

也许，他们想到了自己的家乡、自己的儿时……他们在自己的家乡、在自己的儿时，或者就在成为皇军之前，他们也正是这样下塘抓鱼、戏水……

鱼塘里的鱼儿正肥。我叔爷后来回味着在敌人枪口下、生死悬于一线的抓鱼时，竟兴奋地说，衡阳人会养鱼啊，一个连着一个的池塘里全是鱼啊，那鱼儿直往我们的胯裆里钻啊，钻得胯裆里麻酥酥的啊……

我叔爷和老瘪他们每抓住一条鱼，就往塘埂上扔。被扔到塘埂上的鱼扑腾着，在刺眼的阳光下闪着鳞光。阵地上的士兵呼喊着要去将鱼捡回，排长不准。排长命令谁都不许动，枪口得对准对面的敌人。

这一天，老瘪和我叔爷他们安全地返回，每人，都抓获了不少大鱼。

全连的士兵皆兴奋了，他们忙着准备捕鱼的工具，以便第二天捕获得更多一些。

我叔爷和老瘪他们吃到了鲜美的鱼肉，喝着了鲜美的鱼汤。那种好吃的滋味，我叔爷说，那才真正是天下第一！

当老瘪将鱼刺都嚼得一根不剩，将沾有些许鱼汤的搪瓷杯缸舔得干干净净后，他突然提到了一个人。

老瘪说：

"噫，韩在友那小子呢，这么多天了，怎么不见他来阵地上看看我老瘪？！他若来，我老瘪得给他留点鱼汤啊。"

老瘪一提韩在友，宫得富也想起来了。他说：

"对啊，怎么把他给忘了？他该来阵地上，和老子再比试比试枪法啊！"

老瘪立即说：

"你现在只有一只手能活动，还跟他比试个鸟！要比，也只能是我老瘪和他比。"

老瘪这话激怒了宫得富。

宫得富说：

"一只手怎么啦？使驳壳枪难道还要两只手吗？老瘪你别逞能，以前是我宫得富一直让着你，你就以为你真是老大了。哼！"

老瘪说：

"嗬，宫得富，老鼠爬秤钩，要自称自了。来和我老瘪叫板了。你先别说韩在友，就和我来比试比试，怎么样？"

宫得富说：

"比就比！我还真怕你老瘪不成？"

老瘪说：

"那就来吧，怎么比？

宫得富说：

"你若真有本事，和我一样，用一只手端着步枪射击。"

老瘪说：

"那不行不行，你是伤兵，我老瘪得让着你点。"

宫得富说：

"不要你让！"

老瘪说：

"我不让着你，弟兄们会说我欺负伤兵。"

老瘪越是说宫得富是伤兵，宫得富就越来气。两人争吵起来。

排长在一边说：

"发宝气，发宝气，刚吃了两餐鱼，又都来劲了。"

老瘪懂得排长那"发宝气"的意思，是带有爱怜地说他和宫得富两人犯傻，他就越发故意和宫得富抬杠。

宫得富气呼呼地说：

"不管来劲不来劲，非比单臂托枪射击不可！就打活靶子，干掉对面的鬼子。"

我叔爷忙说：

"哎，现在打不得，打不得，你们对着池塘对面的鬼子一打，他们还不报复啊？我们就再也休想下池塘抓鱼了。还是多抓几天鱼再说。"

我叔爷这么一说，宫得富和老瘪都不争了，心思又放到抓鱼和吃鱼上去了。这时曹万全又冒出一句。

曹万全说：

"那韩在友说过，他要来阵地上摆弄神枪的啊，被他打死的鬼子，就算到宫得富和我的名下……"

曹万全还没说完，宫得富说：

"人家那是吹牛皮，逗着你好玩的，你还当真啊？！"

老瘪立即说：

"韩在友从来是说话算话的，他绝不会不来的。他莫不是遭遇不测了啊！"

我叔爷说：

"不会吧，他在师长身边，我们这些人还没死，应该还轮不到他。"

老瘪却已经为韩在友担心起来。他自言自语地说，韩在友是我多年的好兄弟，我对老涂说过，等这一仗打完，我就帮他去找韩在友，要韩在友在师长面前替老涂请个假，好让老涂回去看他的水姐。可老涂已经死了，我也用不着要他帮这个忙了……可他，总该惦着我老瘪啊！这么多天了，他不会跟老涂一样吧……

老瘪这话说准了，韩在友的确已经跟老涂一样了。

大战开始不久，葛先才的参谋主任吴成彩就力保韩在友任师特务连手枪排排长，谁知道特喜欢韩在友的葛先才却不同意。葛先才认为韩在友勇则勇，但性格粗鲁，全无学识，不适于带兵。吴成彩说，手枪排整天跟在身边，等于都是卫士；韩在友在平时，不是经常指挥手枪排士兵吗？而且，他和手枪排士兵，相互间情感融洽。我看他当个排长准行。

吴成彩这么一讲，葛先才觉得也有道理，便说，那就让他以准尉代理排长，先试试看。

由是，韩在友由中士升了个准尉。

待到日军第一第二次总攻后，葛先才的步兵团伤亡惨重，他将师属特务连、防御炮连、工兵连、搜索连、防毒连，统统当作一般步兵使用，五位连长皆先后阵亡，在无兵可调的情况下，葛先才不得不启用手枪排。

葛先才要吴成彩将韩在友手枪排的驳壳枪收回，全部发给师部无枪支的军官；手枪排除排长和班长仍然使用驳壳枪外，士兵全部改用缴获的日军三八大盖，各班配备三八式轻机枪一挺。

"手枪排务于两日内完成装备更换，士兵不会使用敌人枪械者，也必须在两日内完成演练。"葛先才对吴成彩说，"改用敌人枪械练习竣事后，要韩在友来我这里接受任务。"

两天后，韩在友来了。

葛先才说：

"韩排长，你这一排人完成一切战斗准备吗？"

"报告师长，已经全部完成。"韩在友大声答道。

"好！你这个排归三十团陈团长指挥，你率领本排即刻前去报到。"

"是！"

葛先才又说：

"你们使用的敌人枪械，师部和团部都没有子弹补充，你自己设法去阵地外，到敌人尸身上搜取。"

"哎呀，那我们还不会被臭气熏翻？！"韩在友做了个鬼脸，又开始嘻哈起来。

葛先才笑哼一声：

"世界上也有你怕的事啊！要不要我给你配上防毒面具再去啊？戴上防毒面具，你就不怕臭气熏了吧？"

"师长，将我的军啊？"韩在友嘿嘿地笑。

"不要嬉皮笑脸。"葛先才说，"要知道，你现在是排长了。你得将全排带好！去吧。"

韩在友敬了个军礼，转身而去。

韩在友一走，葛先才心头如有所失，这个跟随他多年、深受他喜欢的卫士，此一去，还能不能回来呢？

"韩在友！"他情不自禁地喊道。

刚走出数步的韩在友一听，忙返回问道：

"师长，还有要交代的事？"

葛先才说出的却是：

"韩在友，你有没有怕上战场的心理？"

韩在友一听，说道：

"哎呀，师长，我还当是什么大事呢，你问这个啊，我在你身边时，常常瞅空子偷偷溜到阵地上，回来时向你报告打死了几个敌人，你还说我吹牛……"

葛先才说：

"可这次，不一样啊！"

葛先才还想说几句，韩在友已经转身大步而走。他边走边说：

"师长，你不用为我担心，大不了战死沙场，有什么了不得的！"

韩在友率领原手枪排上了阵地。他当然不可能抽空去看望老瘪，也不可能兑现跟宫得富和曹万全说过的话。尽管他上了阵地后，和老瘪、宫得富他们就在同一个团。

韩在友此一去，就没能再回到葛先才身边。他的死，正应了"猛将阵上亡"那句话，因为他胆子太大了。

五天之后，陈德垂团长电话报告葛先才："韩在友排长阵亡……"

陈德垂在电话中说，师长不要难过，韩排长没有白死，死在他枪下的鬼子，不知多少。只因他胆子太大，在阵地上经常与敌人开玩笑，或引诱敌人来抢阵地，待敌人攻过来时，迅速跑回将敌人射杀。若是稍微小心一点，一时尚不至于阵亡……

陈德垂团长所说的"稍微小心一点"，是韩在友在又一次引诱敌人时，落入了鬼子的包围圈，他把子弹全打光了，最后一颗，他射向了自己的脑门。

葛先才当即叹道：

"壮哉！为国捐躯，不虚此生，我以他战死为荣。在劫难逃，脱离苦海，一死百了。惟数载相处，生死与共，焉能忘情！陈团长你派人将他的遗体抢回，就地深埋，待此战役结束，再行盛殓。"

然而，韩在友的遗体和老涂一样，未能抢回。因为他死守的那个阵地，很快就被敌人的炮火全部覆盖。他的尸体，和日军的尸体混在一起，皆被日军的炮火掩埋。

在老瘪念着韩在友的第二天，我叔爷和老瘪他们这组捕鱼的人，增加到了七个。

这一天，鬼子依然没有开枪射击他们这些捕鱼者。

老瘪捉到了一条足有两尺长的大鱼，他将大鱼抱在怀中，喜得在水中转着圈儿大叫：

"宫得富，宫得富，你看见了吗？看见我老瘪抓的这条大鱼了吗？

哈哈，我老瘪……"

老瘪的话还没说完，大鱼已从他怀中滑脱，潜入了水中。

"跑了，跑了！"阵地上的弟兄们大叫。

"跑了，跑了！"对岸的日军似乎也在大叫。

老瘪立即一头朝下，钻入水中去抓逃跑的大鱼。当他从水中钻出来时，鱼未捉到，两手空空，人则满身满头满脸泥巴。原来池塘水本就不深，他一个猛子扎进了塘泥中。

老瘪那样儿，引得阵地上的弟兄们轰然鼓掌跺脚大笑，对岸日军的大笑之声也传了过来。我叔爷后来说，当时那情景，哪里像是敌我做殊死之战，而是像戏台上在演逗人发笑的花鼓戏。我叔爷还说，这人啊，有时就是捉摸不透，只要双方将手里能打死人的家伙熄火，就好像不是在战场上了……

那些日本鬼子的笑声，我叔爷一直记得。他说，那笑声，也就是人的笑声啊……

第三天，出事了。

我叔爷说，这一回他们刚溜下池塘，对岸日军的枪声便响了。

日军的子弹打得池塘里的水"哧哧"作响，打得塘埂上的泥土溅起好高。

我叔爷说，当时他和老瘪他们一听枪响，别的什么反应都没有，唯有怒火直冲脑门：他妈的小鬼子不讲信用，竟敢向手无寸铁的他们开火！

鬼子的枪声一响，排长他们立即开枪还击。

我叔爷和老瘪他们忙爬上池塘，跑回阵地，连衣服也顾不上穿，每人拿了三枚手榴弹，赤身裸体就朝敌人冲去。

排长一见他们冲过去，一边命令火力掩护，一边大叫："上刺刀，跟我出击！"一十一个弟兄立即跟着排长冲向敌人阵地。

我叔爷、老瘪、曹万全他们七个赤身裸体的人，将手里的手榴弹一枚接一枚地扔过去，二十一枚手榴弹在敌人阵地接连爆炸。手榴弹一扔完，排长和那十一个兄弟冲了过来。我叔爷、老瘪他们捡起鬼子的枪，和排长一道冲进敌阵，一顿枪击刀刺，将鱼塘边缘之敌全部歼灭。

　　等到日军的增援部队赶到时，排长已带着弟兄们全部回到自己阵地。

　　我叔爷说，原来池塘对面的鬼子并不多，经不得几下打。我叔爷不知道的是，此时日军因连续受挫，处于整备期间，而日军的主要头头，正在调兵遣将，部署第三次总攻。

　　我叔爷说他们因为前两天吃饱了鱼，所以不但浑身有劲，而且全身是胆。三个小时后，他们又只穿一条短裤，来到鱼塘边，对着敌人大喊：

　　"我们捕鱼已经成了定案，你们若是再开枪射击，有例在先。不相信就试试看！"

　　说完，又跳入鱼塘，照样捕鱼。

　　在此后的几天里，日军果然不敢开枪射击他们这些捕鱼的人。

　　我叔爷和老瘪他们算是开了捕鱼风气之先，引得所有鱼塘附近阵地的弟兄们，都学着他们，在鬼子的枪口下捉起鱼来。师长葛先才尽管收到了团长送来的四条大鱼，尽管吃着那美味的鲜鱼时大加赞赏，说好吃好吃！但仍严令禁止。只是，他下达的禁止捕鱼令，无效了。

　　凡是有鱼可捕的连队，连长和士兵达成默契：每天到了捕鱼时间，便派出警戒，只要远远地看见团营长来，立即发出暗号；塘中捕鱼者一听到暗号，便迅即跑回阵地内，穿上军衣，装作若无其事的样子。等团营长一走，又脱掉军衣，滑入塘中，以命换鱼。直到所有池塘里的鱼全被捕光了，无鱼可捕了。

　　然而，老瘪这个打过西凉山之战、参加过第三次长沙会战、驰援常德保卫战……在数次激战中，身上连伤疤都没有一个的老兵，却还是死

247

在了捕鱼中。

我叔爷说，老瘪是胆子太大、太大了……

我叔爷他们这些下塘捕鱼者，当然只是在靠近自己阵地这边捕捉，当然也不敢走出太远。但随着池塘中鱼的减少，老瘪捕鱼竟捕到了靠近敌人那一边的池塘。

那一天，我叔爷和老瘪他们下到池塘里，捉了好久，一条鱼也没有捉到。正在他们骂骂咧咧时，老瘪一声不吭，独自一人往靠近鬼子那边的池塘而去。

我叔爷说，两军厮杀，炮火连天，枪弹横飞，打不着老瘪，可就在这鬼子似乎对捕鱼者不会开枪的平和中，他，被子弹打中了。老瘪的死硬像是命中注定，因为他素来是最爱说玩笑话的，他那张嘴巴是闲不住的。然而，这一天，他没说一句话，是在弟兄们不知不觉中，往靠近鬼子的池塘而去的。

当我叔爷他们发现老瘪不见时，老瘪已经靠近了鬼子那边的池塘。

呆在阵地上的宫得富最先发现他，当即大声地喊叫起来：

"老瘪，快回来！不要太靠近！"

宫得富的的确确是一片好心，可是老瘪听得宫得富这么一叫，反而使得他更要逞强。他朝宫得富挥舞着手，大声回答说：

"宫得富，你就等着我老瘪捉几条大鱼给你吧！"

我叔爷认为，如果不是宫得富先喊老瘪回来，如果是排长先喊，老瘪也许会打转身。因为宫得富要和老瘪逞狠比武，老瘪是绝不会服输的。他老瘪就是要让宫得富看看，他能在鬼子的阵地前捉回鱼来。

"老瘪，回来！快回来！"排长和阵地上的弟兄们叫了起来。

"老瘪，你他妈的别往前去了啊！"我叔爷他们也叫起来。

老瘪一边继续往前走，一边回答：

"哈哈，弟兄们，小鬼子不敢开枪的！"

老瘪的话刚刚落音，鬼子的枪响了。

随着枪声，老瘪倒在了水里。

"把老瘪救回来！"排长一声怒喝，从阵地上冲出。

我叔爷和曹万全他们根本就顾不得回阵地拿枪拿手榴弹，光着身子，赤手空拳迎着枪弹而去……

老瘪被抢回来了。去抢救老瘪的弟兄死了两个。

被抢回来的老瘪已经无救，他认为不敢开枪的鬼子的子弹，打中了他那光裸的、厚实的胸膛。

老瘪之死，又是和韩在友一样，死在胆子太大上。

老瘪临死时还在说，韩在友怎么不来看看老子。

他不知道，韩在友，在他之前就已经死了。

三十二

我叔爷他们之所以能捕鱼，是因为日军又在整补、调兵遣将期间。

横山勇对衡阳发动的第二次总攻，又不能不滞缓下来，再次由全面攻势改为数点攻击。因为增援的第五十七旅团长源吉已被打死，六名大队长也相继被打死，两个师团的原任连长已所剩无几，大部分步兵连变为由士官代理连长。

衡阳久攻不下，致使日在华派遣军深感不安；日本大本营的不满情绪，逐渐达到极限。

七月十八日，在中国击败日军对衡阳的第二次总攻，并杀死日军二万五千人后，日本首相东条英机下台。

日军的全面攻势再一次滞缓后，第十军军长方先觉打电话给葛先才，询问交由葛先才指挥的部队及预十师伤亡情况。

"报告军长，第三师第八团及军工兵营的伤亡都已过半数，预十师全师官兵则残剩无几了……"

葛先才说到这里，触发了压制已久的情感，情不自禁地哭了起来。

方先觉听到葛先才的哭声，心头大骇，这个勇猛无比的汉子，这个身经无数次恶战的战将，在常德会战时被子弹穿胸险些丧命都没吭一声的人，此时竟然哭了起来。

"先才！你怎么啦？怎么啦？"方先觉急得大叫。

方先觉不停地叫，葛先才却因悲恸之气，涌塞胸口，一时说不出话来。

足足过了两分钟，葛先才才平静下来，说：

"军长，我没什么！只是多少年来，经我悉心培育、情谊深厚的各级干部，如今百分之八十以上的都倒下去了。固然，军人为民族生存而战，死者光荣，但人非草木，孰能无情？我这个未死的，眼见他们一个一个倒地不起，焉能无动于衷？！我想到这些，所以伤心泪下……"

方先觉忙予以宽慰。

"军长，你不要再说了……"

葛先才的话还没说完，方先觉就说：

"先才，我知道你现在最希望我说的是什么，我已命令，第三师再抽调第九团给你，军特务营也抽调给你，第九团团长萧圭田上校，军特务营营长曹华亭少校，即刻归你指挥，加入你师阵地作战。如何调整部署，你预定策划。军特务营，我只留下一个步兵连，以备应急。"

葛先才明白，军长将第三师的第九团一抽调过来，第三师就只有第七团一个团了，第七团担任城西一部阵地及蒸水湘江的守备，再无兵力可抽调，而军长手里，仅仅只有特务营的一连兵力了……至于一九〇师那一千多人，也已伤亡过半，虽说他们杀死的敌人，是自己伤亡人数的数倍，早就超过他原来向军长保证的以一命换敌两命、三命的保证，但他最担心的，仍然是一九〇师的防区……

援兵、援兵！援兵现在到底在哪里呢？

援兵如果还不赶来，日军只要再发起一次总攻，以第十军残存的兵力、火器、给养，衡阳难保，第十军有可能全军覆没……

自战至第二十六日开始，方先觉每晚都将蒋介石委员长授给的二字密码发出，盼着真如委员长所说，"只需将二字密码发出，我二十四小时解你衡阳之围"。然而，二字密码每晚发出，未见一兵一卒来援。

七月二十八日，方先觉终于收到了蒋委员长的电传增援诺言：

"守城官兵艰苦与牺牲情况，余已深知。余对督促增援部队之急进，比弟在城中望援之心更为迫切，余必为弟及全体官兵负责，全力增援与接济，勿念。"

然而，又是一个然而，依然未见援军到来。

此时，距城破尚有十天。

这一日，守军突然听到城外约两千五百米处，响起了密集的枪声。

"援军来了！援军来了！是援军来了！"

援军终于来了的消息，不但令守城官兵精神陡然一振，而且无不额手称庆。

来的果然是援军——国军第六十二军。

方先觉立即以无线电，向六十二军军长黄涛联络，请黄军长的部队迅速进城。

黄军长复电：

"敌抗拒甚力，攻不进城。"

方先觉再电：

"我派部队攻破敌包围圈来迎。"

黄涛军长应允了，并规定好联络信号。

"曹华亭！快叫曹华亭来见我！"方先觉喊道。

已经划归葛先才指挥的军直属特务营长曹华亭向葛先才报告后，兴冲冲地赶至军部，一见方先觉就说，军长，是派我去迎接援军吧！

方先觉点点头，要他挑选一百三十来个枪法、格斗都特别出众、身手敏捷、战斗经验丰富的人，从预十师主阵地、第八团的阵地上冲出去，突破日军的包围圈，用规定信号联络六十二军。

方先觉说：

"曹营长，此举关系到我军尚存将士的安危，更关系到衡阳的存亡，你肩上的担子比千斤还重啊！"

曹华亭答道：

"请军长放心，我保证冲出城去！若不能突破日军包围圈，让他人提我的头来见军长。"

方先觉说：

"我要你的头干什么，我要的是援军，你必须将援军接进城来！"

"是！曹华亭保证将援军接进城来！"

曹华亭率领一百三十名弟兄，来到预十师第八团阵地。

和军炮兵营长张作祥只有一字之差的第八团团长张金祥迎上前来，兴奋地说：

"曹营长，这下好了，援军就在城外，你放心，我一定以最猛烈的火力掩护你冲出！"

张金祥又将白天六十二军部队向日军开火的准确地点告诉曹华亭。他指着地图说：

"从密集枪声判断，援军就在此处。"

曹华亭说：

"军长已和援军联系好，只待我去将他们接进城来。张团长，你就等着我的好消息吧。"

这时，电话响了。

电话是葛先才打来的。

"张团长，曹华亭到了吗？"

"已经到达。师长，你就放心吧，我已经做好一切掩护准备。"

"好，你务必要保证他突围成功。"

葛先才说完，却又对张金祥说了几句担心的话。葛先才说的大意是，他并不担心曹华亭冲不出去，因为现有的围城日军，也已经是疲惫损折之师，他们不得不放弃全面进攻就是明证。他担心的是，曹华亭冲出去后，究竟能不能接来援军。因为以一个军的完整兵力，是不可能攻不进衡阳来的。一个军要进城，说是攻不进来，却要城内的去接，城内一百多人都能杀出去，一个军难道攻不进来？因而，他担心的是，曹营长此次冒死突围，带回来的，只怕是会让人空欢喜一场。但葛先才叮嘱，不得对曹华亭透露他的担心，否则影响士气，突围就会受挫。他之所以说出他的担心，是要张金祥明了两点，第一，全力掩护曹华亭杀出，并做好接其回来的准备。第二，不能因有援军到来而放松半点警惕，要防止日军趁此夜袭。他命令，无论是掩护杀出后，还是接应回来后，都必须枕戈待旦，不能有丝毫疏忽。

趁着夜色黑暗，在第八团的火力掩护下，曹华亭率领一百三十名弟兄奋勇杀出。

日军的包围圈很快就被他们撕开一道口子，十多个弟兄倒在突围的路上。

他们来到了六十二军部队白天向日军开火的地方，曹华亭命令发出规定的联络信号。

回复他们的，是毫无回复。

"继续联络，继续联络！"曹华亭急了。

然而，无论他们怎么联络，其结果是，连鬼影子也找不到一个。

所谓前来支援的六十二军，早就走了。

原来，六十二军在统帅部的再三催促下，不得不答应向衡阳进军。然而，他们想出了一个妙法，该军只派出一个师，师则只派出一个团，这个团来到衡阳城外，对着日军胡乱地一顿射击，表示他们已经奉命赶到，然后迅即脚底板抹油——溜了。

六十二军军长黄涛则向统帅部发电，大意为：

"敌势太强，我伤亡惨重，未能攻进衡阳，现撤至某地整理中。"

一通谎电，瞒过了统帅部。统帅部即使晓得些个中蹊跷，但无法弄清该军战斗真相，亦无可奈何。

冲出城来的曹华亭，在一个鬼影子也找不到的情况下，除了对着天，对着地，大骂了一通外，反而面临着一个新的难题了。那就是：他带出来的这一百多弟兄怎么办？

茫茫黑夜，笼罩着他们。

他们从城内杀出时，已经战死了十多个，如果再杀回城去，肯定又得死伤好多。更要紧的是，只要再回到城里，等待的只能是城破人亡。

黑夜茫茫，他们完全可以趁此逃生。

曹华亭自己，肯定是要杀回去的，他不能就这样自己逃生，他得对得起军长，对得起特务营还在城内的官兵，对得起第十军。即使他在杀回城的路上被打死，那也是死得值。问题是，手下这一百多弟兄，他们愿意再跟他杀回去吗？他们如果趁此机会逃生，那也是在情理之中。

好不容易杀出来了，趁此离开战场，是一条生路；再跟他杀回去，明明是一条死路。

曹华亭不能硬将弟兄们带回那条死路。他决定让弟兄们自己选择。

曹华亭说了自己的打算，趁着天还没亮，愿意跟他重新杀回去的，请站出来；不愿意杀回去的，就地解散，各奔前程，绝不勉强。

他的话刚完，一百多弟兄，齐崭崭往前迈出大步。

"营长，我们杀回去！要死，和城内的弟兄们死到一块！"

曹华亭被弟兄们感动得泪盈眼眶。他一挥手，走！原路杀回！

曹华亭又率队冲回了城中。这一冲出冲进，他们伤亡了三十个弟兄。

城中盼着援兵的官兵，空喜一场。

另有一天，又一支援军进至衡阳外五里亭，城中又听到了城外密集的步枪声、机枪声。但午夜后，这支援军又销声匿迹了。

……

国军相互之间的配合、支援，就是如此。

这是国军历来累积恶习所形成的恶性循环。因为援军之援衡阳，战略目的不外乎三个：一是为了歼灭包围衡阳之敌，即所谓的会战；二是为了将已达到守城目的、并已远远地超过了要求守城日期的第十军接出衡阳整补；第三，那就是援军进入衡阳，会同第十军继续固守。

对于第一个战略目的，统帅部早已只是嘴上说说而已，如果真的是要第十军以死守来消耗敌人的战力，将敌人主力吸引至衡阳郊区，外围援军再将日军来个反包围歼灭之，那就应该是援军齐向衡阳急进，而不会是这么零打碎敲地要某一个军单独驰援了。如果是要将第十军接出衡阳整补，那就根本用不着援军，只要统帅部下达第十军弃城突围的命令，第十军自己就能冲出重围。在日军第一次总攻末期及第二次总攻末期，是第十军突围的最好时机。曹华亭一个营长率领百多人就能杀出又杀进，即是明证。于是，剩下的只有第三种情况了，那就是某支援军一旦进入衡阳后，统帅部必定是命令其接替第十军任务，再来一次"无补给"、"无限期"的固守，坐以待毙。城内无储备粮弹，接替第十军固守的部队，所携带的粮弹，最多只能维持六天……这一点，作为援军的军长们心里都清楚。

"援军将领，为本身利害计，权衡轻重，战必涉险，还不如不战。向上一通谎电搪塞，就可逃避此战，既无责任又无损耗，何乐不为？"这是葛先才在无可奈何之际，对援军避战塞责所发出的慨叹。他甚至说，这也不全怪友军避战，乃是上梁不正下梁歪之故！这位敢于犯上的战将曾义正辞严地说道，统帅部原本就没有战的决心和胜的信心，且无精算、无配合、不知敌、不知己，不能适时供应战场需求以保持部队续战力，不能适应敌情变化，连头痛医头脚痛医脚之单纯措施，都未能做好，更谈不上整个战局兵力之有效运用了……除了每日发电报，严令守者坚守，援者速援外，再无其他对策！

统帅部固然有兵力不足的难处，因为其时中国抽调了十余万大军，正在缅甸进行缅北反攻作战，但统帅部其实不在乎衡阳的得失。衡阳会战一开始，六月二十八日，梁寒超在外国记者招待会上，就否认衡阳失守会使战事延长，他说："有人顾虑倘使衡阳失陷，将使战局延长一二年，吾人殊不能同意。"七月十日，何应钦发表公开讲话说："在全盘战略上言，吾人实不忧敌人打通我平汉、粤汉两线之蠢动。"由此，可看到统帅部对衡阳会战的态度。这种态度又是和盟军在欧洲并太平洋战场上的反攻，已取得相当的进展，胜利已可预期相连。

欧洲战场，盟军于六月六日在诺曼底登陆；亚洲太平洋战场，美军于六月十五日展开塞班岛浴血战。诺曼底登陆，可说是敲响了希特勒的丧钟；塞班岛浴血战，日军三万一千余人全部被打死，日本联合舰队司令南云中将和兵团司令齐藤中将自杀，使日本在太平洋上海陆空的战力消耗殆尽，盟军直逼日本本土。

抗战之初，国军的战略就是"以空间换时间"，守守守，退退退。现在，则是"以时间等胜利"，当然不在乎衡阳的得失了。

因此，衡阳会战一开始，原本计划配给第十军协防的部队就被调往广西，准备下一步的防守。结果，衡阳失守后，一个地方都没有守住。四个月内，桂林、柳州又都失城于旦夕之间。

既然统帅部都不在乎衡阳的得失，那么，友军又何必去卖命呢？也来一个"以时间等胜利"，岂不乐哉？保得了军队的资本，也就是保住了胜利后政治上的资本。

故，奉命死守衡阳的第十军的命运，已可想而知。

就在第十军盼着的援军只能如镜中窥花之际，日军第十一集团军司令横山勇着手的第三次总攻，已经准备得差不多了。他调集第四十师团、第五十八师团以及第十三师团的一部，往衡阳集结。这样，加上围攻衡阳已整补完毕的第六十八师团、第一一六师团、第五十七旅团，共计准备了五个完整师团，即相当于国军三十个师的兵力。在火力方面，除各师团所属炮兵大队外，另有炮兵第一二二联队计一五0重炮五门，一00加农炮以及其他山野炮共计百余门，炮弹四万发以上，为日军有史以来攻击一点之最强大兵力与炮火。*

衡阳的最后血战，即将来临。

三十三

老瘟死后，我叔爷他们就再也不可能有鱼吃了，因为一则是葛先才重申了严厉的命令，不准下塘以命换鱼；二则是塘中也确实没有什么鱼了。

在日军尚未发动第三次总攻前，无菜可吃的苦处又像蚂蚁钻心一样

---

* 本书主要史实如衡阳血战开始及日军三次总攻的时间、双方兵力实况、调配，国军援军行动等，均以《葛先才将军抗战回忆录》为准。

令这些残存下来的弟兄们难受。

其时第十军的粮食情况是，军部粮秣科所有储粮，皆已全部发出，粒米无存。非战斗单位已经没有食物，频频向战斗单位借米。因为战斗单位伤亡者众，战死的人，留下了那份没吃完的粮。因此，我叔爷他们还是有米煮饭，但餐餐只有盐水泡饭。

我叔爷说，他们这些老兵贩子，是决不会甘心餐餐吃盐水泡饭的。他和宫得富、曹万全等几个人凑在一起嘀咕着盐水泡饭实在难咽时，平素不那么引人注意的曹万全突然说：

"我晓得一个有菜卖有肉买的地方，不知弟兄们感不感兴趣？敢不敢和我去当采买。"

曹万全这么一说，我叔爷立即问道：

"在哪里，在哪里，你快说，快说！"

我叔爷这么问时，就断定曹万全这个兵贩子，肯定和他一样，原先来过衡阳，而且对衡阳附近特别熟悉。

我叔爷刚这么一问，宫得富开了口。

宫得富刚一开口，我叔爷就把他的话给堵了回去。我叔爷说：

"得富老兄，你又要说你敢和曹万全去当采买吧？当初抓鱼，你明明晓得自己一只手不可能去抓鱼，却偏要第一个说你敢去，现在要去当采买，你又是晓得自己不可能去的，谁要你个伤兵去？！你又是故意来这一套，好显出你的胆量吧？"

我叔爷这么一说，宫得富就嘿嘿笑，说：

"满群老弟，满群老弟，你怎么能把我的'军事秘密'全说出来呢？"

我叔爷说：

"说出你的秘密是为了让你少打岔。曹万全，你快说那有菜有肉的地方在哪里，我林满群和你去！"

曹万全说，从这些鱼塘往南，有一条草河，草河北岸，鬼子在守着。只要游过草河，偷越鬼子的防线，再走三十多里，山中有一个集镇，到了那个集镇上，便能买到想要的东西……

曹万全还没说完，宫得富插道：

"曹老兄，你这还是哪年的黄历呵？鬼子把衡阳一围，枪炮喧天，别说是三十多里，就是三百多里的老百姓，只怕也早就吓跑了!那个集镇，还会存在？"

曹万全摇了摇脑袋，说：

"宫兄，此言差矣。你只知其一，不知其二……"

"哟，哟，曹万全，你还会咬文嚼字啊？看不出，看不出，当过私塾先生的吧？"宫得富嘲笑起来。

"别打岔，让曹万全说完。只要有菜买，有肉吃，你管他当过私塾先生还是公塾先生呢。"我叔爷急于去当那能最先吃到菜和肉的采买。

曹万全说：

"衡阳山里的老百姓，绝不会被吓跑。鬼子围衡阳还围不赢，也绝不会到那个集镇去。去那个集镇的山路，鬼子更不会知道。"

宫得富说：

"你怎么就这么肯定？衡阳山里的老百姓不会被吓跑？"

"我两个又打赌啰!"曹万全说，"我也不跟你赌别的什么，我和林满群买回了菜，买回了肉，你别吃就行了!"

曹万全之所以敢跟宫得富打赌，是因为他在一次吃粮逃跑时，到过那个所谓的集镇。集镇就是山里人逢"三六九"日或"二五八"日交换物资的地点，如同北方的赶墟。由于集镇距离衡阳只有三十多里，这里的山里人比大山里的人开明一些，没有大山里人那样古板，却有着比大山里人更蛮的倔劲。当时他差点被当奸细抓起，幸亏他灵机一动，说自己的队伍是被日本人打溃，他是从日本人手里逃出来的，才躲过一劫。当他胡乱说起自己和日本人打仗的故事时，那些百姓不但不怕，反而是恨不得立即去夺日本人的枪……故而他断定，那里的老百姓不但不会跑，而且说不定会有对付鬼子的武装。

曹万全一说到不让宫得富吃菜吃肉，宫得富可就不愿和他赌了。宫得富只是说：

"好好好，这个赌我不跟你打，我情愿相信你说得对。"

这时另一个兵贩子说：

"买菜买肉我也愿意去，只不晓得上司会同意不？"

宫得富立即说：

"去和排长讲，排长和我们是一样的。"

宫得富说的"排长和他们一样"，是指排长也是个老兵贩子。

排长一听，果然大加赞同。只是说这事关系重大，还是得和连长说说。

排长带着曹万全、我叔爷几个人，来到连长面前。

排长将此事一说，连长当即答曰：

"行啊，只要你们敢去，我就答允。不过，此举须极端保密，若是被营长知道，不但去不成，还要挨骂。再则，到底去几个人合适，要过那草河，去的人得有好水性……"

连长还未说完，曹万全和我叔爷就说：

"连长，我的水性是百里挑一。"

"连长，我老家就在扶夷江边。"

连长笑了，说：

"要论水性，湖南兵多是在水边玩大的。那区区草河，不在话下。问题是，采买回来时，每人都得携带几十斤的物品，再游过草河，就不那么容易了。你们先和连上的弟兄们商量商量，拿出个万无一失的办法来。"

连长这么一说后，全连的弟兄们都动开了脑子，三五一群如开会讨论。

其实，此时所谓的全连士兵，已经伤亡过半，只有几十个人。

大家商量的最后结论是：去三个弟兄，不带枪械，每人配三枚手榴弹，带三个汽车内胎。物品采买好后，捆到打足气的内胎上，从草河游回。

　　我叔爷说，这三个弟兄就是他、曹万全，还有一个姓祝的。这姓祝的名字他记不清了，但外号他记得：祝大鼻，有个特大的朝天鼻。

　　当时他们三人决定，在偷越日军防线时，如果被鬼子发现，则迅即游回；如果不能游回，则索性往外硬冲。万一甩不掉鬼子时，用手榴弹与鬼子同归于尽。

　　我叔爷说，这个决定，实际上就是祝大鼻决定的，他和曹万全不过表示了同意。因为他和曹万全都认为，鬼子不可能发现，不会有那个万一。我叔爷又一次说了他的命大得很的话，说八字先生早就给他算过，他能活到七十三。在七十三岁之前，他屁事都不会有。而只要过了七十三，他就能活到八十四。"七十三、八十四，阎王不请自己去。"七十三岁有一"大跳"，就看他能否跳得过去。

　　当曹万全和我叔爷、祝大鼻准备出发时，弟兄们又提出一个要求，要求给他们带些香烟回来。说是很久没有吸烟了，实在是熬不住了。我叔爷慷慨答应，伸手便接烟兄烟弟们的钱，连长却发话了。连长说不准私人带东西，采买全用公款，购回的物品不论多少，平均分配。我叔爷只得轻声地对犯烟瘾犯得最凶的说，那我就尽量多买些香烟。

　　连长说了不准私人带东西，又有人提出，不准私人带东西，那是说的采买回来的物品，我们托采买带些家信寄出去，总该可以吧？！

　　连长点了点头。

　　四十余封家信，交到了我叔爷手里。

　　我叔爷说，这些寄信的，多数是寄一点钱，给他们的父母、弟妹或子女。给子女的不多，因为弟兄们大多没有子女。信的内容则是告诉家里人，如果他们这次战死在衡阳，盼家人节哀，盼弟妹或儿子长大后为他们报仇。

我叔爷原本也想过，他是不是也应该写一封信呢？可他旋即否定。他即使写了信也无处可寄。他没有父母，没有子女，没有弟妹，只有哥嫂。那哥哥，当兵还是他顶替的……

黑夜。

曹万全、我叔爷和祝大鼻三人，顺利地游过草河，偷越日军防线，进入了山区。

我叔爷说，他们之所以能顺利地偷渡、偷越，是因为草河对岸的鬼子防线并不强大，阵地上的空隙不少。他们时刻与鬼子照面，知道鬼子的兵力部署位置、空隙之处，再说，他们早就将出进的路线侦察好了。

我叔爷他们在黑夜里横游草河时似乎毫不畏惧，阵地上的弟兄们却紧张得屏住了呼吸。弟兄们的武器全处于准备发射状态，只要对岸日军一有察觉，便立即开火。

我叔爷他们进入山区不久，就觉得有点异样。我叔爷说他是凭感觉，凭着当过侦察兵和兵贩子逃跑时的感觉；曹万全则说他是耳朵尖，他硬是听得有树叶刷刷地响；祝大鼻说他那鼻子一闻就闻出来了，周围埋伏有人……当然，这些都是他们后来在夸耀自己时说的。当时的情景是，我叔爷、曹万全、祝大鼻同时都感到有点不对头，正要分散躲避时，只听得一声喊："什么人？站住，举起手来，都不许动！"

接着便是"喀嚓""喀嚓"的枪栓声。

我叔爷他们三人都不得不举起了手。

但是我叔爷他们都知道，这回碰上的绝不会是鬼子。因为那喊声，是地道的衡阳话。

四支步枪，对准了我叔爷他们。

曹万全第一个说话。曹万全说：

"别开枪，别开枪，我们是衡阳老乡。"

曹万全用了口蹩脚的衡阳话。

“什么衡阳老乡，一听你这话就是假的！”持枪者中，一位像是头儿的说。

在曹万全和持枪人说话时，我叔爷那灵泛的脑壳转开了。他估摸，如若碰上的是土匪，那土匪开口便会要钱财；如若是汉奸武装，可还没听说过衡阳附近有汉奸部队。我叔爷便索性大胆地说：

“什么假老乡真老乡，我们是第十军的人！”

“第十军？！你们是守衡阳的？”

我叔爷那话一出口，对方的话就变得不但惊讶，而且惊讶中带有佩服。

“对！我们是第十军的，刚从鬼子的防线穿过来。”曹万全和祝大鼻同时说。

“你们，能证明自己的话吗？”

我叔爷立即把藏在身上的第十军的符号拿了出来。

“啊呀，你们真是第十军的啊！对不起，对不起。误会、误会。”

四支对着我叔爷他们的枪，顿时收了回去。

我叔爷把偷渡草河，偷越鬼子防线，为的是去采买食品的事，说了一遍。

我叔爷后来说，他们在山里碰上的，是当地的游击队。我在写这本书时，专门去了衡阳草河，通过查找资料，证实在衡阳保卫战期间，确实有一支游击队在草河至山区间，指挥这支游击队的是两衡自卫区司令兼衡阳县县长王伟能。衡阳失守后，方先觉、葛先才、周庆祥、孙鸣玉等将领的逃脱，都与王伟能分不开。这些成功的营救，当时可谓举世震惊。日军也因此恨死了王伟能，必欲剿灭王伟能这支抗日武装。

游击队确定我叔爷他们是第十军的后，立即把他们领进一户人家，那户人立即烧火、做饭，好好地招待了他们一餐。

我叔爷说，那餐饭吃得来劲啊，好久好久没有吃到那样的饭了啊！那是天下第一号好吃的饭啊！

吃完饭，游击队又派人带路，将他们带到了集镇。

我叔爷说他们的运气硬是不错，一到集镇，天已大亮，正好碰上是赶场(集)。赶场的人一听说是衡阳守军，是冒死前来采买的，立即将自己的货物丢下不管，将他们三人团团围了起来，问长问短，问个不停，有人问着问着，哭了起来……

我叔爷曾感叹地说，真没想到，在那个时候，还真有那样的集镇，还真有那样的老百姓。我叔爷他们不知道，这个集镇的存在，全是这支游击队的功劳。他们在集镇二十多里外，派有武装警戒，倘若鬼子真向集镇进犯，他们除了进行骚扰阻击外，还会立即通知集镇的人疏散、躲藏。所以集镇能够照样赶场，所以我叔爷他们一进山就被"抓获"……

我叔爷他们三人正忙不迭地回答着热情不已的人们，就连他们自己也被感动得要哭时，一位老人大声喊道：

"你们不要问个没完没了，先让三位休息一下。"老人指着一个妇女说，"你快到家里去，拿三套衣裤来，将三位的湿军衣换下，洗一洗，晒干。看三位需要什么，只要这里有的，尽数供给；没有的，我们派人去买。"

老人的话还没说完，人群中响起一片哄叫之声：

"我的东西请三位随意拿取，我分文不要。"

"我的东西作为本人的慰劳品，并请转达我对第十军的敬意！"

……

老人又喊话了：

"大家静一静，静一静，听我说，这样不好，也不公平，我的意思是三位所需的物品，由地方公款开支，算是本地人民的慰劳品。"

老人这话一出，围着的人齐声叫好。紧接着便是鸦雀无声，一双双眼睛，都望着我叔爷他们，等候答复。

我叔爷本想抢着说话，可曹万全比我叔爷还快，只见他刷地立正，向群众敬了一个军礼。

曹万全说：

"各位父老乡亲、兄弟姊妹，你们爱护第十军的热情表现，我曹某，和这两位弟兄，并代表第十军全体官兵，特别是本连的官兵，表示衷心的感谢。此次，我们受本连官兵委派，前来贵地采买物品，是因为本连官兵，已经很久没有吃到菜，天天是盐水泡饭。其实，不但是本连官兵，我守卫衡阳的第十军所有官兵，都是天天盐水泡饭。本连仗了一条草河，我等三人才有可能偷越鬼子的防线来到贵处，为了全连官兵能吃上菜，打鬼子更有劲，我等三人冒生命之险是应该的。诸位要送慰劳品，我等不但深受感动，而且知道是在情理之中。只是，我实在不知该如何决定才好，若是接受诸位的礼物，回去后，连长会骂我'衡阳之战，后果尚难预料，你们先去扰民'，我等三人如何承受得了？！我有一个蠢法子，不知大家以为如何？"

曹万全停了一下，对那位老人说：

"我等三人，选取我们所需之物，予以登记，而我们带来的公款，则全数交给你老人家结算，不足之数，再由诸位或地方公款贴补。这样，情理兼顾也。我等回去也好交待，不知你老人家以为怎样乎？"

我叔爷后来说，这个曹万全，和老涂一样，有打不现形，口才硬是比他好些。在这样的大场合，若是由他来讲，绝讲不出这么多道道来。这曹万全一说起来，不但有点像个长官，而且夹杂着些之乎也哉。他原先可能真是个私塾先生，教过书的。只是这私塾先生，怎么也吃粮，而且干过兵贩子吃粮那勾当？我叔爷说他这就想不清了。

我叔爷说他在回去的路上，还对曹万全说，曹老兄啊曹老兄，没想到你在大场合讲话还能一套一套的，你怎么不说你原来也当过兵贩子呢？我叔爷说曹万全只是笑了笑，不予回答。

我叔爷打算回到连里后，好好地问一问曹万全，套出他的话来，摸清他的底细。可还没等到他套曹万全的话，摸曹万全的底，曹万全就血染鬼子的重炮，死了。

当曹万全说出他的法子来后，那位老人立即说：

"不必了，请三位千万接受本地人民的这点微薄心意。自从衡阳开打，一个多月来，我们昼夜翘首，望衡阳，看火光，闻炮音，听杀声，无不感动涕零。祈祷上苍，保佑第十军将士身心安泰，得到最后胜利，数十天如一日。不但本地人民如此，其他各地百姓都是如此。我们在湘江东岸的人不时传来消息，大批鬼子死尸伤兵，日夜不停地往北运，足见第十军将士的英勇奋战……我话已说明，请三位接纳民意。何况三位还要偷越敌阵、游过草河，又能带得多少东西呢！三位如仍有为难之处，我等可写一信，由你们带回，作为证明。别耽搁时间了，我们走，看东西去！"

老人吩咐准备两只空箩筐，好装所选东西。然后对曹万全和我叔爷、祝大鼻说：

"三位，将所需物品选好后，请到舍下午餐，虽无佳肴待客，却可吃一餐安静饭，再好好睡一觉。吃了晚饭，我派人送三位启程。"

老人刚说完，另一位比这位老人年龄小一点的老者喊道：

"三爷，你不能将客人独占，晚饭我请，并请三爷作陪。送三位回城的事，由三爷安排。"

被喊作三爷的回道：

"好，一言为定，午饭请老弟到舍间陪客。"

我叔爷说，这位三爷，只怕真的是教过私塾的老先生，他说话办事，"文中有武"，既讲得头头是道，摆布得有条不紊，又果断干脆。他还说能派人送我们回城，那就说明他和游击队有联系，大概是游击队将他从私塾里请出，委托他主持地方事务。他是个被请出山的贤人。

我叔爷认为凡在乡里能识文断字、讲话有些文调调的人，就是私塾先生。私塾先生在他心目中，不论年龄大小，就是尊者、了不起的人，所以他想弄清曹万全是不是当过私塾先生，如果真的当过，他对曹万全，就得另眼相看，得敬重了。

我叔爷他们正要跟着三爷走，祝大鼻说还有一件重要的事，问我叔爷是不是忘了。我叔爷说没忘没忘，得替弟兄们寄信寄钱。三爷一听，说集镇上只有个邮政代办所，寄钱得到别处。我叔爷说，那就请你老人家代办。三爷老人家立即满口答应。

我叔爷将四十来封信和要寄的钱，统统交给三爷。三爷接过后，却怎么也不肯收那汇费和邮寄费。

在三爷家饱饱地吃了午饭，我叔爷他们美美地睡了一觉；这一睡下去，可就不知道醒了。还是三爷将他们喊醒，说实在是不忍心喊，但又不得不喊。三爷说他知道军情紧迫。

此时，来请他们吃晚饭的老人已经到了很久。

三爷陪着他们到老人家吃完晚饭，已有人将他们带来的汽车内胎打足气，把选好的物品牢牢地捆在三个内胎上。这些物品中，有不少牛肉。

三爷派了两个人，挑着物品，送我叔爷他们走。到得快出山时，又有游击队员接应。游击队员和两个挑担的，将他们一直送到草河附近，方辞别归去。

我叔爷和曹万全、祝大鼻三人分别带着内胎，准备好手榴弹，小心翼翼地越过敌阵，游过草河，安全地回到了连上。

弟兄们一见三人安全归来，围着他们直喊万岁。

我叔爷说，在山里集镇的所见所闻，所得到的优厚待遇，回来时被弟兄们喊万岁的情景，是他一生中最得意、最风光、最露脸的一次，比师长将他派到炮兵营还要来劲。

我叔爷在快满五十岁、于寒风凛冽之中、竭力睁开他那只尚有些许余光的眼睛、偷偷地在扶夷江边卖五分钱一粒的甜酒饼药时，还说过在山里集镇的所见所闻，只是他把时任两衡自卫区司令兼衡阳县县长王伟能所组织的那支游击队说成是共产党游击队。他说自从见了共产党游击队，明白了许多事理，难怪把日本鬼子赶跑后，国军跟共军打仗时，多得不得了的国军当共军的俘虏，当了俘虏后又成了共军。原来共军和国军的宣传就是不一样呵！当国军的兵叫吃粮，当共军的兵叫参军；国军征兵叫征丁，共军征兵叫支援前线、保卫胜利果实；当国军的兵死了叫阵亡，当共军的兵死了叫英勇牺牲；国军的兵里面像他原来一样的兵贩子多，共军的兵里面也有当过多次兵的，但说那是坚决要求再次上前线……我叔爷说他从遇见共产党游击队和共产党三爷那会起，就感觉到了那种不一样。只可恨日本鬼子的炮炸瞎了他一只眼睛，要不，他后来保准也成了共军的俘虏。

"如果成了共军的俘虏，我也就成了共军哪！我成了共军，那就是开国有功之臣，我再在这扶夷江边卖甜酒饼药，那公社干部还敢抓我啊？"

我叔爷这话其实是一种自我宽慰，或者叫胡侃。在那个"割资本主义尾巴"的年代里，干部才不会因你当过什么"军"而网开一面，统统抓。

当我叔爷、曹万全、祝大鼻被弟兄们围着喊万岁时，连长却在苦笑。

连长为他们不但安全回来，而且完成了采买高兴，但连长明白，这件事，营长团长甚至于师长，迟早都会知道。这是擅自派兵行动，严重违反了军纪。

连长想，与其坐等挨处分，不如主动去请求处分，来他个先发制人。

连长遂带了几斤牛肉，直奔团指挥所。

一进团指挥所，连长笔直地敬了个军礼，说道：

"我有两事报告团长，一，这点牛肉送给团长；二，这牛肉是我私自决定派士兵三名，游过草河、偷越敌人防线，去三十里外集镇采买，为百姓慰劳而得。我擅自派兵行动，特请求团长处分。"

团长要他把去集镇采买的事再讲清楚些。连长便又将曹万全、林满群、祝大鼻三人偷越出去、又偷越回来的经过、在集镇的所闻所见，详细报告了一番。团长见派出去的士兵安全返回，而那牛肉又着实让人嘴馋，便说行了行了，下不为例；如再违犯，定严惩不贷。

团长将牛肉分成四份，送一份给军长，一份给第三师师长周庆祥，一份给预十师师长葛先才，他自留一份。

葛先才收到牛肉后，询问团长，牛肉从何而来？团长将来源说明，葛先才觉得事关军纪，怕军长发怒，便打电话给方先觉，请他不要追究，说三士兵携巨款而不逃，冒险归来，共赴国难，忠义可嘉，实属难得。

我叔爷自然不知道师长为他们说了话，若是知道，又会有一番炫耀。他记得最清楚的还是宫得富。

宫得富一见到我叔爷安全回来，用那只好手狠狠地抓住我叔爷的肩膀，往前拽一把，又往后推一把，拽推得我叔爷连声喊，宫得富你吃多了啊？那牛肉还是生的呢！宫得富则说，林满群林满群，你总算回来了，你不知道，你一下那草河，我老宫的心就跳到了嗓子眼上，我是怕你又成为老瘪啊……我叔爷说，嘿，我的命大得很，你的命又是和我连在一起的，我死不了，你也死不了。宫得富又说，排长一见你们下草河，也和我一样，心跳到了嗓子眼上。排长下了死命令，绝不能让你和曹万全有半点闪失！

我叔爷笑着，轻声地说，排长和你我一样，都是老兵贩子，所以格外心疼嘛！排长心疼我，我这铁硬的命也就连着他，他也是死不了的。

然而，吃完牛肉后不几天，宫得富死了，排长也死了。

我叔爷所在的这个连，伤亡殆尽。

我叔爷所在这个连吃的几餐牛肉，等于是"最后的晚餐"。而其他连的官兵，就连"最后的晚餐"也没吃到。

三十四

日军的第三次总攻开始了。

这一天，是八月四日。

横山勇调集而来的第四十师团、第五十八师团以及第十三师团的一部，加上围攻衡阳已整补完毕的第六十八师团、第一一六师团、第五十七旅团，共计五个完整师团，向衡阳发动了前所未有的全面进攻。

衡阳守军——第十军阵地上能迎战的官兵，已经只有二千余人。

日军再一次宣称，一天之内拿下衡阳。

八月四日拂晓，横山勇命令五个师团所属炮兵大队并野战炮兵第一二二联队的所有山野炮、重炮，齐向衡阳守军阵地轰击。

霎时间，炮火震得地动山摇。

横山勇的这五个师团所属炮兵大队并野战炮兵联队，拥有四万多发炮弹。横山勇不相信，他的这四万多发炮弹，不能将第十军的所有阵地夷为平地。

在炮弹如一阵又一阵暴风骤雨般轰击后，日军步兵展开重叠攻击，连续冲击，其势如惊涛骇浪，一波接着一波。

衡阳，完全笼罩在烟尘之中，不见天日。这座雁城所发出的声音，除了枪声炮声，还是枪声炮声，就连双方伤员所发出的痛苦哀叫，也全被枪声炮声掩盖。

日军的攻势尽管凶猛至极，但横山勇再次声称要在一天之内拿下衡阳的预言，又没有实现。留在第十军阵地前的，是他那精锐皇军成堆成堆的弃尸。

我叔爷说起衡阳这最后几天的恶战，依然有着对日军的不屑。他说鬼子的步兵就算再多，冲得再猛，也根本不在他们的话下，他们吃亏就吃在鬼子的火炮上。

我叔爷这话，有日本帝国战史的记载佐证。

日本帝国战史载：

（第三次总攻开始后）敌第十军之三个师，皆以必死决心负隅顽抗，寸土必守，其孤城奋战之精神，实令人敬仰。我野战炮兵第一二二联队第一大队长，曾将其火炮推进于敌前百公尺以内，直接射击敌人侧防火力工事，其余炮兵亦无不争先进出于最前线，舍命破坏敌人之工事，以支援友军冲近。

我叔爷说，他妈的鬼子的火炮，全变成了坦克一样。你想想，你想想，六七十门山炮，全推进到了我们阵地前一百米左右，直接向我们轰击，那不就是些坦克吗？我们连躲都没地方躲了啊！

就是这些坦克样的火炮，使得我叔爷所在连里的老兵，如排长、宫得富、曹万全、祝大鼻等，全部死光。但他们不是被火炮直接炸死，而是去炸火炮时阵亡。

八月五日、八月六日，日军的攻势有增无减。第十军外无援兵，粮弹渐尽，防线越缩越短。六千多重伤士兵无医药治疗，垂死待毙。敌我战死者已腐化的尸体，遍地脓血，引得红头苍蝇遮天盖地……

我叔爷所在的这个营，半天之内升了五个营长，连同原来的营长，几乎一个钟头阵亡一个。

我叔爷说，营长死了，连长也死了，老兵贩子排长代理连长。但这个连的实际人数，连原来的一个排都不到。这剩下的不到一个排的人，一个个面无血色，双目深陷，眼眶发黑，眼珠发红，满脸满身泥土，军衣破烂不堪，浑身上下血迹斑斑……

他们都知道，最后关头就要来了！当他们集中守到一起时，吊着一只手、身边放着两枚手榴弹的宫得富突然说：

"弟兄们，像我一样干过兵贩子的请开口，到了这个时候，也该把身份都亮出来了。"

我叔爷立即说：

"对啊，对啊，谁要是能活着出去，就把我们在这守衡阳的事告诉他的家乡人，让他家乡人知道，干过兵贩子的，在衡阳也是好汉，是英雄！"

我叔爷说他和宫得富硬是心心相通，他知道宫得富突然说出的那话，就是要让人能把他在衡阳的事带出去。宫得富心里，念念不忘的就是要让家乡人知道他在外面的功绩。

我叔爷接着说：

"我林满群当然是个老兵贩子，这我就不要说了，大家都知道。"

我叔爷一说完，原来的排长、此时的代理连长就说他是一个！这是他第一次对部下说他原来是个兵贩子。

代理连长一说完，曹万全便说他也是一个，不过大家应该早就知道。

曹万全说完，祝大鼻说自己是隐藏得最深的一个，他若自己不说，任何人也不会想到。

祝大鼻一说自己是隐藏得最深的一个时，宫得富说：

"那老瘪兄弟，我看也是。只可惜他已经不在了。"

立即有人说：

"岂止是老瘪兄弟，我还知道好多……"

祝大鼻打断他的话：

"不在了的还是别说为好，谁知道他们自己愿不愿意说呢？还是说

我们自己，说自己。"

于是大家纷纷开口。代理连长、宫得富、我叔爷都笑了。代理连长说：

"这下就好了，剩下来的几乎清一色全是兵贩子。我说为什么我们这些人能活到最后，原来我们都是能征善战的家伙，有丰富战斗经验和躲枪炮子弹的本事。"

不知是谁喊道：

"连长，我们向上面请示，就命名我们连为兵贩子连好了！"

所有的人，都被这话讲乐了。

我叔爷跟我说的这场景，让我想起了看过的一部电影，一个投靠日军、当上伪军司令的高大成高司令对他部下说，某某年跟着我干的举手。部下都举起了手。高司令乐呵呵地说，嗬，最小的都是连长了。连长连长，大炮一响，黄金万两。这里是干过兵贩子的请开口，结果都是些兵贩子。不过那些"最小的都是连长"们，帮着日本人杀中国人，而这些兵贩子，却是和鬼子血战到底！

日军的火炮在一阵炮轰后，向前推进了不少；又一阵炮轰后，又向前推进了不少。真如同坦克一样推进。

老兵贩子排长，或者已经可称为兵贩子连的连长急得大喊：

"必须干掉鬼子的炮！干掉鬼子的炮！"

然而，拿什么去干掉鬼子的炮呢？自己这方的炮火支援，早就没有了；就连手榴弹，也不多了。

"轰、轰"鬼子的炮直射过来。

鬼子的炮刚一停，兵贩子连长叫起来：

"老涂，老涂，老涂快扔手榴弹！"

兵贩子连长似乎已经被炮火炸懵，他忘记老涂早已死了。

"连长，老涂不在了，老涂不在了。"我叔爷忙提醒他。

兵贩子连长一喊老涂时，宫得富已经用那只仅剩的一只好手抓起身边的两枚手榴弹。

宫得富直朝鬼子的火炮冲去。

我叔爷见宫得富一冲，抓起枪就跟在后面，他要掩护这位将命和他连在一起的兄弟。

我叔爷的枪不停地击发，他如同在护送美式山炮进城时那样，什么也顾不得了，只是开枪，朝前冲；朝前冲，开枪。

宫得富伏下了。他放下一枚手榴弹，将手里那枚手榴弹的弦用牙齿咬住，扯开，将手榴弹投了出去。

"炸得好！宫得富，比老涂没差。"兵贩子连长大喊。

我叔爷说他没听见兵贩子连长兴奋的喊声，但宫得富在临死前说他硬是听见了连长的叫好。

鬼子的一门火炮被宫得富炸掉了，宫得富再用那只好手抓起放在地上的手榴弹，准备继续投时，鬼子的另一门火炮射向了他所在的位置。

这回宫得富是真正的血肉模糊了。当我叔爷爬到他身边时，他只说了两句话。第一句是说连长为他叫好，第二句是：

"满群老弟，快给我补一枪，快补一枪……"

我叔爷说他绝没有向宫得富开枪。他无论如何也开不了那枪。但宫得富就是死了。就死在他的面前。我叔爷嗷嗷叫着，抱着枪，对着鬼子的一门火炮冲过去。他那架势，是要去将炮夺过来！他是炮兵，只要夺了鬼子的炮，只要有炮弹，他就能朝着鬼子开炮！

我叔爷冲得是那么急，那么快，转眼间就冲到了距离鬼子火炮很近的地方，以至于对着他的火炮无法对他发射。我叔爷瞧见鬼子炮兵慌张了，不知要如何办才好了，鬼子炮兵慌得赶忙去找枪了……我叔爷正要大喊老子夺炮来了，老子又有炮使了！鬼子的另一门火炮，对着他开炮了。鬼子显然是连他们自己那门炮，连他们自己那门炮的炮兵也不打算要了。

"轰"的一声巨响，我叔爷倒在地上。

我叔爷一倒地，兵贩子连长抓着手榴弹冲了过来。兵贩子连长和宫得富一样，炸毁了鬼子的一门火炮后，被另一门火炮炸死。

曹万全、祝大鼻那些兵贩子，紧跟在连长后面，对着火炮冲……他们全都是死在火炮的直射中……

这个被他们自己戏称为兵贩子连的连，就这样没了，不存在了……

这一天，是八月六日。

兵贩子连虽然没有了，但他们这个团守卫的阵地依然没有丢。团长手中早已无预备队，他率领第二营营部仅存者及团部全部官兵二十六人前往增援；师长葛先才则带领身边的四个人赶来，作为团预备队（连师长在内的五人作为团预备队有多大作用呢？那稳定军心，激励斗志的作用无可比拟）；军长方先觉闻讯，也亲率特务营仅有的一连兵力，急急赶到。

这块阵地虽然保住，但方先觉和葛先才最担心的事，还是发生了。

八月六日，守卫衡阳城西北方一九〇师的阵地被日军突破一角，大量敌人窜入城内。第十军全线阵地，陷入腹背受敌之势。顿时，城内军部、各师部等都变成了战斗单位，无论军官、勤杂人员，皆自动利用断垣残壁，和敌决斗，无人指挥，各自为战。

衡阳，在激烈的近战和白刃战中，又坚持了两昼夜并半天之久。

美国国会图书馆的资料记载：

……经四十七天的战斗，八月八日，衡阳失陷，四万八千名日军阵亡，伤亡共超过七万。国军阵亡七千四百名，伤亡共一万五千人。

三十五

我叔爷就如他自己所说的，硬是命大。他没有被炸死，只是他这个当过炮兵的人，被炮炸瞎了一只眼睛。

我叔爷苏醒过来时，枪炮声已渐稀疏。

我叔爷的第一反应是，怎么没有了剧烈的枪炮声，是不是耳朵聋了？

我叔爷不相信，在他又活过来时，竟然会没有震耳的枪炮声！

我叔爷竭力睁开眼睛，这一睁，疼得他大叫起来。他这撕心裂肺的大叫，不仅是因被炸瞎的那只眼睛的疼痛，更主要的，是他感觉到自己的那只眼睛，什么也看不见了。

"我的眼睛！我的眼睛！"

我叔爷不知所措，在地上摸来摸去，似乎是要寻找他那只什么也看不见了的眼睛。但他还有光的那只眼睛，却分明看见满地都是死尸。

我叔爷终于抬起头，因为他听见了轰隆隆的响声。他抬头看见的，是几架飞机——日本飞机。

日本飞机在低空盘旋，不断从他们头顶掠过，接着散下雪花般的纸片。

我叔爷再往四周瞧，这才发现，四周有不少像他一样的伤兵。

有纸片落到了伤兵身上。有人抓起纸片轻声一念：和平参加证。旋即像被烫着一般，赶紧扔掉。

紧接着，我叔爷那只还有光的眼睛发现，日军从四面八方涌来。

日机继续在低空盘旋，地面上的鬼子渐渐逼近。

渐渐逼近的鬼子既未开枪，也不喊话，只是端着上了刺刀的长枪，越逼越近，越逼越近。

有一个穿着日军军装的中国人出面了。他大声喊道：

"你们听着，从现在起，你们自动列队，离开战场，听皇军的指挥！"

我叔爷这才突然明白，他，还有他四周的弟兄，都成了俘虏。

我叔爷跟着一列长长的伤兵队伍走着。这个队列中的弟兄，有残腿的，有断臂的，有用层层纱布包住脑袋的，也有用烂汗衫包住眼睛、耳朵、嘴巴，只留了一对鼻孔在外面的，还有用手托住自己露出肚腹的肠子的……路边，更有奄奄一息躺在地下无法站起来的……我叔爷那只被炸瞎的眼睛，不知是哪位弟兄替他包扎了一下，到底被包扎得是个什么样，他自己不知道。

伤兵队伍两边，是押送着他们的荷枪实弹的日本兵。日本兵眼里都露着凶光，狠狠地盯着他们。

我叔爷后来说，日本兵之所以那么凶狠地盯着他们，是因为他们把日本兵打得太惨了，日本兵在衡阳之战中死得太多了，所以日本兵特别恨他们。我叔爷又说，当时他最担心的就是日本兵会来一场集体屠杀。"你想，我们打死了他们那么多人，他们能不报复吗？日本兵杀俘虏，杀伤兵，又不是第一次！"

我叔爷他们被带到城外，被赶上一座小山。这座小山就是第十军预十师和日军争夺得最激烈的战场之一——西禅寺。西禅寺本是一古老两进房屋小庙，庙的四周原有参天大树八十多棵，这些大树已被炸得无一幸存，小山表层则被炸弹彻底翻了个个，孤零零光秃秃的山头布满弹坑、散满弹壳。寺庙仅存一片瓦砾。山下的池塘里，浮满了第十军弟兄们的尸体。

我叔爷他们被赶上山头后，押送他们的鬼子立即以好几挺机枪，交叉对准他们。我叔爷心里顿时一紧，他妈的，鬼子真的要大屠杀啊！他用那只还有光的眼睛四处睃寻，想找一个可以躲避的地方或者能逃的路径。然而，光秃秃的山头，无处可藏；即使是往山下跑，鬼子的机枪也能非常轻松地"点名"。

"完了，完了，他妈的这回只能做冤死鬼了！还不如像宫得富那样死去……"

从不认为自己会死在鬼子枪口下的他，总是相信自己命大的他，立时沮丧到了极点。

正当我叔爷认为这次是死定了时，一阵轰隆隆的响声从头顶掠过。我叔爷抬头一看，四架美制飞机在天空盘旋。

"我们的飞机！他妈的，我们的飞机！"我叔爷心里不知是惊喜还是怨愤。惊喜的是，在他认为命悬一线的时候，竟然看见了自己的飞机；怨愤的是，自己的飞机怎么不早点来呢？早点来，将鬼子的火炮统统炸毁，使鬼子的火炮不能像坦克一样推进，他们那兵贩子连，就还在阵地上……

不管是惊喜也好，怨愤也好，后来我叔爷认为，是这四架美制飞机救了他们。

美制飞机一临空，押送他们的鬼子、以机枪枪口交叉对准他们的鬼子，就一个个慌得躲进了弹坑。

我叔爷说，这些鬼子也是在衡阳被打怕了，他们害怕我们的飞机炸。

美制飞机盘旋了一阵，往城区飞去，在城区上空继续盘旋了几周后，向西飞走了。

美制飞机一飞走，日本兵从弹坑里爬出，但他们没有开枪，也没有再将机枪对准俘虏。

我叔爷说，日本兵是害怕我们的飞机报复。他们如果向我们这些手无寸铁的俘虏开火，我们的飞机就要将他们全部炸死。因为我们的飞机已经侦察过了，发现了我们。

不管我叔爷的分析是不是准确，不管究竟是不是这个原因，总之，我叔爷他们被赶上西禅寺这个孤零零光秃秃的山头，除了要对他们进行集体屠杀外，是没有别的原由可以解释的。因为那个孤零零光秃秃的山头上，不可能关押俘虏。

我叔爷他们又被赶下山，进入城内，被关进湘江岸边一座被炸得残破不堪的大院里。

衡阳城破的第二天，即八月九日上午，四架美制飞机又来了。看守我叔爷他们的日本兵又躲藏起来。这时，我叔爷那当兵贩子潜逃的本事显现出来了。他趁着混乱，迅速从残破不堪的大院里溜出，跑到江边，躲藏在已被炸烂的一间破屋内。

我叔爷躲在那破屋内一动不动，他是要节省体能，他得等到天黑后再行动。而在这一天里，他除了早上吃的那一点东西，将不会有任何食物进口。

天色暗下来了。我叔爷找来一根被炸断的木头，他正要行动，天空猛然下起了大雨。这大雨一下，我叔爷又在心里叫好，说老天助他、助他。雨越下得大，鬼子出来搜寻的可能性就越小。可他突然又伤心起来，说这是老天为他那死亡的弟兄们哭泣，是老天在悼念命运悲惨的第十军。

趁着大雨未停，四周漆黑，我叔爷抱着木头跳入湘江，顺水漂流而下。

我叔爷想着他又一次死里逃生了。可很快，江东岸出现了大队日军。日军打着火把，一边向和我叔爷相同的方向行进，一边朝江里不断开枪射击。我叔爷不知鬼子究竟是发现了他，还是胡乱扫射，或许是在追找着别的人。反正，他不能再和鬼子同一个方向顺水而漂了。如果逆流而上，他那空瘪的肚子、浑身的伤痛，是无论如何也坚持不住的。

我叔爷不得不偷偷地爬上岸，又躲进一间被炸毁的民房。

天亮了，断墙外传来一阵阵的脚步声。我叔爷探出那只有光的眼睛，一瞧，是一群俘虏被几个日本兵押着。我叔爷想，如果躲在这里不动，得等到夜里才能再入湘江。两天没吃饭了，饿都会被饿死，还说下什么湘江？！他决定，插入这支俘虏队伍中，先混餐饭吃再说。

我叔爷一个挪腾，这支俘虏队伍中多了个林满群。

我叔爷没想到的是，照他的说法又是老天相助，这些俘虏，竟是被押着去草河修建那座被炸掉的草桥的！那草河，不就是他和曹万全、祝大鼻当采买所游过的那条河吗？草河过去不远的山里，不就是他和曹万全、祝大鼻遇见游击队的地方吗？再往山里走，不就是三爷捐献慰劳品并请他和曹万全、祝大鼻吃饭的集镇吗？我叔爷真正地兴奋起来：天不灭我！天不灭我！当然，他只能在心里叫。

我叔爷不知道的是，那条草桥，是连接长衡公路的桥，两军交战时，草桥自然被第十军炸毁，日军一占领衡阳，为了军事补给的需要，自然得赶紧修复。

我叔爷说他当天夜里，趁着更深人静、看守的日本兵睡觉时，逃了出去。这一回，连草河都不用偷游，他沿着自己熟悉的小路，直奔集镇。

我叔爷于清早逃到集镇，又受到了游击队和集镇百姓的热情招待。他又饱饱地吃了两餐饭（他这一辈子，为的就是吃饭、吃饱饭）。我叔爷说他想再见到那位三爷，可没有见着；而游击队的人，也不是原来的人。但尽管没见着三爷，尽管不是原来的人，一听说他是从衡阳出来的，人们就都热情得不得了。

这天夜里，有人领着他越过日军封锁线，转向南走，到达耒阳，然后经郴州、道县，到达全州。

一到全州，我叔爷就等于是到了家。从全州去新宁的路，他即使闭上那只还有光的眼睛，也不会走错。

三十六

我叔爷回到了老家。街坊人都为他叹惜，好好的一个人出去吃粮，回来时却变成了瞎子。

奇怪的是，我叔爷根本就不向人提及他在衡阳的血战，也不提及师长将他派到军炮兵营，和在集镇受到热情接待的荣耀……他什么事也不干，整天恍恍惚惚、若有所思，总觉得有一件什么大事被他忘了。他努力记啊、记啊，还是记不起来。他只是仿佛觉得，那件事格外重要，如果不把那件事记起，不把那件事给办了，他就会遭到报应。

于是街坊人又说，群满爷是想成家了，是在想女人了。只是可惜啊可惜，出去吃粮前不找好女人，不成家，现在成了个瞎子，还会有哪个女人来呢？

街坊人说这些话本是在背地里说的，当着面，能讲他是个瞎子吗？可那天我叔爷在街上如游魂似地走着走着，偏让他听见了。

"女人！找女人！是啊是啊，是要找一个女人！"

我叔爷猛然记起来了。他记起了老瘪说过的那句话。老瘪是在老涂死后说的。老瘪说他妈的只要我们中间还有一个人活着出去，活着出去的这个人就得去照看老涂的女人！活着出去的人要是不去，他妈的就不是个人！

如今，这活着出去的人就是他林满群！

我叔爷一记起老瘪这句话，狠狠地捶了一下自己的脑壳。他转身就跑到背地里说他想找女人但如今已经找不到的人面前，一把抓住那人的衣衫领子，使劲摇。

我叔爷一边使劲摇得那人东倒西晃，一边说：

"搭帮你，搭帮你，搭帮你讲我要找女人找不到……"

我叔爷一说完，松开抓住那人衣衫领子的手，却又顺势将对方一推，推得那人踉踉跄跄，差点摔倒。

"我记起来了，记起来了，我要去找女人，我要去找那个女人了……"我叔爷叫喊着，走了。

我叔爷一走，被他弄得莫名其妙的那人嘀咕着：

"群满爷，这下不得了，瞎了，又疯了。"

我叔爷从街上消失了。他去找老涂的女人，找水姐去了。

水姐到底在哪里，我叔爷并不知道。但他凭着自己当过兵贩子的灵泛，相信不难找到。

我叔爷想得最多的，倒是如何跟水姐说老涂。

怎么说呢？说老涂英勇战死，可连个立功的牌牌都没有……

老瘪那句得照看水姐的话，更是让他为难。怎么照看呢？要地方上发抚恤金，那也得有个证书啊！

立功的牌牌没有，战死的证书也没有……我叔爷突然觉得，他妈的，这衡阳之战算白打了。因为他联想到了自己，自己被打瞎了一只眼，不也是什么都没有吗？

我叔爷又想到了证人，自己倒是可以当老涂的证人，可谁来当老子的证人呢？况且，自己做老涂的证人，地方政府会相信吗？弄不好，还会说老子依然是个兵贩子。

我叔爷突然愤慨起来，他妈的老子的这只眼睛、这只瞎了的眼睛就是证明！谁要是不相信，他妈的老子也打瞎他一只眼睛！

我叔爷这么愤慨了一阵后，还是被如何照看水姐困扰。如果不把水姐照看好，死了的老瘪说过的话，是会时刻扰得他不得安宁的。

我叔爷猛地下了决心，实在没有办法时，老子就娶了她，让她做老子的婆娘!她成了老子的婆娘，老子还能不好好照看她啊？！

我叔爷这么想时，仿佛所有的问题都已经解决，他不无兴奋起来。他一兴奋，才觉出自己走路走得口渴了，他得找口水井喝水去。

　　我叔爷发现了一口好水井。水井在一座农户院落外面，旁边有一棵年迈的歪脖子大树，歪脖子大树浓郁的树叶，正好在上空把水井遮掩。

　　我叔爷朝水井走去。院子里猛地跑出一只狗，凶狠地朝着他狂吠。我叔爷当然不会怕狗，他若无其事地继续往前走，那狗却真地恶狠狠地扑了过来。我叔爷弯下腰，佯装着要捡石头，那狗略略往后退了退，又朝他扑来。

　　我叔爷想，平常农户的狗，只要一弯腰，就会被吓走，这条狗就真的凶哪！于是他扯开嗓子喊：

　　"有主人吗？快把你家的狗看住！"

　　院子里出来了一个十来岁的孩子，一见我叔爷，竟惊讶地喊：

　　"瞎子、瞎子，好丑的叫花子！"

　　我叔爷听了反而好笑，认为是小孩子口无遮拦。而那条恶狠狠的狗，原来也是把他当成叫花子了。"狗咬叫花子"，所以叫花子都要随身带根打狗棍。

　　我叔爷一边说"我不是叫花子，我只是来喝口井水"，一边走到了水井边。

　　清冽冽的井水，郁葱葱的歪脖子树；有凉风爽爽地吹过，有井水流到小沟里的"潺潺"；水井稍远处，还有一棵桂花树。桂花的香味，浓浓的直钻鼻孔。

　　我叔爷蹲下，双手正要捧水而喝，清冽冽的水面上，浮出了他的面影。

　　我叔爷简直就不敢相信，水里的那张脸，能是他的。

　　我叔爷使劲眨了眨那只还有光的眼睛，再看——水里的那张脸，的确是他的。

　　水里的那张脸，瞎了的那只右眼，只有一个空瘪的眼壳，还能看见水里那张脸的左眼，也是往里眍着……脸颊上，被弹片深深划出而又结拢的疤，将整张脸绷得完全变了形……

　　我叔爷颓丧地、一屁股坐到地上。

　　我叔爷之所以会颓丧地一屁股坐到地上，是因为他那照看水姐的法子又会落空。他现在这个样子，还能去娶水姐吗？只要见着水姐时，别把水姐吓着就算万幸。他又记起了老瘪说过的话，老瘪说老涂那水姐是水仙，是像仙女一样漂亮的女人……

　　我叔爷还是完成了老瘪的托付，他终于还是找到了水姐住的地方。只不过，水姐已经不要他照看了。水姐在老涂走后，竟然怀了孕。怀了孕的水姐不会照顾自己，她那疯癫的毛病又犯了，她在外面胡乱地走，谁也不能止住……

　　水姐是在外面小产而死。

　　当地人说，老涂离开水姐的前一段日子，水姐并没有发什么疯病。她总是异常地宁静，就只爱一人悄悄地坐着，凝视着小小的煤油灯。不管煤油灯是点着还是没有点着。然而在老涂走后两个来月，水姐突然就到外面疯走起来……

　　我叔爷说，如果仔细掐算一下水姐又开始在外面疯走的日子，恰好和老涂死的日子差不多。

　　"哪里有那么巧呢？那么巧呢？她仿佛知道，老涂已经不能回来、不能回来了……"我叔爷说，他当时身上不由地打了个冷噤。

　　我叔爷回到街上不几天，又消失了。他又记起了宫得富的话。

　　他得到宫得富的老家去，把宫得富在衡阳的事说给他的家乡人听……

　　宫得富是被师长"请出山"的人，宫得富是在炸鬼子那像坦克一样推进的火炮时被炸死的，会不会有人相信呢？

　　我叔爷，不知道。

　　　　　　2007年完稿于新宁舜皇山——长沙——衡阳草桥；

　　　　　　　　　　　　　　　2014年9月修订于长沙